断桥

潘军/著

图书在版编目（CIP）数据

断桥 / 潘军著. -- 贵阳：贵州人民出版社，2020.12

ISBN 978-7-221-15825-3

Ⅰ.①断… Ⅱ.①潘… Ⅲ.①短篇小说—小说集—中国—当代 Ⅳ.①I247.7

中国版本图书馆CIP数据核字（2020）第249430号

断桥

潘军 / 著

选题策划：李　晃　陈　滔
责任编辑：祁定江　刘旭芳
出版发行：贵州出版集团
　　　　　贵州人民出版社
　　　　　（贵阳市观山湖区会展东路SOHO办公区A座）
邮　　编：550001
印　　刷：北京温林源印刷有限公司
开　　本：880mm×1230mm 1/32
印　　张：8.5
字　　数：200千字
版　　次：2020年12月第1版
印　　次：2020年12月第1次印刷
书　　号：ISBN 978-7-221-15825-3
定　　价：48.00元

版权所有，盗版必究。
本书如有印装问题，请与出版社联系调换。

目录

那年春天和行吟诗人在一起的经历 ╲ 1

蓝堡市的撒谎艺术表演 ╲ 9

小姨在天上放羊 ╲ 19

纪念少女斯 ╲ 24

寻找子谦先生 ╲ 32

九十年代的获奖作品 ╲ 43

去茂名的路上幻想一顶帽子 ╲ 55

对 话 ╲ 64

抛 弃 ╲ 77

半岛四日 ╲ 87

和陌生人喝酒 ╲ 96

上官先生的恋爱生活 ╲ 107

某部的于村 ╲ 117

纸　翼 〉128

轻　轨 〉140

临渊阁 〉154

枪，或者中国盒子 〉170

草桥的杏 〉182

电梯里的风景 〉196

泊心堂之约 〉212

断　桥 〉233

十一点零八分的火车 〉252

那年春天和行吟诗人在一起的经历

　　自称是行吟诗人的小个子出现时，我正在用大菜刀撬开一只匿名包裹。他头发像鸟窝一样，穿着一件盖过膝的烟灰色风衣，习惯性地把右手斜插在口袋里，目光忧郁。整个给我的感觉是一句笑话。"找你还真不容易，"他扶了扶眼镜说，"我一连问了二十八个人。"
　　诗人说很久以前曾与我在一次关于死亡过程的研讨会上相遇。可是我记忆里没有这个奇妙的会议，自然也无法认识这位诗人。我迟疑地站起来，诗人就大大咧咧地握住了我的手，像老朋友之间那样。但我还是说了，我记不起那次会议来。"你当然不会记得，那是一次梦中的会议。"诗人这样解释道。我感到沮丧，把手中的大菜刀扔到木凳上。于是诗人的声音开始变得像鸟雀那般令人想入非非。
　　"我想在你这儿住些日子。"诗人一边打着费解的手势一边说，"我要写一部大型诗剧，七场，是关于南方梦想的。与之并行的是一个少女和棕熊偷欢的故事。你觉得怎么样？"
　　很显然，对这样一位不速之客我已经感到疲倦了。我觉得他来自天边而且拄着拐杖。可我不能无视眼下这位天才。我斜靠在诗人对面的书柜上，作出对他的诗剧感兴趣的样子。

"为什么偏要和棕熊偷欢呢？"我这样问道。

"这是全世界男人共同的焦虑。"诗人动情而忧伤地说，"可是谁也无法制止这场世纪的游戏。连上帝也爱莫能助。"

"你能制止。"我说，"你可以不这么写，把熊换掉。"

"换掉？换谁合适？"

"比如一个诗人什么的。"

诗人表现出极大的悲愤，脱口就是：

上帝赐你的武器千万不能乱用，

你要瞄准的只是形而上。

我们的谈话告一段落。我把诗人安置在朝西的那间屋子里——那是我亡妻生前用过的屋子（她一年前死于心肌梗死），但收拾得挺干净。看来诗人对这个环境还比较满意，认为这是写作诗剧最后一幕的理想之所。"最后一幕无疑是属于死亡的。"诗人兴奋地说。我便有些不安了，在与诗人道别之后，我从月光里看见了亡妻飘忽的身影。

诗人就这样住进了我的屋子。这是那年春天拥有的头一个晚上，檐下的猫开始学习婴儿的啼哭。

在以后的几十天里，诗人几乎每天早出晚归。由于他的不期而至，蓝堡那年的春季快了三周。他不再穿那件风衣了，却爱把它优雅地挽在手臂上，像女皇那样招摇过市，风度绝伦的身影使城市的犯罪率一夜间翻了两倍。这些日子蓝堡已在流传诗人到来的消息，关于他的音容笑貌也不胫而走。纵欲过度的妇人们在黄昏滴水的屋檐下一边背诵诗人著名的诗句,一边把羊皮裙子从高耸的臀部努力拉至腰间。因为诗人已在晚报上宣布此举为:翻越世纪之巅。

一天深夜,诗人喝得酩酊大醉回来。据说是一群不上班的女人联合宴请他。诗人以一首《女人颂》作为答谢,并且亲自站到椅子上朗诵,如泣如诉。结果女人们都笑了,爱昵地称他为"小家伙"。于是诗人号啕大哭,说上帝选择他来当诗人是一步妙棋。女人们最后抓阄出钱雇了辆破三轮车送诗人回到住处,诗人的眼镜后面依然闪动着感激的泪花。其时我还在撬着那只匿名包裹——几天来我有空就干这活,可至今无法弄开。我气得把手中的大菜刀使劲掼到地上,这个举动一下让诗人平静下来。

"我想喝一杯凉水。"他说。

"冰箱里有矿泉水。"

他贪婪地一气喝下半瓶,舔舔嘴唇又小心翼翼地问道:

"如果没有水,生命是否还存在?"

"不在。"

"那么灵魂呢?"

"也不在。"

"不是说灵魂是一盏不灭的纱灯吗?"

"那大概是你的诗吧。"

"你还记得这句诗?"

"我想该是的。"

我收到匿名包裹是在诗人出现的那个黄昏。我从外面回来,看见这只一尺见方的木匣子置放在门口。我掂了掂,可以说没有分量,拿在手里犹如一片羽毛。包裹的六面都用毛笔写着我的姓名和地址,

3

字体异常娟秀，仿佛出自淑女之手。可是这个时代已经没有淑女了，我便横生了一分疑惑。我想这也许是20世纪的最后一件包裹了。

但是我却无法将它打开。

由于诗人横陈于我的栖身之所，因此我一夜间失去了九个情人。她们都是些搔首弄姿的小妇人，大胆的做爱方式叫你不寒而栗。你爱她们恨她们死活离不开她们。我的一位朋友曾对我说：爱情是这个世界最后的神话。如果连爱情都救不了这个世界也就整个完了。我想这是对的。你的生命如果交给女人就会像胶姆糖一样无限延长而富有滋味。我现在意识到留下诗人是一个祸害。她们不来了，连电话也不来。我不能就这么束之高阁，我还年轻。看来有必要同诗人谈一次。（我们本来就不相识，梦中的朋友算什么鸟事呢？）于是当晚，我推开了西屋的房门，竟被一股阴气呛得连声咳嗽。

诗人正在进行神秘的写作，我开门见山地说："你还打算住多久？七场话剧似乎太长了。"

"你没有权利斩断灵感的洪流！"诗人居然严肃地向我提出批评。

"写多少场是你的事，让你住多久是我的事。这个权利我有。"我不客气地说。

"春天一旦消逝，我会悄然离去。"

"问题是今年的春天就他妈一点不想离去的样子，你没见檐下的猫已经有了一个排了吗？"

诗人便陷入了让人受不了的那种沉思。片刻之后又出口成章：

春天追逐着我，

我追逐着你，

你却追逐着她们。

我弄不清"她们"是女人还是猫。这时诗人站了起来,有力地伸出双手继续朗诵道——

你们来吧!

我坐怀不乱。

这话听起来挺别扭。我们这个时代已不是赵匡胤千里送京娘那会儿了。坐怀不乱说明你有毛病,得赶快去看医生。诗人由于小便来了才敛住脸上的庄严,他去了卫生间。我发现他有一个良好习惯:上卫生间喜欢闭门关灯。他的尿声也极尖锐,在结束时,他总是忧愤地吟道:

太阳每日都在长大,

我可怜的小树还没有发芽……

我决定把那件包裹扔了。直觉告诉我,这是个莫名其妙的东西,留在身边没准儿哪天会招惹麻烦。包裹让我想到诗人,他们是同一天介入我的生活的;也仿佛具有同样的性质。我撵不走诗人,但可以扔掉包裹。到了真扔出手的那一瞬,我又有些后悔。一种难以名状的悲凉感进入到我的体内,开始了循环。

半夜里,我梦见了亡妻。一年前她死的时候医院出具的证明是心肌梗死。但是一位民间郎中在观察亡妻遗容后对我说:她是被什么东西所压致命的。什么东西?我问郎中。是一种无形的东西,郎中平静地回答道,然后小心地给我留下一句话:

阴阳不可错位。

亡妻在梦中对我嘶喊:我要出来!你把我身上的东西搬掉!你能帮我!

可我无法看清那个无形的东西。

诗人在一个忧伤的傍晚邂逅了一群不学无术的大学生。他们首先被诗人特殊的仪态所吸引，就把他围到一个专门给人修脚的铺面门口。因为这家小店的老板从前是诗歌爱好者。大学生向老板热情洋溢地介绍了诗人在当今诗坛的神圣地位，建议老板召开一个别开生面的诗歌讲座：一面聆听诗人的高谈阔论，一面享受着修脚的舒适，使精神与物质同步得到满足，这是天下少有的幸福。老板自然微笑，右手插到裤袋里做了简单的计算，最后认为二者的费用不可直接抵消。"但我可以八折优惠。"老板说。这话很让诗人生气，如果不是难舍这种学术气氛，他或许会拂袖而去。大学生们教导老板不要因小失大，要知道此刻站在你面前的小个子将是明天诗坛的巨人。并且断言：明年诺贝尔文学奖得主非我们的诗人莫属！老板差不多给整垮了，点了头说："那就免费修一只脚吧。我这儿可都是些上等的姑娘，不比诺贝尔差。"

于是讲座与修脚一齐开始。诗人再次振作起来，痛苦回忆着自己的成功经历。老板的确没有夸大，修脚的姑娘个个都是国色天香，而且有着宫廷乐师一般优雅娴熟的指法。她们工作起来十分认真，只是埋怨服务的对象以后少穿尼龙袜。大学生们连声称是，结果诗人马上受到了鼓舞，要大家有什么问题不懂就问。大学生们都业已痒丝丝地昏睡过去，倒是老板一直在冷静地进行思考，他提了一个关于人生选择的问题：

"如果你口袋里只有十块钱，是去吃一顿还是去睡一觉？"

诗人回答："吃一顿。"

老板不以为然："我宁愿睡一觉。"

我知道这件事是在夜里。给诗人修脚的姑娘是我的九分之一。她从诗人鸟雀一般的声调里断定此人即是与我同居一屋的那个小男人。她因此恨他,本能地在他脚掌上划了一刀。"可是他似乎没有觉得,"姑娘困惑地说,"我怀疑他的皮肤是假的。"趁诗人同老板的争论相持不下之际,姑娘小鸟归巢般地回到了我的床上。那时分天空中飘动着细雨,猫们都不叫了。我们拼命,死去活来。

这个晚上后来发生的事像诗人皮肤那样的不真实。

我昏昏大睡,把身体不负责任地交了出去,可想而知有人在上面做尽了文章。如果不是后来猫们爬上了屋顶,集体放声啼哭,我大概很难醒来。猫们用锋利的爪牙挠动着碎瓦就像在掏我的五脏六腑。我感觉到痛,满嘴的牙也同时松动了。我吐掉脱落的牙齿,醒了,立即意识到大腿间一片冰凉。接着我大吃一惊——那只被丢弃的匿名包裹竟又回到了我的屋子,大菜刀靠在它边上。

这时诗人从卫生间里出来,对我很妩媚地挤了挤眼:"你怎么能把它给扔了?多可惜。"

"是你拾回来的?"

"是。"他坐到我的床沿上,"回来的路上,我让它给绊了一跤。我就拾回来了,而且很轻松地弄开了它。"

"里面有什么东西?"

"我不告诉你,小傻瓜!"

他用跷起的食指按了一下我的脑门。

我越发不安了。我的皮肤突然变得粗糙,每个骨节都铆得太紧以致无法动弹。诗人蛇一般的腰肢让我想起民间郎中的闪烁其词。我意识到今夜什么事件不可避免地将要发生了。

"你刚才也坐在这里？"

"怎么？"

"你想干什么？"

"我没干什么……"

"你肯定干了什么！"

"……"

"你这狗日的！"

  行吟诗人离开蓝堡是在那年春天里一个雨后的黎明。给他送行的是那群年轻的猫，一路悲歌而去。过了很久，有人在荒郊的独木桥边拾到了一只一尺见方的木匣子，那里面正好嵌着一个人的头颅。由于时间关系，其面目已腐烂不堪。没有腐烂的是头颅上的一件古代女子的假发，还镶有玉簪绢花之类，因此使头颅显出了三分可爱。

  据说那就是诗人。

1993 年 5 月 上海—合肥

（原载《收获》1993 年第 4 期）

蓝堡市的撒谎艺术表演

撒谎艺术作为一项公共性的竞赛,最初出台时马丁市长是谨慎的。怎么可以搞这种竞赛呢?他很气愤,对递交报告的人不想再看一眼。

来人不动声色。在市长怒容消退后,才说,难道法律不允许吗?

市长显然是给问住了。法律的确没有禁止撒谎的条款。撒谎和诈骗不一样。撒谎……是个什么东西呢?市长踱着步,他的身影在夕阳中变得浑浊不清。可是,他说——好像是为了挽回一点面子:这在道德上也是讲不过去的呀。

撒谎难道就完全不道德吗?来人立即接上,一个人得了肝癌,知情的人对他撒谎说没事,不过是小毛病,劝他放松点,劝他多吃,并且还偷着把药瓶上的标签都换掉,让他以为自己每天服的是些治头痛脑热或者补充营养的东西。阁下,这样的撒谎能说不道德吗?

马丁市长递给来人一支雪茄,审视着面前这张熟悉而陌生的脸:皮特,你真是个天才。市长收下了这份申请报告,然后同叫皮特的男子一路谈笑着走出了市政厅。今天是周末,黄昏将至,市长要去位于城郊的电视塔。

自前年春天就任蓝堡市市长以来,马丁先生就有了任重道远的感觉。这位白净文雅又有点忧郁的男人,对这座于沼泽中建立的城市有着不同寻常的感情。他的祖父是蓝堡的拓荒者,建市的功臣之一,但没有来得及参加竞选就不幸上了14街一个妓女的圈套,欢乐地在她怀里升了天。马丁的父亲原本继承父志力图大业,结果被卷入了"七月旋风"——那是多年前的一宗军政联手的集体受贿案,无辜冤死狱中。然而世事总不是凝固的,在一个晴朗的日子里,上帝的光环终于照到了马丁家族的第三代身上。

现在,马丁市长已登上了电视塔。这是本市的制高点。在过去的执政的日子里,市长不知不觉地养成了周末黄昏登塔鸟瞰全市的习惯。他觉得这样可以增强责任感。高耸的孤立使他意识到市长这一职务的荣誉与分量。那时视野中的城市如同一个沙盘,他便于掌握与调整。他不满意某些街道的过于狭窄与弯曲,看上去很像中世纪的一幅插图。对路灯的忽明忽暗,他不认为是电压不稳所造成的,而觉得似乎是一种民心的象征。是呀,民心。他总这样感叹着。民心是看不见的。那么多窗户都拉上了帘子。天黑了,人们在帘子后面吃饭、看电视、调情、做爱。他们思考吗?有不满现状的吗?对本届政府有缺乏信心说三道四的吗?这样想下去,他就有些阴郁。民心难测。不是吗?忽然他想起刚才皮特送来的那份报告。撒谎竞赛,就是说让大家赤裸裸地跳出来进行公开撒谎。这难道不是了解民心的一种极好的方式吗?让他们表演吧,表演得越充分越彻底越好。市长似乎有些激动,他将会看到许许多多大吃一惊的事发生,将会看清很多意想不到的面目。皮特，这个流氓！

亲爱的，你这是在说谁呀？

市长被背后这个甜美的声音吓了一跳。他转过身去微笑着说：我在说阿道夫·希特勒。宝贝，你可又来迟了。

皮特的报告说：举办此次大赛，旨在提高全体市民的应变能力。时代的发展要求市民具备这种必备的素质，报告这样阐述道，它关系到大家的切身利益。如果你在计程车中遭到抢劫的时候，如果你路遇歹人强行施暴的时候，如果你出门旅游受到盘剥的时候，如果你在生意中碰见敲诈的时候，如此等等，仅有法律和警察是不够的，还必须依靠你的应变能力，才可以化险为夷，转危为安。

报告又说：举办此次大赛还有着特殊而深远的意义。什么意义，报告又没有详说。

报告提出：为了使本次大赛取得圆满成功，还必须制订如下规则——

1. 参赛者可以不披露自己的真实姓名，实行统一编码；
2. 参赛者表演时可佩戴面具与假发；
3. 未经当事人同意，所有新闻媒体对获奖者不得进行采访报道；
4. 任何机构不得对参赛者进行私下调查；
5. 任何人不得以任何理由对参赛者进行打击报复。

马丁市长连夜审阅了这份报告。他只修改了两个地方：

一是标题，在"撒谎"与"表演"之间加上一个他喜欢的词——艺术。这样可视作一次娱乐性活动，如同办一个民间画展或假面舞会；

二是把报名费每人200元改为300元，注明上缴的80%"用于市政建设与资助慈善事业"。

然后，他愉快地在上面签了字。

三天后，这份由市长签署的"蓝堡市首届撒谎艺术表演大赛"的公告张贴在市政大厅庄严的门口。同时，晚报和电台、电视台都发布了这一消息。大赛组织者皮特原拟花重金组织一支明星演出队，在街头巷尾进行流动宣传，但在报名的第一天结束后，便断然取消了此项开支。

行情比预料的要好，皮特向市长汇报说，截止到下午五点，报名者已超过两千。

有这么多？市长从旋转的皮椅上跳了起来。

看来身怀绝技者大有人在。皮特说着将一杯杜松子酒递给了市长。

市长陷入了兴奋而忧虑的沉思。是什么吸引了参赛者？是"荣誉军团勋章"还是十万元奖金？上帝，这才是报名的第一天！他慢慢坐下又慢慢喝了口酒：皮特，我看报名的时间可以压缩为三天，一周太长了。

阁下，政府的权威岂能动摇？皮特说，公告张贴在市政厅门口，那上面可有您那漂亮的签名。

局面一定要控制住，市长严肃地告诉皮特，你可千万别给我弄砸了。

您放心。皮特轻松地放下酒杯，把腾出来的手放到市长肩上：我们去放松一下？是桑拿，还是……

市长做了一个手势：我晚上的时间一般是留给麦琪的。

一种良好的习惯保持下来并不是件容易的事。自从与麦琪结婚以来，每次进家，马丁都必须先吻一下妻子。他吻得很认真。但是近一年来他有点敷衍,这是因为麦琪身上散发着一种陈腐的韭菜味。这种气味从白皙圆润的身体上散发出来实在是不可思议。麦琪身体健康,又有与生俱来的洁癖,怎么会有这种气味呢?他们几乎不吃韭菜,除非做中国饺子——那也是极少有的。这当然是个问题。麦琪是个自尊而敏感的女人,马丁不能正面反映这一点。他只是提醒妻子平时多用点儿香水。

吻过麦琪,马丁就去了洗澡间。这表明这个晚上他不会再出门了。他将把这个晚上的分分秒秒填满:看电视新闻,检查五个孩子的作业,给乡村的老母挂电话问安,和麦琪讨论下一周的菜谱和家长会上的发言,然后是夫妇俩共同观看叫作《子夜星光》的电视节目,就寝。当然,麦琪还有些突然插进来的内容,比如在四月里头发应该染成什么颜色才与季节协调,吃丰乳片是否影响性快感之类。这些私语本该是放到枕头上去说的,但马丁这些日子非常疲倦,一上床便鼾声依旧。

看了晚报,麦琪递给先生一杯咖啡,皮特这个创意很有趣。这家伙长得越来越像阿兰·德龙了。

晚报上还登了他的照片?有多大?

这个不重要。麦琪说,重要的是你的签名。

这个混蛋,成天无所事事,就知道动这种脑筋。

不过,他还是很帅。麦琪说完在咖啡里加了块方糖,就回厨房去了。

麦琪的眼光很准确。那个皮特还真有点像阿兰·德龙。据说有好几次他被人围着要求签名。市民的素质就是这样糟糕,时代发展到今天居然还会发生崇拜明星的事,何况还是个假明星。皮特这家伙……马丁突然有点紧张,这家伙的声音怎么听起来那么熟悉,像另一个人,那可是个坏小子。

大赛如期举行。

本次大赛分青年组、中年组和老年组。这引起了少年们的极大愤慨,对这种无视他们存在的行为表示抗议。他们联名上书市长,认为这是不公正的。"自古英雄出少年,"他们这样写道,"著名的《狼来了》就是少年的创造。"马丁市长还接待了他们的代表,但无法劝阻他们放弃这种欲望。市长最后耸耸肩说:即使同意你们参加,报名费也解决不了呀。300元,这可不是一个小数。

我们可以对家长说这是订制校服的开支。

可是……校服呢?

我们就说校长携款外逃,警方正在通力追捕。

马丁市长心下一沉,刮目相看。他语重心长地说:还是来日方长吧!围绕这次大赛的舆论哗然,空前活跃。舆论没有去评判大赛的意义与性质,而是把焦点聚集到"表演"上。频频出现的"绝活"让记者们大开眼界并伴随他们度过了一连几个通宵。晚报的发行量和电视台的收视率都跃至历史最高点。决赛的门票已于三天前全部售罄,人们期待着名次的产生,期待着一睹冠军的风采。据舆论的导向,编号为0576、面具为蒙娜丽莎的选手极有可能夺魁。目前此人已一路过关斩将,总积分居第二位。鉴于决赛的规则中要求表演是"确实发生的并已达到了预期目标的事",积分位居第一位的选手今天下午宣布弃权。"我不过是想做一次游戏,"那人说,"并不想来真格的。"不来真格的又有什么意思呢?难道是拍电影吗?一枪崩了你,然后你再爬起来洗洗脸回家去和太太睡觉?

你的气色看上去很不错，亲爱的。

春天来了。这个城市春天总是来得早。

我怎么感觉不到呢？你摸摸我的手有多凉。

你没觉得这些日子猫闹得厉害吗？

可是耗子也没见少呀？

亲爱的，猫在这个季节是不逮耗子的。"酣睡，然后醒来，长长地打一个哈欠，叫猫子又出去做爱了。"——老伊萨的诗写得多棒！

你也很棒。咱们下塔吧，我怕风。

让我准备点零钱。那个看塔的老家伙胃口越来越大，今天得多给一点。

你害怕了？

在这个城市我有值得怕的吗？当然，除了你。你是只猫。

皮特有好几天不见了。这让马丁市长多少有点寂寞。虽然大赛正有条不紊地走向尾声，但皮特的突然消失，似乎不是一个好的征兆。天知道这家伙又躲在什么角落里使什么坏呢？这与所谓"特殊而深远的意义"有关系么？市长有些不安，又有些无聊。他打开电视机，屏幕上仍是大赛的专题节目，记者正在对0576号"蒙娜丽莎"进行现场采访——

记者：您对夺魁有信心吗？

蒙娜丽莎：我觉得目前我的状态不错。

记者：对决赛的规则，您有没有顾虑？比方说您的家人和朋友事后会怎么看？

蒙娜丽莎：（笑）他们知道我是谁呢？你看我这面具，是用最先进的乳胶制成的，没准儿我还会用这张脸去勾引帅小伙子呢……

没错。你是谁？我又是谁？只有上帝知道。市长躺到沙发上，慢慢吸着雪茄。他又开始想皮特。想得很遥远，那已是几十年前的事。一个在歌剧院门前卖报兼偷钱包的坏小子，14岁捅破别人肚子16岁让姑娘怀孕的小流氓。他不叫皮特而叫皮克。身上据说有41处刀疤，有一处是在右腿上，伤了一根什么重要的经络，所以日后撒尿便像公狗那样得先支起一条腿。据说这坏小子是死了，死在外省的码头上。马丁见过皮克，那坏小子的声音很怪，爱将一个词的尾音拖长。如果皮特就是从前的皮克，那么一定是将偷来的最后一笔钱送到了整容院，按阿兰·德龙的模子换了一张脸，混入了绅士行列。马丁不禁笑了起来，对自己这种富有创造性的想象感到有几分得意。可是笑容很快就敛住了：这种事在今天做起来简直易如反掌。市长环顾这间圆形的办公室，觉得枝形的吊灯和老式的壁炉都散发着晦气。他还产生了一点恐惧，这种心理使他迫切想回到家中，与麦琪和孩子们待在一起。他把所有的窗幔都拉开，把阳光放进来。然后，他给麦琪拨电话。

电话无人应答。

决赛的日期定在2月14日情人节这一天。地点在皇家歌剧院。

决赛开始的前一小时，久违的皮特出现了，依旧是风度翩翩。他驱车来到市政厅，邀请马丁市长前去为即将产生的冠军颁发"荣誉军团勋章"。

我以为你在一个美人儿怀里醒不来了，皮特。

您说得不错，但我还是醒了。

我还梦见你死了，死在……外省的一个码头。

那不是我。是从前那个叫皮克的坏小子。

皮克？你还记得皮克？

我想差不多每个市民都会记得，就像记得今天是情人节。

由于车在路上突然爆了胎，他们赶到时决赛已临近尾声。0576号"蒙娜丽莎"不负众望，一举夺魁。当主持人将这一结果宣布后，全场观众欢呼雀跃，鼓乐齐鸣。马丁市长被这一宏大的场面吸引住了，后悔自己没有看到决赛的全过程。他仅仅知道冠军是个女的。观众的情绪极为高涨，他们一边鼓掌一边议论：这个女人的确受之无愧，居然不动声色地同不是丈夫的男人生了那么一堆孩子，而且还让做丈夫的深信孩子们连手指头长得都像他。这个结果最后将由公证机关秘密核实后予以确认，倘若有一点弄虚作假，将处以奖金三倍以上的罚款，没收"荣誉军团勋章"。

颁奖仪式开始了。乐队奏响了市歌《春天从不迟到》的旋律，0576号"蒙娜丽莎"带着"永恒的微笑"走上舞台，将从马丁市长手中接过24K金的勋章和政府出具的十万元现金支票。观众们在欢呼，不断向台上投掷鲜花。然后，马丁市长衣冠楚楚容光焕发地出现了，他向观众招手致意，高声说：首先，请允许我代表大家拥抱亲爱的"蒙娜丽莎"！市长信步走过去，正欲拥抱，忽然嗅到了一股陈腐的韭菜味，但他在片刻的迟疑之后完成了这一规定动作。他向她授勋，把绶带套上她的脖子，这时他轻轻地说：我要勒死你。接下来他又在她耳边说了很多。观众被这一类似调情的景象迷住了，他们有节奏地鼓着掌。他们希望能看到市长先生亲吻"蒙娜丽莎"，可是"永恒的微笑"渐渐消失了。

"蒙娜丽莎"，慢慢取下勋章，把它挂上了市长的脖子。

马丁在第二年的竞选中完全失败。选民们永远忘掉那个意味深长的场面。为什么"蒙娜丽莎"要将"荣誉军团勋章"挂上他的脖子？是他更厉害吗？他没有面具，人们便记住了这张脸。人们当然不会同意这样的人统治这座不同凡响的城市，那将会把一切都出卖掉。据来自蓝堡市的人说，现在，市政厅门口的街道上一个卖三明治的老头——可能是化装的，因为他胡子忽多忽少忽黑忽白。人们怀疑此人就是从前的市长马丁。

在这年春天来临之际，新市长走马上任了。那是个有魅力很有干劲的男子，给人以安全感。到目前为止，民意测验显示的结果是：除少数人对新市长撒尿的姿势感到有所不适外，其他一切良好。

1996年3月 合肥—郑州

（原载《花城》1996年第5期）

小姨在天上放羊

那天夜里电话响起来的时候我尿床了。我有好几年不尿床了，妈妈给我吃了许多中药，那些药比尿还难喝，可妈说喝了就不会再尿床。现在我又尿湿了一大片，我不敢对妈妈讲。妈妈从床上跳下来接电话的样子很不好看，她只穿了一只鞋，像袋鼠那样跳到电话跟前，她说，喂，哪位？然后她皱着眉头，看了看墙上的挂钟，已经是深夜两点了。真是怪事！妈有点生气地说，谁吃饱了撑的！我欠起身，还在想刚才的电话铃。我知道是谁的电话。妈妈上了卫生间，她撒尿的声音又响又好听。妈过来给我理被子，这样就发现了尿床的事实。她好像遭到雷击似的往后一仰，说天哪，你都九岁了还尿！妈一边生气一边替我换垫被。我怕妈生气的样子。我说：妈，你别生气。妈说你有权利尿，妈就有权利气。我说我尿尿是听见电话铃声高兴的。妈住手，眼一横说这与电话有什么关系？我说，那是小姨的电话。妈听了就一下坐到床上，一会儿大哭起来。我看见妈的哭声像冰痕一样穿过我家的窗户向天上射去，那时候小姨正在天上放羊。

小姨是50天前死的。小姨也是大学生，长得比我妈妈好看。小姨是医生，专门给孩子看病。可是小姨治不好自己的病。小姨没有自己的孩子是因为她没有结婚。妈说结婚才会有孩子。孩子一个人是生不出来的，要和爸爸一起才会生。妈的话也不完全对，邻居胡阿姨没有结婚可是一个人生了阿宝。妈说阿宝不是生的，是从菜市上捡来的。捡来的阿宝跟胡阿姨长得一模一样，鼻孔一样黑。妈就说这是碰巧。小姨本来应该和方叔叔结婚的，不知为什么没结。大人说，人大了就是为了结婚。

我记得那天早晨妈起得很早。妈收拾东西，催我起床。今天你请一天假，妈说，我们去送小姨。我问把小姨送到哪里去，妈说送到天上。后来我知道小姨死了。我们要把她往火葬场送，妈说等太阳落山的时候，小姨会顺着那个高大的烟囱升上天。小姨躺在担架上，舅舅和方叔叔抬着她。小姨浑身散发着淡香，像睡着了一样。小姨睡着的样子格外好看。大人们一路都在哭，把天都哭暗了。我没有哭。我那时候就觉得小姨在睡觉，留心她会不会像我妈那样大声说梦话。从火葬场出来，小姨缩小了，躺到了一只小黑盒子里面。妈把它交给我，说：这是你小姨，你捧着。我就捧着，走到队伍的最前面。妈说你哭呀你这孩子怎么不哭？我没有哭。在妈的责骂声中我第一次看见了在天上的小姨，像鸟一样停在我头顶上。

这天夜里，小姨就留在我家。妈没有睡，妈到处收收捡捡，不时碰倒一个东西，然后就说好妹妹你可别吓我，你姐夫又不在家。小姨在的时候，和我妈妈最要好。她们不在一个大学念书，但工作都在一个城市里。她们经常走动，一道上街。现在妈这样说，我就很奇怪。后来妈对着小盒子说：好妹妹，过两天我就送你回老家。

我老家在山里。我不喜欢那地方，因为冬天很冷。那里没有电视也没有电话。我就对妈说，不要把小姨送回去，小姨怕冷。小姨喜欢看电视，喜欢打电话。妈不听我的，妈说小孩子懂什么去把垃圾倒掉。我下楼去倒垃圾，看见天上的星星在走，但没有原来多。我把垃圾倒掉，听见一个金属的响声。我弯腰在垃圾里寻找，一眼就看见一个东西在闪光，我拾起那东西，是一粒纽扣，这是小姨大衣上的。妈早就说把它钉上，可是忘了。妈的记性越来越不好了。我把纽扣擦干净，收到袋里。

第三天大人们就送小姨回老家了。我临时住到邻居胡阿姨家。妈妈对胡阿姨说了很多好话，还背着我在厨房里说了些什么。我知道，她肯定是说我尿床的事。我听见胡阿姨说没什么小孩子嘛。妈把我的被子抱到阿宝床上，低声叫我注意点，要争气。那时候我就特别想小姨。当医生的小姨并不让我多吃药，而是让妈每天夜里叫我起来撒尿。至少叫一次，小姨这样说。妈这样做了一个月，累了，妈就买了个闹钟，让我定时起床，小姨说不行，说必须让我"有意识地去尿"。小姨就在自己的住处安了电话，每天半夜打过来，让我醒。小姨在电话里先同我说一会儿话，等我想尿了，她才把电话挂掉。小姨坚持了一年，我长到了六岁，不再尿床了。小姨的死与我有关，我总这样想。

我在阿宝的床上睡了五天。我没有尿床。其实我已经几年不尿床了，但在妈眼里，我一直就是个尿床的孩子。要不，我的被单和垫被之间怎么还放着一块塑料布呢？

妈回来的时候右脚已不灵便，走起路来有点跛。我不吃惊。昨天夜里我梦见了一个白胡须老爷爷，在天上对妈的右腿指了一下，妈就跌倒了。妈说是送小姨上山的时候不小心扭的,我不相信。我还在想妈不该把小姨送进山里。

小姨后来把电话剪了。这是她死前三个月的事。她和所有人都不通电话,一个人待在那么高的楼上。我怀念那个电话。以前我给她打电话时总占线。我知道那时候电话的线路被方叔叔占去了。方叔叔想和小姨结婚,当然就要多打电话。方叔叔也常到我们家来和妈谈小姨,谈得眼泪哗哗的。妈说红颜命薄这是很无奈的事。方叔叔只是重复一句话:才24岁。可他不知道,这是永远的24岁。小姨是不会老的,就像月亮不会老。我的小姨现在就飘在天上,我不知道她那儿有没有电话。

有一天,舅舅和方叔叔都到了我家。这一天是小姨死后的第49天。妈说是小姨的"满七",想给小姨烧点纸。据说这些纸随烟升上天就会变成钱。我不知道小姨缺不缺钱,她活着的时候是不缺的,不像妈,每个月底都在电话里对爸爸发脾气,说再不寄钱就把我送走。爸爸那时在南方,每次回来都要留很多钱,妈总说不够。妈喜欢买化妆品和服装。小姨不买化妆品,但买过一瓶很贵的香水交给妈,小姨说:姐,等我到走的那天,把这个给我用。那个盛香水的纸盒子保存在我的抽屉里。小姨死后,我把它放到枕边。那上面还有余香。大人们烧纸回来,眼睛都发红。他们肯定又哭过了。妈跛着脚倒茶。方叔叔说给小姨也倒一杯。然后妈开始叹息,说很奇怪,过去这些天了,一次也没梦见小姨。舅舅说他也没有梦到,问方叔叔:你呢?方叔叔双手支着额头,说:她是不会见我的。

我靠在门边听他们说。我知道为什么他们不能梦见小姨。

后来妈和他们一块走了,说是去看外公。

我用小姨留下的香水盒子做了一个电话。那天夜里，我一个人去了小姨从前住过的那座高楼。小姨住在第24层，这正是她永远的年纪。电梯坏了，我慢慢往上爬。我像燕子一样轻轻松松，仿佛有一只手在托着我向上举。小姨的房门紧关着，里面没有灯光。我在门口跪下来，说：小姨，我给你送电话来了。我就拿出打火机将这个淡淡香味的电话点燃，在那里面，我放进了那粒大衣纽扣。

你真的梦见小姨了？妈给我换好被子，搂着我问道，什么样子？我说和以前一样，小姨是不会变的。穿什么衣服？妈又问。穿着那件大衣，我说。哪件？妈睁大眼睛看着我。就是弄掉一粒纽扣的那件，我说，现在纽扣已经钉好了。妈其实不明白，但还是很高兴的样子，问道：你小姨在干什么呢？我说：小姨在天上放羊，手里拿着一根大羽毛。妈沉思自语：怎么是一根羽毛呢？

第二天，妈的脚突然好了，换上了一双新皮鞋，一早就高高兴兴地去赶班车。她的大嗓门开始重新谈论时装和物价。我把床上的那块垫了九年的塑料布扔到了垃圾桶里。太阳照在我手背上，天上的白云从窗前飘过，我知道那是小姨的羊群。

1996 年 5 月 郑州

（原载《山花》1996 年第 8 期）

纪念少女斯

关于我和少女斯的故事至今无人知晓。我一直不想讲这个晦气的故事，原因之一是我想维护我作为好男人的名声，另一个原因是怕玷污我神圣家族的荣誉。在今天这个时代，荣誉和名声还多少显得有点重要。我父亲总以贵族自居，脸上永远挂着"从前阔过"的笑容。现在他完全老了，除了喂养五只猫什么也参与不了。而且他又患了白内障，晴朗的日子彻底背离了他。晴朗的日子属于我和少女斯。这个故事就发生在晴朗的日子里，虽然散发着晦气。

少女这个概念，辞典上说的与我认为的不是一码事。少女与年纪无关，我总这么想。有的妇女到了更年期仍幻想着在悬铃木后面与小伙子来点小动作，证明她还是少女。我所认识的少女斯就属于这种女人。她的年龄像四季一样变幻莫测，她的情怀又如四季的花朵，无论怎么开都令人愉快。她天真无邪的样子让我屡屡受骗上当，但仍不失为天真无邪。她爱哭，尽管80%是装的，但100%的有泪水。可以说她整个的是一个错误，唯独那特有的情怀不是。我多次在心里恨她，在梦中杀死她，又他妈的忘不掉她。少女斯渗透在我的每一根神经里、每一滴血里，就连呼吸也带有她口中奇怪的青苔气。她说来就来，一闭眼即伸手可触——她的皮肤像鱼一样。梳着齐耳短发，明眸皓齿，穿工装裤，斜挎着一只棕色羊皮大包（里面装着钱夹、化妆盒、BP机和一本埃里蒂斯的诗集），走起来晃晃悠悠的样子，嘴里永远嚼着零食的少女斯向我走来了，时间是1992年5月的一天下午。那个时刻，我在南方一座城市的一棵奇异的树下，回味着前一个晚上梦境里闪过的几个细节。

什么是女人？有一回她这么问我，是不是同男人"在一起"了就是？这就是少女斯的做派，她挑逗你还不用挑逗的字眼，一副文文静静、知书达理的样子。我们这种狗男人总爱讲点情趣，一听这话就想"在一起"。到了真在一起的时候，你发现她丝毫不文静，一招一式都超出了你的想象。她问：你和几个女人在一起过？我当然不会回答，我说这个问题不要搞得太明显，我现在是和你在一起。可她一口咬定：我可只是和你在一起。这话让我觉悟。我想这肯定是谎话，但我又不想去驳斥她。我上去了就下不来，而且产生了强烈的责任感（有什么办法呢？人家硬说是第一次和男人在一起）。

我们这个年纪的男人没有多少好货。我们憧憬最纯洁的爱情又恪守着最无耻的肉欲。我们也时而反省，结果事到临头就乱了方寸，这真叫可悲。知道可悲而为是可耻，再为是可恶，如果不承认便是可笑了。可是，我们这个年纪又据说是最具魅力的，我们要赶潮。现在生活条件好了，营养品保健品比狗还多，连50来岁的男人也跟着沾光。现在对一个女孩子说我已经50了，几乎是一种炫耀。时代真是眼睁睁地看着往上蹿，像物价一样。

少女斯对我说：你这人很可笑。我说是吗？你说得真对。一边说着一边把袜子翻过来。那些日子我的生活跟这袜子一模一样肮脏，扔掉又舍不得。穿好袜子我叹息不止。少女斯便偎过来，用爱怜的目光抚摸我全身。为了安慰我，她在我眼前一丝不挂地走来走去，还做了一套健美操。这一幕至今很鲜活，可当时我并不知道这个形体语言意味着什么。很多天过去后，我才明白：她要从我这棵树上飞走——最后的收式就是"飞"。

那年夏天的一个雨夜，少女斯陷入了伤悲。忧伤使她看上去像一位失足青年。这让我焦虑，我知道将有严肃的问题，比如"我想有个家"提出来。我于是像父亲那样拍拍她的后背摸摸她的脑勺，关心地问：是不是不舒服？结果她叹道：我怕是不能怀孕了。这真让我胆寒。这年头收获什么都好就是不能收获孩子。少女斯一直申明她有避孕的措施，现在又自己戳穿了自己。我弄糊涂了，我说不能怀孕这样很受罪。她抬眼看着我：要是我愿意呢？

我的悲观主义倾向由此产生。那一夜我翻来覆去抽掉了一盒烟。我不希望少女斯怀孕，这样事情会复杂。其实最初的一切十分简单，我们在南方这座具有移民性质的城市邂逅，同属于揣着身份证和钱满世界晃悠的人物，谈着谈着就"在一起"了。这不是很简单么？天渐渐发亮，少女斯碰碰我说：睡吧，我不怀孕。

第二天我醒得很迟。阳光打到床的另一侧，那地方暖烘烘的。我习惯在睁眼前朝边上摸摸，这回是狗日的太阳把我骗了——少女斯不在床上，不在屋里。我环顾四周，屋子收拾得体面而整洁。少女斯走了，我们之间这一幕匆匆落下。接着我发现，我们家族的精神也走了。

我有一个小金佛，这是我家的祖传。我爷爷年轻时候在家扛长工，活干得不怎么的，却和东家的二丫头勾搭上了，水都泼不开。生米煮成熟饭，地主婆只好把自己的陪嫁小金佛给了闺女，在一个黑夜把他们打发出门。地主婆说儿呀这东西你带着也好日后应急。那是个稀罕的小东西，有二两的分量，精雕细刻的活儿。我爷爷当即扑通一跪，发誓要守着这宝贝不典不当。结果不出几年，我爷爷混成了江南的豆腐大王。50年代我那念过大学的父亲心血来潮，把这个真实的故事编成了虚假的戏文四处上演。戏据说还可以，但结尾十分可笑——让我奶奶把小金佛捐给了高级社。这完全是胡扯，小金佛一直在我父亲的皮箱里睡着。我到南边来，父亲在看过摸过后把它郑重传给了我。带着吧，父亲说，留着应急。其实我接下了一个包袱。父亲明知我是孝子贤孙，不会亏待小金佛又让我随身带着。以后每次电话末尾总要挂上一句：东西还在吧？我说当然。我说我现在小发了想把小金佛寄回去。父亲说不可，那是我们家族的精神，你每天看一眼会想起爷爷当年的创业史。可是，我的小金佛刚刚让一个少女拿走了。我真倒霉。为了少女我输掉了我们伟大家族的精神，使爷爷高大屹立的豆腐大王形象顷刻崩溃，露出了可爱的肚脐眼儿。

南方的天不久就阴了。报纸上天天打的广告仍是牛皮哄哄，都说自己的房产是他妈的皇家花园但愿意放血售出，好像大伙不是来做买卖的而是搞慈善事业。满大街都是讨债的孙子却找不到欠债务的爹。好看的小姐都失踪了，剩在发廊的货色还照样张着伤口一样的大嘴。我每天都在街上闲逛，我要找到少女斯，追回我的家族精神。我的形象比意大利电影里那个偷自行车的人要悲惨数倍。小金佛丢了再也偷不到，不像自行车可以随便捡。我蹲在街头吃快餐盒饭，行人都视我作流浪艺术家，但他们不知道这个吃盒饭的流浪汉正做着一个贵族的梦——多少年后，等我做了爷爷，我会胡子一捋地告诉孩子们：怎么样，爷爷年轻时是不是很骑士风度？虽说蹲在街头吃盒饭但可以掏二两金子给爱情。

不管怎么说，小金佛的归宿比我父亲的剧本安排得好。

肮脏的爱情也叫爱情，那时我这么想。不叫爱情叫什么呢？

爱情来去匆匆是我们这个时代的特征之一。爱情来的都是时候去的都不是时候。现在很难找到饿死街头的艺术家了，但到处都是寻爱的艺术家，年龄从18岁到81岁。我其实不是艺术家，很艺术的是我天生这双眼睛，能轻易发现少女。我这辈子就注定要栽在这上面。两个多月后的一个傍晚，失踪的少女斯背着我们的爱情突然又回来了。那时我正在朗诵一首令人沮丧的著名诗篇。她胆怯地看着我，像是等着挨揍。我的确扬起了手，却如燕子一样落下。我摸摸她的脸颊，你瘦了，我这样说。然后我们就在一起了。我在这前后20分钟里背叛了我的家族精神，我真是不肖子孙。天色黑下来，我看见肮脏的爱情像蝙蝠一样在空间里飞翔。

你恨我吧，她说，你肯定说过要宰了我。她用手梳理我汗涔涔的头发，两眼柔情似水。我这才发现偷我小金佛的少女依然还是少女。我怎么好意思对一个少女实施暴力呢？我伸出双臂凌空舒展了一下，就势把她搂到怀里。少女斯突然大哭起来。

你知道我为什么回来吗？我怀孕了。我例假超过了七八天。我去医院做了尿检是阳性是怀孕。

我坐起来。我被例假尿检阳性弄傻了。可怀孕这个词听起来又特别美好。我把手放在她腹部上，我问：是这儿吗？她说现在摸不出来我现在很苦恼。我问:你苦恼什么?你不是担心不能怀孕吗?她说这个孩子不能留下来,你这人根本就靠不住,我不能留你的孩子。她这样哭哭啼啼弄得我也苦恼了。我最后表态说:流吧。怎么个流法?去医院还是买药打?她说我不吃药我想去医院,我做检查时对医生说我爱人出差了,我得同他商量。你真是这样说的?我就是这样说的,我不能委屈这个孩子,虽然他还没有五官。你是想让我当这孩子的爹?你本来就是他爹。

流产的日子阳光灿烂。我一副风尘仆仆从外地赶回来的样子,手里离不开香烟。医生说这儿禁止吸烟。医生说你们男同志今后可要注意不能由着性子来。医生就像善良的外婆,安慰我说不要紧,这种小手术我们一天要做上百例,我们是三八模范医院。我点头哈腰地交出少女斯。我说去吧,不要紧张。这口气听起来像电影上的指导员。据说很痛,她说,据说还不能打麻药。我沉思着看看外面的天空。我说痛可能会有一点,不过很快就会过去。她点点头。她说你再抱抱我,随便抱一下也行。我们就在走廊上随便抱了一下。少女斯把头发撩到耳后,掀开那道不怎么干净的白门帘进去了。时至今日,这个画面还是那么大义凛然深深感动着我。那时候我就像出卖组织的叛徒一样在走廊上走来走去。我仔细听着帘子里面的声响,可我没有听到一个少女的哭声。

一会儿医生大咧咧走出来交给我一张处方:去交费取药。我问做好了吗?医生说好了,现在你爱人在休息。医生说你爱人子宫后位一般不容易怀孕,怀上了也不容易弄掉。我问能进去看看吗?医生说再等一会儿,她需要打一针,帮助子宫收缩。

子宫。书上说子宫像一个倒挂的梨,精子和卵子就在那里拥抱,这便是生命之初。现在这个生命没有了,丢到了垃圾桶里。

面容惨白的少女斯弯着腰向我走来。我扶着她,问她:你怎么不哭呢?她说我哭了,我没有力气所以哭不出声。医生说东西很大要换大号的吸头。她们吸我。一吸我就觉得在把我内脏往外掏。我看见挂着的那只大瓶子里面尽是血沫。我把少女斯背上出租车,我说:我要把你好好补一补。她满意地把头靠到我肩上,她说:我现在完全是"过来人"了,你不能再拿我当少女。我说你还是少女这个不会改变。她说不是了,慢慢你就觉得了。这时候司机揿揿喇叭,说二位不要在车上恩爱免得我分心出交通事故。司机感叹说他妈的这年头好夫妻真是不多。出租车驶进闹市区,我们都不再说话。

那一年我38岁,谁看我都顺眼。但自从和少女斯在一起,我发现自己整个的就完了。少女斯是把杀人不痛不见血的刀子。她来去自由,充分利用了我全部的弱点。现在我背着她回来,爬七层楼,我累得像只老狗。我想我真有点老了,连撒尿都像糟老头那样软绵绵的没有劲儿。我就对她说:我发现我老了。我以为她会来点安慰,可她没有。她说你是爹了还不该老?我说我才38岁。她说你的心老了。我感到悲伤,坐到沙发上去想刚刚扔到垃圾桶里的孩子。据说是一块肉,据说是一个儿子。我想他要是不弄掉将来一定会杀了我。少女斯在床上对我招招手,让我过去。她说:我一下觉得自己好空,就剩了五官。我亲亲她,我说你什么都在,好好的一样不少。她坚持说:我空了。然后她又开始流泪。少女的眼泪总是特别多。她捧着我的脸说:要是那孩子不是你的,你还会陪我去医院吗?我把她的手拿下来,我说:你别吓我。她又捧起我的脸:你说,会不会?我什么也没说。她放下手说:谢谢你。

我和少女斯的故事到这里就该完了。这个故事很糟糕我没有办法，因为故事本来就是这个样子。那些日子属于一个皇帝和一个乞丐，而我则扮演了上述两个角色。生活中人们习惯叫我艺术家，这完全是一个误会。我多愁善感，郁郁寡欢，偏偏胆小而妄为。我后来又有不少女朋友，但她们一望便知个个都不是少女。真正的少女已离我远去。那时候我兴高采烈地从菜市回来，发现屋子里又变得干干净净，我断定少女斯走了。屋子里还留着她的汗味，我想她一定是刚刚出门没有走远。我们没有走在一条道上，失之交臂。我跑到晾台上向另一条路上看，果然就看见了齐耳短发斜挎大包的背影。我没有喊。我望着少女斯晃晃悠悠的背影在心里数数，如果数到8她回过头往这边看，我立即就冲下去把她扛回来，对她说：我们做好夫妻。可是她终于没有回头。我咽下口水，回到屋里，手中的老母鸡嗷嗷乱叫，然后从逆光中看见了我们的家族精神。

1996年5月 合肥

（原载《作家》1996年第10期）

寻找子谦先生

1993年4月17日早晨,何光被门铃声吵醒,然后就见到了自称是子谦先生女友的余佩小姐。何光知道余佩这个名字,是这年春天开始的时候,他听说子谦先生因为一个叫余佩的女人同妻子闹离婚,还听说这个女人比子谦小22岁。除此之外,何光别无所知。

子谦出走了。余佩说,他是不辞而别。

这个消息并没有使何光感到惊讶,但余佩以泪洗面的情状让何光不安起来,很快也意识到这件事的非同小可。

余佩说,自从与子谦相识,后者就不曾离开过自己。就是出差,他们也是形影不离的。

你很担心?何光这么插了一句。

余佩停止了抽泣,说:你应该知道他去哪儿了。我和他在一起这些日子,他只对我提起过一个人,就是你何光。

何光内心很感谢子谦先生对自己的厚爱。一个男人对枕边的女人谈论另一个男人,是需要勇气的。但是何光还是有些为难,因为他确实不知道子谦先生的去向。

何光把余佩引进客厅,扔给她一本画报,说你别着急,我收拾一下,咱们再作商量。然后何光就去卫生间洗脸刷牙了。他关紧了门,解了一次漫长的小便。何光找了一个不出声的角度,尿液顺马桶的左壁缓缓而下,果然没有发出一点声音,以致后来余佩认为这段时间何光是在吃早点什么的。

何光回到客厅时,余佩已镇静了许多,脸上的泪痕也用粉纸擦尽了。何光这才觉出,余佩真的算得上一位小美人儿。何光的妻子出国做访问学者已近三年,这个家几乎找不到一点异性的气息,所以余佩的不期而至,倒使蓬荜生辉了。

你吃好了?余佩问。

何光说,我没有用早餐的习惯。以前老婆在家时……

你离婚了?

没有。王小宁出国了,何光说,王小宁是我老婆。你喝茶。

王小宁出去几年了?

有三年了吧。

三年?余佩笑了一下,你这三年可不容易。

何光有些后悔,不该在同余佩的谈话中暗示自己独处的事实。自己和子谦先生是忘年之交,况且后者眼下至少是失踪了。

我们怎么办?何光点上烟问道。

你说呢?余佩说,你同他是好朋友,你应该对他更了解一些,我听你的。

何光想了想,说,首先,他不可能去死。子谦先生是个爱惜生命的人,这种人是不会死的。

余佩说，我想也是。他年纪虽奔50了，但是……我们过得一直很好。

那么，何光说，他的突然失踪极有可能是一种方式……

余佩看着何光，可能听不懂这种表达。

何光接着说，这种方式对他解决问题很有用，比如说给司法机关造成一种压力，便于裁决他同妻子的离婚书。

你觉得子谦这样做是为了离婚吗？

应该是。何光对自己的这种分析持有信心。再说，不为这个，又为什么呢？

当天中午，何光同余佩一起匆匆吃了份快餐，就登上了犁城去蓝堡方向的火车。他们先是办了硬卧，何光睡上铺，余佩在下铺。他们坐在下铺交谈。车行40分钟，在三十铺站上了一批去南边贩面料的小贩。这些人一上车就支起箱子打扑克，边玩牌边喝酒。何光很不习惯在这种氛围里去讨论一位朋友的生死攸关问题，便去找了车长，加了些钱，同余佩双双移到了软卧车厢。余佩说，早知这样还不如乘飞机。何光说，飞机太快了。余佩就问，快有什么不好？何光解释说，他想沿这一线寻找子谦先生。如果蓝堡找不到，还可以回头去军埠，而军埠是不通飞机的。何光也觉得自己这些解释与速度没有关系，他私下埋怨自己的嘴太快了。

软卧车厢就他们两个，布置得很干净。何光慢条斯理地沏上茶。他想给余佩也沏一杯，可余佩说不渴，要渴了就喝他的。你不在意吧？余佩说，我没病的。

然后他们接着交谈。

何光提出去蓝堡，理由有两点。其一，蓝堡是子谦先生的出生地。

蓝堡近半个世纪的历史，就出了子谦这么一位文化名人。这种故土之情是难以割舍的。其二，据何光所知，子谦先生17岁那年的初恋也开始于蓝堡。恋爱的另一方姓莫，莫小姐其时15岁，发育已是很好了。由此推测莫小姐应出身于大户名门，因为那个年月，不是这样的家境，15岁的女孩连乳房都未必能长高。男人，何光说，尤其是进入中年的男人，对初恋总是看得很重的。这种总结的口吻让余佩很有几分兴奋。

他们那时候，余佩笑着说，会做爱吗？我想象不出子谦17岁的身体是个什么样子。

何光没有回答。余佩这个女人有些轻浮，可是并不令人讨厌。他看了余佩一眼，却在想这个女人和子谦先生在一起的情形。子谦是个瘦高个，穿西装还算挺拔，颇有几分风度。文化人中，像子谦先生这种注重仪表的人确实不多。当然，脱光了的子谦肯定是另一个样子了，大约形同仙鹤吧。不过这种体格的男人在床上一般是见功夫的。

子谦可真是风流了一辈子。余佩说完，便躺下了。

所以我首先排除了自杀的可能性。何光说，当然，凡事都不是绝对的。要不，我们还出来干什么？

何光发现后两句话余佩可能没有听见，她戴上了耳机，听起音乐了。何光看着窗外掠过的田野和村庄。他想这回出门多少有点不可思议，寻找子谦的下落似乎显得不重要了。他不明白，早晨见到余佩时，她那些眼泪是从哪儿来的。何光后来就去了车厢连接处吸烟。他总结了这半天来的经历，觉得自己也很荒唐，言谈中勾引的意味处处可见。眼前掠过的是一行行吐出新绿的杨柳枝。四月在中国是春意正浓的季节。很长时间过去后，何光才真正感到，选择四月出门怎么看都是一个错误。

软卧车厢与餐车相通。不到六点的光景，何光就叫了余佩去用餐。余佩已经睡了一觉，醒来后眼睛稍有些肿。何光注意到余佩睡着时两眼合得并不是很拢，有点似睡非睡的意思。如果不知道她是睡着了，这种眼神是绝对迷人的。何光断定女人入睡的依据是女人异常丰满的胸脯起落得很均匀。何光对此没有自责，因为余佩当时的睡姿与光线构成了一种特殊的角度，最亮的部位便是那两点。亮的，动的，最不济的视线也会被它们牵走。

子谦肯定是在蓝堡吗？余佩喝了口西红柿鸡蛋汤后这么问道。

我说过，凡事都不是绝对的。何光说。

如果子谦不在蓝堡，我们这趟算什么呢？余佩看着窗外说。

何光没再接话。是呀，算什么呢？

他们返回时，车厢里已多了一位老干部身份模样的人。那人是下铺，何光便坐到余佩这一边。何光主动同老者搭腔，问了一些很琐碎的话。余佩还是听歌，她把鞋脱了，两条腿就放在何光的背后。

你们去哪？老者问。

去蓝堡。何光说，去看一位朋友。

你爱人是搞文艺工作的吧？老者问。

何光笑了笑。他没有说，这不是我爱人。不是爱人又是什么？情人？恋人？怎么看都不像是同事，一般熟人又干吗要结伴而行呢？何光想这是不容易说清的，倒不如不说。

不说就是默认。而且何光为了证实这种被认定的关系，必须要拿出相应的行动来。所以后来何光要为余佩拉拉被子，把杯子递到她手中,把她的鞋放放整齐,何光还为她削了一个苹果。何光每做一样,余佩都说一声"谢谢"。她戴着耳塞,声音吐出来比平时大。

你们结婚没多久吧?老者又问。

何光这回是含混地点了点头。

老者笑着说,我一看就知道。只有新婚夫妻才会这么情到礼周。

火车上这一夜让何光心烦意乱。他想这事开始变复杂了。他对余佩所做的一切,在对方眼里无疑是献殷勤。余佩会怎么想?会认为他是一个缺德少义乘虚而入的小人吗?何光一夜都为此烦恼。他越想越觉得窝囊,事情的性质莫名其妙地被改变了,作为当事人,他却难以申辩。

翌日上午,火车抵达蓝堡。那位老干部模样的人下车前分别同何光和余佩握手,说,祝你们永远恩爱、相敬如宾。余佩听了这话不禁笑了,看看面红耳赤的何光,用胳膊碰碰他,他拿我们当夫妻了?何光说随他瞎说吧。余佩说,也难怪,你一路上对我那么体贴。何光难以解释清楚,便一笑付之。

他们先住下,各包了一间房。何光计划在蓝堡逗留两日。第一天去文联、文化局和文史办,第二天通过公安局查询姓莫的女人。从地域上看,莫姓在这个地区虽是大户却是小姓,查询工作不会太难。鉴于目前子谦先生的状况不明,两个人商定对外的口径是追踪采访,为子谦先生筹拍一部电视片。何光是编导,余佩为电视台的主持人。余佩说这成了冒充,万一惊动了当地的头头脑脑,就露馅了。何光觉得有道理,便将余佩改作自己的助手。

第一天,他们受到了很好的礼遇,几家文化单位听说是因为家乡名人的事,十分热情。但从他们的谈话中,何光觉得子谦先生至少有十年没有光顾过故里。文联的一位副秘书长也是位小说作者，何光这个名字对他而言比作如雷贯耳毫不过分。这是何光始料不及的。余佩说，你的名气也不小呀，千里之外还有人知道你。何光淡笑道，我们这些人，也就剩下这点东西了。话一出口，连他自己也觉得莫名其妙。副秘书长领他们去看了子谦先生读过书的中学，并说校图书馆专门辟出一柜，陈列子谦先生的作品及研究他作品的资料。何光对此有些不同看法，子谦先生的成就主要反映在文学批评上，他是靠研究别人来造就自己的。子谦先生的批评文章有其风格，属明修栈道暗度陈仓那一路，借他人作品之像塑自我之形。不过何光仍是要感谢子谦先生。当年若不是子谦先生连续三篇大块文章，何光在小说界的知名度绝对不会有今天这个样子，至少不会扩大到千里之外。

在中学转悠了很久。副秘书长接到传呼，便去回电话。趁这工夫，余佩对何光说，她刚才看到池塘边那个小亭子，能想象出子谦初恋时的情形。他喜欢在亭子里动手动脚，余佩说，我们第一次，也是在公园亭子里。何光听了这话，心里陡然有些不舒服。他觉得余佩不该把事情说得太具体。太具体就是形象了。

第二天的工作情况很糟糕。他们在一位户籍警的引领下，一共走访了八户莫姓人家。其中七户均不知世上尚有子谦其人。唯有一位裱字画的中年男子表示，子谦这个名字略有耳闻，是他堂姐的一位旧时同窗。

那么你堂姐呢？何光问道。

在美国。裱匠说，她一家都在美国。

余佩看了看何光，意思是：难道我们还要找到美国吗？

何光递给裱匠一支烟，希望他尽可能回忆起一些关于他堂姐和子谦先生之间的往事。裱匠就问：你们是来查案子的？何光说，我们想搜集一点有关子谦先生过去的资料。何光这么做，是想让余佩相信，子谦先生当年确实同一位莫家小姐恋爱，否则他不会选择来蓝堡。何光一路上担心的，是自己的安排会引起余佩小姐的误解，把寻找子谦先生的行动当作一个圈套。

裱匠在何光再三要求下，谈起了一件事。子谦这人缺乏教养，他说，学生时代就偷看女生上厕所。我堂姐为这事差点投河哩！

你认为那个裱匠讲的是真事吗？在由蓝堡往军埠的途中，余佩这么问了何光。后者没有及时作出回答是因为不好回答，说是说非都不合适。蓝堡与军埠相距不足两百公里，所以他们是乘大巴前往的。车上的人不多，他们却坐到最后一排，便于交谈。

我认为是真的。余佩说。

也许是瞎说。何光说，30多年前的事了，谁还能记得那么清楚？况且还隔了一个堂姐。

不，余佩说，我相信是真的，这才像子谦。

你怎么能这么看呢？何光有些不悦了。

余佩说你别误会，我不是在中伤子谦。人生有许多事，做的人和看的人想得完全不一样。也许在子谦记忆里，那就是他的初恋。

何光不禁看了看余佩，忽然从她刚才一番话里听出了这个女人的分量。他觉得自己过于小看余佩了。余佩显然还有姿色以外的东西。她敢于去和一个比自己大22岁的男人相爱，这不是一般女人能够做到的。而且在这个男人生死未卜的时间里，她能以局外人的眼光来看待正发生着的事，这也不是一般女人能具有的素质。

子谦这个人生命力很旺盛,余佩接着说,兴许正是这一点,让我看重了。何光没有吱声,心里却是紧了一下。他便去看窗外,居然发现了一对掠过的燕子。何光印象中有许多年没有见到燕子这种东西了,就说,看见了吗?燕子呢!余佩说我比你先看见,远远的两个黑点,我就知道是燕子。只有燕子才成双成对地飞。何光这才笑了,说你这是信口开河吧,从前我们家屋檐下有燕子窝,总是三只燕子一块飞。余佩说真若是三只的话,其中肯定有两只是公的。何光问,何以见得?为什么就不能是两只母的呢?余佩往何光身上靠了一下,说,你这人还挺爱较真儿的,我说你听不就行了?接着就哈哈笑开了,前面的几位乘客都回头看他俩。何光不禁有点耳热。这个余佩!可他弄不清女人究竟想说什么。燕子分雄雌,我偏说成公母,再说就可能成男女了。两个男人围绕着一个女人,这便成了一个故事。何光想起临行前在他家客厅里对子谦先生的那些近似慷慨陈词的分析与判断,觉得真是太多余了。他想女人对男人的了解远比男人对男人的了解更准确。现在他的担忧完全颠倒了。他开始替自己担忧,好像自己落进了别人的圈套,还是自动落进的。至于这个别人是谁,是子谦先生还是余佩小姐,或者是他们,他怎么也想不好。

何光甚至想中断这次寻找。

所以一出车站,何光就提出来,他预感在军埠也将一无所获,子谦先生不会在军埠。余佩说,既然来了,当然还是要找的。找得到和找不到是另一回事。你不是说,军埠这个地方对于子谦有着特殊的意义吗?

何光说,现在看来,意义未必特殊。子谦不过是在这里让一个女人怀过孕而已，其实他可能使不少女人怀过孕。

也包括我吗？余佩居然这么问了。

何光说那是你的事。你没怀孕说明你掌握得很不错。

为什么这个女人怀孕就显得特殊呢？余佩跟着又问。

何光说，子谦只同我提及过军埠的女人，姓翟，叫翟南南，当时是县政府招待所的服务员，现在可能当科长了吧。子谦的妻子不曾怀孕，所以翟南南就很特殊了。

那么，余佩问道，子谦来军埠的目的何在？是想让那个至少不能称作小翟的女人再怀一次孕吗？

何光说那倒未必。何光说男人对为自己怀过孕流过产的女人一般是内疚的，因为那个女人为他吃过苦，他会时常怀念她。

你这是说子谦呢还是在说你？余佩说，你妻子肯定怀过孕。

何光说你错了，她还真没怀过孕呢。

那么就是别的女人，你别介意，我们是随便聊聊。余佩说完，把刚买来的瓜子匀出一半倒在何光手上。何光没有回答这个问题。太阳已开始西斜了，还是得先住下。他们打听到原先的县政府招待所已改成了一家酒店，价格不比市里便宜。何光这回出门带的钱不多，就想换一家。这时候余佩说，我看就到此为止吧。

你是说不找了？何光明知故问。

我觉得意思已经到了，你说呢？余佩正视着何光。

1993年4月21日下午五点一刻，何光和余佩又乘上了往犁城方向的火车。这回他们直接找车长争取到了软卧。这列火车的终点站不是犁城，在犁城停车的时间仅十分钟。但是他们在犁城没有下车，而是补足了票，去了南方的一座大都市。不久，这两个人的消息全都没有了。何光所在的单位因涉及一项知识产权的分配,曾四处打听何光的下落。他们也找到了那列火车的车长。后者表示实在记不清楚有何光这个人同自己打过交道,只说凡通过他搞软卧的人,一般送他一条烟而已。倒是一位负责给软卧车厢送水的乘务员提供了一点线索。她准确地描述了何光的形象特征,包括前额上有几点麻子都没有疏忽。她还说自己收了车厢里那个女人的一瓶牌子还很硬的中法合资香水。我知道她不希望我对外说什么,乘务员说,其实也没什么大不了的事。乘务员始终不说自己的所见,而是重复了那个女人的一句话:

你能让一个女人怀孕吗?

1997年4月11日,一位自称是何光先生女友的女人来到了作家潘军的寓所。她说,何光出走了,是不辞而别。见作家未有及时的反应,女人又补充道:

你应该知道他去哪了。我和他在一起的这些日子,他只对我提起过一个人潘军,就是你。

1998年1月25日 合肥
(原载《时代文学》1998年第3期)

九十年代的获奖作品

1993年2月，33岁的摄影师凯文·卡特搭乘YD-13直升机去南非北部边界的苏丹，拍摄大量饥民的生活情况。作为出色的现场报道摄影师，卡特和肯·奥斯特布鲁克、莫尼诺维奇、西尔瓦三年前组织了一个被称作"平平俱乐部"的工作班子。那时，曼德拉的"非国大"与祖鲁人支持的英卡萨自由党正打着仗，一夜间白人倒失去了安全感，因此卡特他们需要结伴而行，这样多少会使胆壮一些。但是这一次，四个人分成了两班，卡特和西尔瓦一早就出发了。

不久直升机降落在伊阿德村，这里正有一个联合国救援组织向灾民发放食品。他们走下飞机便听到零落的枪响。西尔瓦哆嗦了一下。他不禁想起自己第一张照片的拍摄情形。那是在一次葬礼上，几个悲痛的黑人发现了一个白人小伙子，就开车追赶并打死了他。西尔瓦侥幸在一片腾腾杀气里对准了焦距。后来他告诉卡特：我真是死里逃生了！卡特说没错，咱们干的就是他妈玩命的活。西尔瓦判断着枪声的方向，还是有些紧张。可是很快，他们被眼下那些快要饿死的人的惨相怔住了。那些人活像一堆焦炭。于是两个人开始工作。两个胶卷拍完,卡特就感到胸口堵得难受,一种窒息的感觉使他转移了视线,去看村里难得的那几棵树,可怜的一点绿色。他从几具尸体边迈过去,正想点支烟,忽然,他听到了微弱的呻吟声。卡特看见一个赤裸的皮包骨头的小女孩正艰难地从灌木丛中爬出,而此时一只兀鹰落在了这行将饿毙的女孩身后,瞪大了眼。卡特及时捕捉了这个让人震颤的瞬间,然后他将兀鹰赶走,抱起了女孩。他哭喊着上帝的名字,在那个阴霾四伏的上午,凯文·卡特几乎是疯了。

1996年7月,吴越读到关于凯文·卡特的事迹时,他正在长江大堤的一顶蓝色帐篷里。吴越原名吴启正,是K市宣传部的一名科员,因为常给报纸投通讯稿,就取了吴越这么一个笔名。但是从来没有人喊,认识他的人全都叫他小吴。吴越原是部里的打字员,兼管图书资料室。1987年,他考取了电大,之后身份就变了,进了新闻报道科。那时这个科有四个人,吴越实际干的也还是打杂。科长老王对他不错,总是在发表的稿子上把他名字带上,当然不会带他分稿费。日子一久,吴越就想自己动笔写了。他写了许多好人好事的稿子,从中央到市级报刊都寄,不过一篇也没见报。这样他就有了压力,觉得面子过不去。而且那时他正同一个护士恋爱,总是提前预报成果。护士就问:报纸呢?稿费呢?吴越支吾不开,这才觉得耍笔杆子比打字的确要难一些。有一天,吴越发现中央一个部门报纸上有篇署名吴越的文章,谈的是环保与污染,就想以此搪塞对象。为了表明属实,他去邮局填了一张汇款单,给自己开了60元的稿费,汇款人自然是那家中央的报社。但是邮戳是个不好解决的问题。吴越就想自己每天到机关门口去等邮递员,一拿到汇款单立刻用墨水将邮戳弄模糊，再同护士一道去邮局把钱取了。设计似乎很严密。可是三天后的这个上午，部长要吴越随自己下乡搞调查，顺便拍几张照片。于是这张汇款单便落到了他人之手。一周后，吴越出差回来，差点把这事忘了。他隐约觉得，部里的人看他的眼光有点异样，却不知因为什么。后来等到下班，科长老王把他留下来。老王拿出那张汇款单，吴越的头一下就大了。老王说：你怎么这么傻呢？文章千古事，得失寸心知。要是容易，还有人去做工种地么？吴越的眼泪大颗落下，一句话也说不出。老王拍拍他，说你的出发点是好的，人也聪明，我看你今后专职搞摄影吧。老王说摄影是个死东西，只要人勤快，肯吃苦，把有新闻价值的画面一框，再动一根手指，就成了。那时吴越的感觉，科长的话就像黑夜里拨亮了一盏灯。

  这以后吴越就从事摄影报道了。K市的大报小报每月都能见到他的作品，因为领导在他的作品里，只要他的照相机框到了领导，就等于提前发表了。吴越当然也不满足，深知这种沾光的事不能长久，便暗下了决心，想凭个人的能耐打出一方天下。他把所得的稿费转化为小商品的形式，平分给了大家。那段时间，通讯报道科的人每月都能领到小吴发放的香烟、啤酒、水果以及瓜子。吴越又变得可爱了。

  K市位于长江中下游地区。防汛是每年都有的事。1996年的汛情不算严重，但K市的江防却差点出了大问题。长江第三次洪峰通过时，K市的水情刚刚接近保证水位。其时天气恶劣，普降暴雨，江堤的某一段同时出现了四处管涌，情况告急。市长闻讯赶到现场指挥军民联手抢险，他本人也跳到了水中。就在他跃入水中的那一瞬，吴越按动了快门。

  1994年5月23日，凯文·卡特走上了美国哥伦比亚大学图书馆的讲台，接受了普利策新闻摄影奖。这份以美国资深报纸出版人约瑟夫·普利策姓氏命名的奖项，代表着美国乃至世界新闻摄影界成就的顶峰，与世界新闻摄影比赛（WPP）即"荷赛"具有相提并论的权威性。凯文·卡特一夜间成为世界新闻摄影界一颗璀璨耀眼的新星，受到了广泛而殷勤的拥戴。他一举成名，巨大的热情使这个看上去有几分忧郁的南非青年显得不知所措。他出入在纽约最繁华的场合，整天被签名与采访所困扰。但他是激动的。"我无法拒绝热情，"他这样告诉朋友，"再说，我太需要钱了。"

当《时代》周刊的朋友打电话通知卡特，他的那幅《饥饿的女孩》获奖了，卡特几乎不相信自己的耳朵，甚至怀疑是恶作剧。那个时期，凯文·卡特正处于一生中最为阴郁的日子。他辞去了约翰内斯堡《星期天报》周末版体育摄影记者的职位，没有薪金和健康保险，也没有死亡福利。但他从事的又是一个诱人而危险的职业。而且，他的爱情生活也弄得一团糟。他的情人脾气极坏，喜怒无常，把他撵出了家门。卡特带着私生女，连住的地方都找不到。

4月18日，"平平俱乐部"的这伙人又奔赴托可扎，计划拍摄一次暴力事件。连日来的晦气使卡特沮丧而神情恍惚，居然忘了带胶卷。于是他中途返回了城里。阳光极强，卡特装上胶卷却不想再动了。他对强光下的拍摄历来显得信心不足，就沏了杯咖啡，想陪女儿玩一会儿。突然，西尔瓦惊恐地闯了进来，气喘吁吁地说：奥斯特布鲁克被枪杀了！莫尼诺维奇也负了重伤！西尔瓦吓得连哭都哭不出声，浑身战栗着。卡特把嘴唇都咬出了血，吼叫道：为什么不让我死？为什么不让我去替肯挨枪子！

死亡的阴影像鸟翅一样总是不断在凯文·卡特的心头掠过。卡特的父母是虔诚的天主教徒，却又是种族隔离制度的拥护者。卡特20岁那年，因为帮助一位黑人，曾受到父亲的指责。他一气之下吞了20多片安眠药和一包老鼠药，结果没死成。现在，肯·奥斯特布鲁克的遇难使卡特又一次萌生了死念。但是几天后，他听到了自己获得普利策奖的消息。

题名为《身先士卒》的照片不久相继发表在市、省、中央三级报刊并被多次转载。1996年底，这幅照片参加了全国性的影展并获得评委会特别奖。突然的荣誉使作者吴越恍然若梦，他的形象完全得到改变，成为拥有国家级奖项的摄影家。不久，他被提拔为通讯报道科的副科长，坐上了科长老王对面的那把椅子。这个科分享着吴越的殊荣，但分享吴越稿费的日子一去不复返了。随着《身先士卒》的获奖，吴越的身价也高了。他的作品频频发表，而且稿费的标准也越来越往上走，每月的数目远远大于工资。于是事情就来了。有人提出，吴越用的相机、胶卷以及暗房，全是公家的，而稿费都归了个人，这不合理。摄影和文字通讯不一样，稿纸墨水才值几个钱呢？科长老王觉得这似乎也是个问题，便提出了一个折中方案：相机和暗房设备仍可以无偿使用，但胶卷由实报实销改作公家报销一半，另一半由吴越自理。不料，这个方案被吴越拒绝了。为什么？吴越质问道，我干的全是公家的事，为什么还要私人掏腰包？电视台的人用的设备更值钱，谁见到克扣他们稿费片酬了？回答得振振有词。老王感到下不了台，感到吴越已不再把他这个恩师放在眼里，就把桌子一拍：你狂什么？你那张片子不就是瞎猫碰死老鼠吗？他以为这下会把小吴震住。吴越冷笑道：我是瞎猫不错，可你能认为市长是死老鼠吗？这一说，老王傻眼了。当时边上有很多人，老王自知是出言不逊，后悔莫及。在这个周末的支部生活会上，老王首先作了检讨。几个月后，老王调到市地方志办公室当副主任，看上去是升了一级，却远没有在通讯报道科实惠。他脱离了政界最有利的位置，撂在了一堆线装书中。

1997年4月，吴越被任命为通讯报道科科长。他上任的第一件事，就是把老王坐了七年之久的那把旧藤椅扔了。这年春天结束的时候，K市市长被新一届人民代表大会选为副省长。据说他的得票率很高，投票者早已从那幅著名的照片上认识了他。大家觉得，那无疑是张感人的照片。当然也有几句微词。有人说，作为一市之长，关键是运筹帷幄、指挥若定，而不是跳到洪水里参加搭人墙。像这种"身先士卒"，容易让人想起多少年前的学大寨，书记一到基层，首先便裤脚一卷，下田插秧了。领导就是指挥，指挥是不需要摸爬滚打的。可是我们中国人又最讲感情，面对溃堤危险，面对水中搏击的军民，你能西装革履地立在安全地带指而挥之吗？

普利策新闻摄影奖评委会对《饥饿的女孩》的评语是：它以显著的方式表明了人性的倾覆，揭示了整个非洲大陆的绝望。凯文·卡特在一次记者访谈中介绍说，当时他在现场等了20分钟，希望那只兀鹰能展开翅膀。"这样会具有更强烈的视觉冲击力，"他说，"作品则更为完美。"但是这次采访给他造成的麻烦却让他始料未及。有人立刻在道义上对他进行谴责，说他本身就是个捕猎者，是在场的另一只兀鹰。那个小女孩随时都会饿死，而这个可以做她父亲的男人却冷眼旁观了20分钟！连卡特的一些朋友也为之叹息：是呀，卡特，你当时为什么不去帮那可怜的孩子一把？卡特为此痛苦也为此恼怒。他说：当我给一个受伤者拍摄时，你难道要我先替伤者揩尽血迹再按动快门吗？作为一个新闻摄影记者，我只能从视觉的角度思考问题。我不得不这样做！

从纽约回到约翰内斯堡，卡特的精神已濒临崩溃的边缘。他在笔记中写道:"心情恶劣,没有电话,没有付房租的钱……钱!!!我被鲜明的杀人、尸体、愤怒、痛苦、饥饿、受伤的儿童、快乐的疯子的记忆纠缠不休,总是警察,总是屠夫……"钱的入不敷出一直是卡特心中搬不开的一块石头。那时"平平俱乐部"已溃不成军,肯·奥斯特布鲁克的被枪杀如同一团驱之不散的阴云盘旋在大家的头顶上。莫尼诺维奇还躺在病榻上呻吟着,西尔瓦整天待在家里修剪那棵衰败的葡萄,一边听着关于南非大选的广播。为了钱,凯文·卡特接受了一份去莫桑比克采访的活儿。长期的神经衰弱使他在出发的前一个晚上定了三个闹钟,可第二天他还是误了早班飞机。更为糟糕的是,他艰难地完成了这次采访任务,却把一包未经冲洗的胶卷落在了返程的飞机上。等他发现并驱车赶到机场时,那架飞机刚刚升空。卡特在巨大的引擎轰鸣声中吼叫着,痛不欲生。他两手空空地回到自己的寓所,当晚就发起了高烧。噩梦再次袭击了这个日渐虚弱的青年。

卡特最后梦见的是照片上的那只兀鹰。他清晰地看见,兀鹰向他展开了双翅。

1997年对青年摄影家吴越来说是意味深长的一年。虽然他当上了通讯报道科科长,但因为K市市长晋职离任,留下的阴影便更为广泛地包围了这个青年人。人们公开地把吴越的提拔和市长的晋升扣到了一块,说是相得益彰。甚至有人出来为前任科长老王鸣不平。人们指责吴越的忘恩负义,说这个侥幸交上好运的人心怀叵测,去市长那儿放了老王的坏水。吴越陷入孤立无援的境地。天渐渐暖了,吴越度过了一个漫长而烦躁的春季,想一心投入到防汛的采访摄影中。他已做好了充分的准备,并把跟随领导的任务安排给了他的助手。他决定扎到历史上最著名的险段,拍出完全属于自己的作品来。"我需要为自己平反,"他在笔记中这样写道,"我要以新的作品来证明自己的实力,拒绝沾光,拒绝施舍。"但是非常奇怪,这一年的长江风平浪静,雨水也降到了另外的地方,报纸上称这是厄尔尼诺现象。那时 K 市和全国各地一样,正以巨大的热情和资金,投入到迎接香港回归的喜庆中。

吴越在江堤上逛了两天,心情沮丧。引而不发使这个青年人对城市失去了激情,他决定去山里过上几日。通讯报道科干了十年,每回下乡,吴越都是由县里、乡里的人陪同着。他觉得很不自在,像提线木偶那样受人牵制,自己不过是相机的操作者。所以这回他事先没有打一个电话,独立行动了。

五月,山清水秀。杜鹃花在山崖上怒放着,山脚的村落炊烟袅袅。吴越骑着一辆旧自行车,想沿这条砂石公路进入到山的腹地。这时,他突然发现了一只白色的大鸟。后来吴越告诉别人,如果这天不是见到这只神奇的鸟,他或许不会拐上右边的一条黄泥小路。这路是陌生的,从雨天留下的痕迹看,几乎找不到一条自行车的车辙。吴越走了近一个钟头,才看见一个肮脏的身影。那是个大约十岁的男孩,却长着老气的脸,衣衫褴褛,像电影里的乞丐。吴越问这孩子,前面是什么村?男孩不语,只是对吴越傻笑着,有节奏地抽着鼻涕。吴越正琢磨,这时从边上的树丛里又跳出了四个儿童,近似的面孔和一样的笑容令吴越心下一沉。他隐约想起以前听老王说过,这山里有一个傻子村,全是近亲结婚的恶果。吴越拿出尼康相机,退到一棵马尾松后面。这些孩子直盯着相机,怪异的表情中透露出一丝灿烂的天真。吴越很快拍完了一个卷,然后推着自行车跟在这几个弱智儿童后面,向不远处的村落走去。我就像在赶一群刚从泥沼里爬出来的羊,吴越后来这样说道,可我没有牧人的好心情,我想哭!

在进村的路上，吴越想到了凯文·卡特。

1994年7月27日，约翰内斯堡天空晴朗。黎明前的一场小雨使干燥炎热的气候略显得凉爽，空气中也有了几分清新。凯文·卡特在大病一场后心情突然好了起来。他出外转了一圈，破例拍了一张风光片。似乎第一次有这种感觉，灾难深重的非洲却有世界上最为动人的原始风景。卡特急于想看到这张片子，想让西尔瓦帮助冲洗制作——他的暗房已好些日子不用了。他给西尔瓦去了电话，谈得兴致勃勃。但是西尔瓦却建议他最好尽快去看精神医生。

无所事事的卡特后来就去冲洗自己的那辆红色货车了。其实这车淋过一场小雨很干净。卡特细致地擦洗，他的身影在红色油漆中晃动着，像一幅加滤色镜的片子。忽然他犹豫了一下，仿佛从这片红色中又一次看见了那只兀鹰的影子。这时，有人在喊他。卡特转过身，看见一位身着黑裙的女人正向自己走来，这是肯·奥斯特布鲁克的遗孀莫尼卡。

你好点了吗，卡特？莫尼卡说，你的气色看起来还不错。

我挺好，卡特说，我想我很快就全好了。

卡特说家里太乱了，于是两个人就站在车边交谈着。卡特谈论着天气、女儿和童年经常玩的一条河，最后又谈到了那只无法摆脱的兀鹰。"那家伙其实一直也在盯着我。"卡特这样说道。那时莫尼卡还没有完全从丧夫的悲痛中恢复过来，卡特的话如同醉言呓语，她只是耐心地听着，却没有察觉到此刻面前这个男人距死亡只有一步之遥。夕阳西下，他们分手了。卡特上了红色货车，微笑着告诉莫尼卡：我们不同路，我走了。如果运气好，我会见到肯。莫尼卡后来告诉西尔瓦和莫尼诺维奇，当时她以为卡特是想去公墓看望长眠的奥斯特布鲁克,而她上午刚从丈夫那儿回来。

凯文·卡特这个晚上开着红色货车,几乎转遍了约翰内斯堡的大街小巷。夜九时许,这辆车停在了布莱姆方特恩斯普洛特河边。这是条优美的河,卡特在这儿度过了难忘的童年。这也是他第一次目击死亡的地点。他清晰地记得,一个黑人侍者被白人警察射杀,尸体浮在河中。那时他才六岁,父亲用粗糙的大手捂着他的双眼,但无法挥去血腥之气。卡特在河边静立了一会儿,希望能看到月光在水面的倒影。可是这个晚上没有月亮。然后,他找出了一截花园里常用的那种绿色软管,用胶带把它固定在汽车的排气管上,再通过车窗送入车内。他重新回到车上,检查了一下手刹,发动了汽车。大量的二氧化碳废气很快充满了驾驶室。卡特戴着随身听,放倒了座椅,顺手拿起一只平时装胶卷的袋子枕在头下。他随着那支忧伤的曲子慢慢闭上了双眼。

第二天,人们发现了凯文·卡特的尸体,并在座位上找到了一张条子:

"真的,真的对不起大家,生活的痛苦远远超过了欢乐的程度。"

吴越在山里住了四天,于第五天傍晚返回了K市。他没有回家,而是直接去了暗房开始冲洗胶卷。这无疑是一次特殊的采访。作为摄影家,吴越始才体验到什么是真正的创作冲动。他在笔记中是这样描述这种异乎寻常的心情的:

当我把镜头对准这些弱智的孩子时,我的心在战栗。我在内心深处哭泣,我呼喊着我的母亲,期盼她用手拍我的肩,理我的头发。我被孩子们揪心的笑容折磨着,喘不过气,夜夜都从噩梦中惊醒……

我诅咒贫穷,这是万恶之源!

第六天,吴越从上百张小样中挑选了五张进行了加工制作,并对这组照片命名为《以笑的方式呼喊》。

吴越很快把作品投给了北京的一家报纸。几天后,他接到了编辑的电话。对方说他个人喜欢这组照片,但确实不好发。对方没有更多的解释,只是讲了许多客套话。吴越说:那你退回来吧。后来吴越又将照片寄给了一家专业性杂志,得到的回答是:近期难以安排。吴越大为困惑,觉得这些报刊像彼此通了气似的,对待作品的态度都是礼貌地拒绝。可这是他最满意最有信心的作品,怎么就这么难发表呢?到了这年六月的一天,吴越在街上意外地碰见了一个熟人。这人是香港某报的记者,吴越去北京领奖时曾和他有过一面之交。K市的重逢让他们高兴,吴越自然要尽地主之谊。两人去了江边一座叫"心潮逐浪"的酒楼,一夜的话题都是香港回归。这记者原也是内地人,80年代末去了美国,混不开了又转到了香港,干起过去的营生,不过年薪尚有20万港币。记者这回来K市,是为了寻觅一位文化名人的踪迹。名人业已作古,但于30年代在K市留下的一段生死恋情,至今传为佳话。

吴越陪香港记者在K市寻觅了三天,也帮他搜集了一些资料,拍了一些故居遗址之类的照片。末了,吴越把《以笑的方式呼喊》一组照片交给了这人。记者一看就很惊讶,说这组照片具有穿透力,太精彩了。记者说要建议老板以显著位置推出,并表示在吴越提供的背景材料基础上撰文一篇,向全世界呼喊中国的贫穷、山区缺碘、近亲结婚、计划生育国策在农村面临困境、愚昧在蔓延,总之,大有文章可做。吴越的情绪也被煽动起来,眼前又浮现了一个月前在山中的那一幕幕,不禁流出了眼泪。送走记者的那天晚上,他独自坐在办公室,忽然想到了凯文·卡特的死。那个年纪和自己相仿的南非同行真正的死因并不是受到非难和对钱的焦虑，而是为他的获奖作品所折磨。隐形杀手或许就是该死的普利策奖。

这时，有人敲门。进来的是老王，吴越很觉意外，他们已有好几个月没见过面了。老王一眼就注意到从前自己坐过的那把旧藤椅换掉了，就轻叹了声。吴越给老王沏茶，老王摆摆手，说：别忙了，我顺道来看看，就两句话。于是老王问起那组照片，问是不是交给香港记者带走了？吴越说：你消息可真灵通啊。老王说那个记者去地方志办公室查阅名人材料，谈起过。老王说：你赶快发份电传，把照片追回来，别发了。吴越有些吃惊：为什么？老王说：马上香港就回归了，这是百年的庆典，你弄出那种照片，合适吗？再说又是境外投稿，还有个新闻纪律问题，你不懂？这一说，吴越心里便一顿，神色也凝重了。老王说：小吴，你还年轻。以前我说过，照片是个死东西，何必要往活里拍呢？说完这话，老王就走了。吴越送老科长出门，觉得这个人的背影很像自己去世多年的父亲。

月光透过梧桐树的缝隙泻到地上，像落了一层薄霜。对面的楼上，传来理查德·克莱德曼演奏的钢琴曲《秋日的私语》，听起来令人伤感。吴越倚在门框上，觉得自己的那把椅子怎么看都有些别扭。他想，当初急着把老王坐的旧藤椅扔掉，或许是一个错误。

1998年8月22日 北京
（原载《花城》1998年第6期）[1]

---

[1] 注：文中关于凯文·卡特的情景材料出自黄利编译的《黑镜头》（中国文史出版社）。

去茂名的路上幻想一顶帽子

1996年12月我应邀去广东茂名出席一个小说笔会。通常这样的会，事先我都要问清楚，是哪些人去，倘若与会者中有一些很难坐到一块的，我自然就放弃。我这些年东奔西走，除了笔会，任何会我必定是拒绝。笔会最大的快乐就是以文会友，我相信在这次的会上肯定会遇见许多老友的。果然，组织者一说就让我高兴，眼前立刻出现了那几张老脸，却也一如既往的生动。

笔会报到的时间是12月20日，而19日这一天我人还在成都。那时我正在为将要开拍的一部长篇电视剧物色演员，一个月内飞了五个城市。因为忙乱，我迟到了一天，就是说我要在21日才能飞到广州。其他的人已在前一天乘火车先行了一步。编辑部只留下一位编辑在广州等我。后来我知道，迟到的还有另一位北方的作家。

12月21日这一天成都是个阴天，寒意浓重。这天早上我不知因为什么做了一件可笑的事，就是去宾馆的发廊理了发。这个举动与一把造型别致的椅子有关。那是一把很漂亮的椅子，黑羊皮上镶着仿紫檀木的扶手。我路过发廊,脚下便迟疑了,盯着那椅子看。这时服务小姐迎过来,问:先生,洗头吗?

我不想洗头,但我觉得事情突然变得不好解释——不洗头你停下来看什么?我当然也可以说"我不过是想看看那把椅子",然而我却没有这么说,而是很礼貌地告诉她:我不洗头,只理发。以后的事可想而知,我满足了对椅子的欲望,躺在它身上,手在仿紫檀木上尽情地抚摸,而我本来就不多的头发又短去了一些。从那一刻起,我便想买一顶帽子。我就是带着这个幻想登上由成都飞往广州的飞机的。

不知是理发的缘故还是这一天广州的气候骤然变冷,两个半小时后,我出现在了白云机场,立刻就感到我是多么需要一顶帽子。那时我的朋友正在出口处远远地向我招手,我却一边摸着脑袋向他走去。我说我来晚了不好意思我想买一顶帽子。朋友欣赏着我的新头,开心地笑着,说你这家伙像个新郎官似的。这显然是在挖苦我。任何男人包括美男子只要是刚理发,那份尴尬不言自明。我说我是真想买一顶帽子的。于是朋友就陪着我去了机场商店,可是我没有看见我所需要的那种帽子。商店里只有夏天遮阳的凉帽或者草帽。我落空了,幻想还是幻想。我想托朋友去市里的正规商场看看,朋友说恐怕来不及了,因为我们还要在机场等那位北方的作家,他的飞机在40分钟之后就会降落。这样时间差不多就到了下午5点,我们得去随便吃一点,朋友说,然后去赶7点一刻的火车。看来也只好如此了。但我的头很不舒服,后脑勺一带总觉得凉风飕飕。我实在太需要一顶帽子了。我告诉朋友,我再去周围转转,让他原地等候北方的作家。一会儿我再回来。他提醒我记着经常看表。

我和朋友分手后便去了另一个方向，接连转了几个私人小铺面，还是找不到这季节能戴的帽子。我便有些沮丧。机场相当嘈杂，又一班飞机进港了。广播上说这是北京来的，我挤在出站的人流中，像个便衣似的左顾右盼，接着就看见了一顶漂亮的帽子。

那是一顶大盖帽，压在一条独辫之上。那应该是一个女兵，准确地说是一名军事院校的学生，肩章上没有衔。军装的魅力在于穿在任何女人身上都好看，那一刻我这么想着，况且这个姑娘穿任何衣服都好看，她有着"衣服架子"的身材和不亚于明星的长相。她的军帽压得很低，像电影里见到的德军味道，背着北京街头流行的那种双肩包，十分诱人。我薄弱的视线追随着她，后脑勺更是觉得凉了。一个女人倘若走到街上发现眼前有许多的大肚子蹒跚而过，其结论只有一个，就是这个女人自己也怀孕了。事后我曾这样想，假如这一天我不幻想一顶帽子的话，我的视线或许也就不会让一顶帽子牵了去，哪怕是这世界上最美丽的帽子。这个解释似乎还没有力量，也通俗，而另外的解释则更通俗，但却是有力的。如果那顶军帽戴在一个爷们儿头上，我还会转过身来看吗？

不过，我也就稍稍侧了侧身。那未来女军官的俏丽身影很快就被后面的人流遮住，淹没了。这时已是4点20分，我还可以转悠一会儿，或许我能买到我希望的帽子。

我有点怅然。我惦着那顶帽子而不觉放弃了幻想，或者说我已有了新的幻想。几分钟后，奇妙的事情发生了，帽檐压得很低的她又转了回来，这次她给我的是一个正面。就是一个叫人想入非非的女人。她是个丹凤眼,鼻梁挺拔,她的手像男人那样随便地插在裤袋里,步态有些吊儿郎当,神情却很从容。她好像是在等人。她一定是在等人。当她又一次从我面前走过时,我突然叫住了她。我说,哎,丫头,你是演员吗?(我习惯喊剧组里的姑娘叫丫头,她们也很喜欢我这么称呼。)

她用略带诧异的眼光看着我,并向我走近,回答道:也算是吧。我是学表演的。

我看你就像个演员。

那,那你是干什么的?

我?我想了想,我说:这个我以后再告诉你行吗?

她笑了一下,点点头。

我又问:你在等人?

她说是,她说:我等我朋友,说好了来接我,怎么就见不着了?你也是等人吗?

我想买一顶帽子。这种答非所问使我有了一瞬的局促,我想我的精力显然是分散了。她的朋友?那无疑就是男朋友了。我看了看表,我的时间已经不多了。于是我接着说:我可能下个月去北京,我能再见到你吗?

她稍加思索,就写下了她的姓名和呼机号。她写得十分工整。她叫郎乔。

这时候,来接她的朋友出现了,是个和她年纪相仿也很漂亮的姑娘。她说:嗨,小乔!真不好意思,路上塞车,整整憋了一个钟头——这位是你——

郎乔没做解释,我急忙说:我们才认识。

然后我就把我的姓名和手机号留给了她。我说：我们会再见的。

在我身后不远处，那位北方的作家已经和接站的编辑朋友站到一块了，他们在望着我笑。我走过去，和北方的作家握手。他摔开我的手便调侃道：好家伙，这么快就泡上了一名女军官！

我说：我其实是在找一顶帽子。

去茂名的火车正点驶出广州站。这是我有史以来所坐的最为豪华的一趟车。我所在的是一个软卧单人包厢，一张双人床显得大而无当，还配有抽水马桶。听那位编辑说，这次笔会的赞助商是一个大老板，没有别的目的，只想见见几个作家的样子，一块喝喝酒什么的。广东能有这样的老板实在是文学的幸事，这样的人应该到作协来当官。（既然霍英东先生能做国家政协的副主席，这位老板为什么就不能当作协的副头儿呢？）1996年12月21日是我在这一年里最快乐的一天。我是个俗人，意外的享受和结识美女都会叫我欢喜。此刻我睡在这张大床上，依然在幻想着一顶帽子。我在想，如果我早上不在成都理发，我肯定就不会在广州惦着要买一顶帽子；如果我不打算买帽子，我肯定就不会对戴帽子的人感兴趣；如果我不在筹备一部电视剧，我也不会贸然去和一个姑娘说话的。既然我现在做导演了，我似乎就拥有了随便叫住一个姑娘的权力，堂而皇之。还有，如果我们不在机场等候北方的作家，自然就离开了白云机场。如果来接那位小乔的朋友路上不塞车，她也就不会第二次从我眼前通过。最后，也是最重要的，如果小乔的朋友是个男人，我想此刻关于帽子的念头肯定就彻底地打消了。可是这一切都已不是"如果"，所以我对一顶帽子的幻想还会继续。

茂名笔会为期一周。这一周的印象转眼就变得很模糊,只记得吃了许多极不愿意吃的海鲜,通宵达旦地打牌。这本来就是出钱者的初衷,人家对文学不感兴趣,但后来人家对搞文学的人也烦了,觉得这些家伙和他在街上见到的人没有一点差别,却每天都有新鲜的要求。我们住在山上,那环境称得上山林精舍,但无法接收到来自中央电视台的信号,而那时正进行着世界杯的预选赛,我们自然不想错过,于是就向东家嚷:派车送我们下山看球吧!东家就派了车,等我们回来,会议组织者下达通知说,我们的会得提前两天结束了。

在回广州的路上,我们被弄到了硬卧,原先说好的红包也被拦腰一砍。这一路上我们的精神支柱就全仗一位军旅作家"高科技含量很重"的荤段子了。于是一到广州,人便作了鸟兽散。

临走前的那天晚上,我忽然想起郎乔留给我的呼机号有可能在洗衣时给弄坏了。一检查,衬衣口袋里果然就只剩了个小纸球。费了很大劲将它张开,还是看不清字迹。我便有些沮丧,心想这下算是全泡汤了,那一连串的"如果"被我一时的粗心化为乌有。隔壁的人喊我去打牌,不到一个钟头就输了八张。我努力想着那女孩的呼机号,怎么也想不起来。这时负责报销的会务人员来了,让大家填单子,把来时的机票什么的掏出来。一见我的机票上注明着12月21日,忽然就轻松了下来——郎乔的呼机号就是12021。我立刻辞了牌局,回房间给北京打了呼机。接下来便是激动不安的等待了。我觉得这件事与普通的艳遇有着本质的不同,带有一点命中注定的意味。但是,近两个钟头过去了,没有回答。我在这漫长的时间里作出了乱七八糟的猜测,突出的只有一个:呼机号是假的。如今这种事简直多如牛毛，连作家在小说里也不断重复。不过我遇见的还是他妈的头一回呢。

我便自嘲地对着镜子笑笑。我想镜子里的那个男人本来就属于有贼心无贼胆的家伙，被丫头耍一把应属正常，就打着口哨进卫生间洗澡了。我想使自己迅速平静下来，把这件带有戏剧性的事忘掉。我产生了这样的感觉：到目前为止什么也没有发生，却又像发生了许多。突然电话响了。我裹上浴巾水淋淋地跑出去，果然就是郎乔的回机。

是你吗？她说，你还在广州？

我说还在，去北京大约要到明年的一月中下旬。

那时我们快放寒假了。

我肯定在这之前到。我说：我呼了你这么久，怎么现在才回呀？

我们刚下表演课呢，在排小品。

是这样。你好吗？

挺好的。喂，你到底是干什么工作的？能告诉我吗？

等到北京时再说行吗？反正我不是个坏人。

我觉得也不像。

然后我们就都笑了起来。放下电话，我眼前再次出现了一周前在白云机场见到的那个漂亮的女军官的形象，那顶帽子实在是神气而动人。我们老家有支民谣里唱道：歪戴帽子斜插花，养个老婆不在家。就是对这种女人的赞美。漂亮的女人一般都是不在家的。

1997年1月16日我去了北京。这次还是为了找演员，尤其缺女的。我自然要给郎乔一个机会。其实从第一眼起，我就认为这丫头可以来试剧中的一个角色，形象气质都比较贴。于是住下的当天，我就在她呼机上留言相告，让她速来剧组面试。

她很快就回话了，问道：你是导演还是制片人？

我说是导演。

她说：我的运气怎么这样好呀！

我说：现在还不能定，等试了镜再说吧。没准儿还得做小品呢。

做呗，她很自信地说，我肯定能过关的。

你赶快来吧。

放下电话，我就对剧组的其他人简单地介绍了这个郎乔。我着重渲染了白云机场的那一幕，我说：一个年轻漂亮的女军官，大盖帽压得低低的，稍有点歪，双手插在裤袋里在你面前晃来晃去，你会产生什么感觉？

有人接过话头说：泡她！

大家哄堂大笑。但从他们的表情上看，我的这番话产生了明显的作用。虽然我是导演，可是在选择演员这件事上，我还是想多听听大家的意见。这个下午陆续有演员来剧组洽谈面试，不过让我一眼相中的几乎没有。谈到近五点，郎乔还是没赶到，外面的天已开始转黑了。制片主任问我：那姑娘怎么还没来呢？我说谁知是怎么回事，早该到了。这话刚说完，副导演进来说：导演，有人找你。

制片主任问：是那女军官吗？

副导演说：我看不像。

我有点纳闷，因为我还没有来得及约其他人，来剧组面试的全是副导演联系的，我便随副导演走到会客室，一个打扮很时髦的姑娘礼貌地从沙发上站起身，对我笑。我心里咯噔一响，因为我面对的这个姑娘就是郎乔,我竟差点没认出来。我不知道我的表情里是否流露出了这一点,而我已经在竭力地掩饰了,居然把香烟递给了她。她没接,却很麻利地从时装口袋里拿出了别致的打火机,替我点上,说:导演,你好像瘦了。

我下意识地摸了摸下巴,问:怎么来得这么迟呢?

她说:我去做美容了,见导演嘛。

你以前见导演都要做美容?

我是第一回见导演,忙了一下午呢。

说到这,外面在喊吃饭了。

我自然要留住她,她却说:我们去外面吃吧,我请你。我说,你还是个学生,免了吧。你最好别把我当导演。她说:你本来就是导演嘛。在餐厅吃饭的过程中,我感到剧组的其他人话变得少了。这天晚上她还有课,那个小品排了一个月,她都烦了。我送她出门,路上的雪冻得结实而光滑。我就问,你今天来怎么不穿军装呢?你戴帽子很好看的。她说:我几乎天天穿那身衣服,我周围的人也都是那种衣服,看了眼就发晕。我难得穿一回我喜欢的。突然,她停下来说:我穿这身不好吗?

我笑了一下,含糊地点了一下头。但我的心情在这个瞬间变得复杂起来。郎乔后来好像又说了很多,但现在我实在回忆不起来了。我能记得清晰的还是白云机场的那顶军帽。时至今日,我对一顶帽子的幻想还是幻想,没有人会知道,我是多么向往那顶帽子。

1999 年 10 月 20 日 北京天坛之侧

(原载《作家》2000 年第 1 期)

对　话

1

　　金萨克是杭城一家酒吧。它的营业时间自下午一点开始至翌日凌晨。据店主介绍，在开业之初的几个月，生意一直不怎么样，但不久就好了起来。现在，金萨克已是颇有名声的酒吧了。每天夜晚，酒吧的客人总是很多。人们喝啤酒、洋酒以及各式的时尚饮料，听一位女歌手唱英语歌，听另一位男摇滚歌手唱摇滚倾向的流行歌，低声讨论物价、股市和爱情这些话题。到子夜，大家不约而同地静下来，幽蓝的灯光下一位萨克斯演奏者登场，在电钢琴师的伴奏下，开始用这件著名的西洋乐器演奏同样著名的中国乐曲《梁祝》。而这个时刻，从边门里走出一个理平头、手提一只保温桶的男人。他上楼，在靠近窗口的那张台子坐下来。显然男人是老客，店主一般是把这个位子留给他，而且还给了他一张制作考究的贵宾卡。男人看上去接近40岁，个头不高，壮实，背稍有点佝。他总是要一杯生啤，偶尔也要一点小吃。他一边喝酒一边听萨克斯，不同边上人交谈。但这个晚上，一位还算年轻的女人坐到了他的对面……

女人：可以坐这吗？这儿离空调近，我很热。

男人：请稍微坐偏一点，我没别的意思，我只是想看到一点街景。

女人：杭城的夜景还不错的。

男人：当然。洒水车再多一点就更好了。

女人：我没想到……我是说我没想到萨克斯吹《梁祝》会有这么好的效果，真没想到。

男人：你很懂音乐？

女人：谈不上懂，就喜欢吧。我曾经想学声乐，但条件不好，音域不宽，音高还可以。你是搞音乐的？

男人：不不，我这双手顶多敲敲电脑吧。音乐需要天赋，不是我这种人能做的。不过听听也蛮好。

女人：对。萨克斯的样子我也很喜欢。

男人和女人这之后几乎没有再说什么。他们好像在专心听萨克斯的声音，男人慢慢喝着啤酒。有几次他想抽烟，但都自动放弃了。《梁祝》奏毕，他们鼓掌。男人的手再次放到烟上。

女人：你想抽烟是吗？

男人：不好意思。

女人：请随便吧。酒吧是公共场所，是花钱买的座，要是因为我坐在你对面，不好意思的应该是我。

男人：你别这么说……其实我抽烟有时候完全是下意识的动作，抽不抽也是无所谓的。

女人：那又何必呢？你抽吧。男人抽起烟显得精神，我不是说你不精神。

男人：那是电影电视上的男人。我抽烟只是嗜好，而且我从21岁开始，就抽这个牌子的烟。

女人：你这人一定很传统。我是随便说说的。

男人：没关系。很多人都说我很传统，连我妈都这么说过。

女人：看不出你还很幽默。

男人：我幽默吗？这倒是头回听见。

女人：你是不是天天来金萨克？

男人：经常来。

女人：我碰见过你，总拎着这只桶。

男人：是保温桶，装点吃的。我上班的地方比较远，食堂的饭又不太好吃，就每天自备一份中餐。晚餐就凑合过去。

女人：其实晚餐比中餐重要。晚餐要吃好。

男人：可我没有时间，转不开。

女人：而且你这种桶装吃的，口味肯定变了。

男人：有营养就行。

女人：长期这样恐怕不好。

男人：是呀，也许过些日子就好了。我倒是习惯了，所以也看不出有什么不合适的，就是上车不太方便。

女人：干吗不买辆摩托？

男人：我是想买，可我女儿不同意，她说报上总看到摩托出事。

女人：女儿多大了？

男人：今年十岁，上三年级。

女人：孩子倒蛮懂事的。

他们谈到这里同时沉默了。萨克斯手开始演奏一首外国乐曲，听起来有些忧伤。男人把最后一点啤酒加到杯子里。女人的柠檬茶也剩下不多了。男人看看窗外，街上已经很安静，没有几辆车在动。杭城的夜很朴素，然而依然很热。夏季是杭城最无奈的季节。女人用汗巾仔细擦了擦嘴和手指，然后对黑马夹招招手，把"贵宾卡"和钱递过去，她要走了。

男人：你也常来？

女人：来过几回。你慢慢喝，我走了，明天上午还有点事。再见。

男人：再见。

2

男人和女人在一周之后第二次见面。还是男人先到，他边抽烟边对门口看看。女人进门后，男人站了起来。女人在楼梯口处停了一下，那儿有一盏灯。女人进门时其实就看见了男人，他今晚穿着一件U2T恤。女人还看见了那只保温桶放在窗台上。在楼梯上女人同店主打了个招呼，好像还送给店主一件什么小礼物，然后就向台子走来，男人再次欠了欠身。

女人：来多久了？

男人：刚来一会儿。《梁祝》才吹呢。

女人：这几天你天天来？

男人：星期四没来，加班太迟了。

女人：这件T恤不错，谁帮你挑的？

男人：我自己挑的。我都是自己挑。

女人：你眼光不错。

男人：瞎碰吧。

女人：皮肤黑的人不要选亮色。

男人：我皮肤……哦，现在是黑了，晒的。

女人：你别介意，我说话很随便的。

男人：这样很好。

女人：你在医院工作？

男人：不，我是在企业干。

女人：那你身上怎么总有股药味？

男人：是吗？

女人：我鼻子很尖的，确实有药味。

男人：是不是我去药房买风油精的缘故……你还要柠檬茶还是别的？今天我请你好吗？

女人：不用客气。我和朋友聚会一般都是AA制。

男人：当然也有特殊的。

女人：你真要请我，那我就要人头马了。

男人：好，人头马，我也要。我今天就是有点想喝洋酒。

女人：算了，还是AA制吧。

男人：你看，说好了又变。

女人：要不我请你，两杯柠檬茶？

男人：我不喝柠檬茶。饮料和茶兑在一起，我无法想象是什么滋味。

女人：那就尝一尝吧。

男人：不行不行，怎么说应该是我请。

女人：你这人很要面子。

男人：也可以这么说吧。你能再来，我很高兴。

女人：我是经常来的。

男人：这，这当然……

女人：对不起，我确实经常来。这个时期我睡眠很糟糕。

男人：光听音乐不行，你得去看医生。

女人：谢谢。可我不怎么相信医生。我也不喜欢医院，进了那个环境，好像没病都病了。

男人：你对这些很敏感。

女人：是指你身上那股药味吗？

男人：你还惦着这事……下次我来，一定先洗好澡。如果还有药味，那就说明我这人是药做的。

女人笑了，身体稍稍朝后靠了靠，这使她的乳房看上去更饱满。女人是漂亮的，两眼明净，眉毛很浓，自然。萨克斯在演奏那支苏格兰老曲子，边上的一对年轻男女在低声嘀咕，说这儿缺少一个小舞池。人头马已放置好，男人向女人举起酒杯，女人又笑了一下。他们喝酒，正准备交谈下去时，男人腰间的 BP 机响了。他看了一下，女人从包里拿出手机给他，可他有点沮丧同时又有点慌乱地说，他有点急事，得先走。女人没说什么，又喝了口酒。男人拎起保温桶走开，在楼梯上犹豫了一下，他又跑上来，找到黑马夹把单买了。他看了一眼女人，此刻她的视线正放在窗外。她的背影也很漂亮。

3

大约两个多月过去后，男人在一个雨后的黄昏走进了金萨克。这个时间，酒吧里没有表演，也没有什么客。背景乐曲低弱地响着。

男人还是朝楼上的老位子走去,他刚上楼,就发现了那个女人。除了第二次女人在楼梯处停留片刻外,男人是在正常的光线下见到她。这回男人发现,女人的皮肤也很白皙。女人还是喝柠檬茶,正用小勺子挤压杯中的柠檬片。男人走过来,女人显得有些意外,甚至有些紧张。她的小勺子用力不匀,使茶水溅出了一点。

女人:来了,这么早……

男人:今天没什么事。你也很早。

女人:那只桶呢?

男人:扔了。

女人:扔了?

男人:扔了。我想想还是扔了……我用它有六年了。

女人:你调动工作了?

男人:调动工作?没有,我的工作还不错,没想过要调。

女人:那么,就是单位的伙食改善了?

男人:你还是在说那只桶……伙食并没怎么改善。我只是不想再拎一个东西在手上,或者说不需要。现在我两手空空,很自在。你看,我们坐在这里像是专门来谈那只桶似的……

女人:你现在真的很轻松?

男人:是的。

女人:六年,不容易。你该轻松轻松了。今天我想请你,想喝什么?

男人:扎啤吧。

女人:先吃晚饭吧。你肯定没吃。

男人:这儿是没有饭菜的。

女人:那你干吗来这么早?

男人：我想占这个位子。我喜欢这个座，怕来迟了。

女人：那也得吃了饭才来呀。

男人：在路上我吃了一笼包子。

女人：你这人很倔……晚餐还是要吃好一点。

男人：现在我一见厨房就发怵……

女人：那对孩子也不合适。

男人：孩子和我妈在一起，会吃得好的。

女人：是这样……住多久了？

男人：也是六年。你吃了吗？

女人：你看呢？

男人：走，我们先出去吃点东西。我最近赚了点钱，我们去好点的场子。说好了，我请你。

女人：我哪儿也不想去。我有点累，不想动。

男人：可这儿没有吃的。

女人：要不这样，咱们先聊会，然后去吃宵夜？

男人：这样安排好。你饿吗？

女人：女人是不容易饿的。何况我在减肥。

男人：你没有必要减什么肥。现在这样，蛮好。

女人：我还是想减掉一点。

男人：不不，一点也不要减，真的。

女人：我是不是比上次又胖了？

男人：我不觉得。其实胖一点有什么不好呢？

女人：你还是觉得我胖了。

男人：你看，我这人真的不会说话了。

女人：我是胖了嘛。

男人：就算是吧，但我认为很好。这个年纪的女人应该……丰满一点，这样显得……

女人：愚蠢？

男人：是……性感。

女人：哦，这样。

男人：我这么说你不会生气吧？

女人：你没说错什么。

男人：谢谢。跟你聊天很轻松。

女人：是吗？我想问一下，今天你怎么来这么早？

男人：我说过了，我想占这个位子。而且……

女人：而且什么？

男人：我有一种预感……

女人：预感？

男人：是预感。

女人：你很相信预感？

男人：是的。我有一次打麻将，本来可以和了，六筒，但我预感还会再来一张五筒，结果打出去的三筒让人碰了，然后我自摸了，单吊。

女人：常打麻将吗？

男人：不常打，只和几位朋友。他们找我。他们非常好，知道我……

女人：知道你很累，来帮你散散心？

男人：你怎么知道？

女人：我也相信预感。你现在可能不会再玩麻将了吧？

男人：你……你是这么想的？为什么？

女人：因为你不需要拎那只桶了。

男人：你是……

女人：你身上也不会有药味了。

男人：……

女人：你不容易，六年，不容易。

男人：……

女人：你是个好人。

男人：你是谁？

女人：以后我会慢慢告诉你的。来，我们先喝一杯好吗？

4

这以后男人每天来金萨克，可是女人突然消失了。男人一个人坐在老位子上，重复每夜的生活。在他的对面，轮换坐着不同的人，奇怪的是都是女人。这些女人也不时同男人聊上两句，男人只是敷衍。他在反省，是不是由于自己的出言不逊而使她不再露面？那时男人便有些沮丧。他这辈子有不少睡过觉的女友，但能聊天的女人却很少。随着年岁的增大，聊天好像越来越重要了。男人在忧郁中度过了炎热的夏天。在这一年秋天刚刚开始之际，男人在酒吧的门口发现了那个女人的身影。他喊了她。她像以前那样开朗地笑了一下。她的牙齿洁白如玉，但她的气色却不如以前，显得有些灰暗。他们握手，然后去了老位子。这个晚上酒吧的客人不多，很幽静。那名萨克斯手换上了一副金丝眼镜，依旧吹奏着《梁祝》……

男人：见到你，我真高兴。

女人：谢谢，你好吗？

男人：还行。我刚刚写完那个臭稿子。

女人：我读过你的书。我早知道你不在什么企业。

男人：我，我那是随便说说。你好像还知道我许多事，你很聪明。你最近怎么不来这儿了？

女人：我在办离婚。

男人：离婚？办得……怎么样？

女人：总算办完了，像生了一场大病。

男人：你气色有点不好。

女人：气色不好倒没什么。现在我轻松了。

男人：轻松就好。你要不要先喝杯柠檬茶？

女人：今天我想喝酒！

男人：人头马？

女人：不，扎啤。我其实不喝洋酒，味道像药。

男人：你对药特别敏感。

女人：我那位是医生……

男人：哦……

女人：在××医院……

男人：是这样……

女人：现在你该知道了吧。

男人：我没想到……

女人：如果不是那只保温桶，我们可能不会认识。它太让我眼熟。我在电梯里就见到过，可我确实记不住你的样子。你想想看，六年，我能不熟吗？

男人：这么说，你一开始是在试探我？

女人：也可以这么说吧，请原谅。

男人：我早该想到。

女人：她走的时候，痛苦吗？

男人：还算好，说走就走了。那天晚上……

女人：你赶到了？

男人：赶到了。我从这儿赶到医院，她的神志还算清楚，我握着她的手，女儿也在边上……她走得还算平静。我把她送回了老家，和她母亲葬在一起……

女人：她在的时候，你们过得好吗？

男人：应该说还好，就是没什么话说。

女人：现在很多夫妻都没有话说。也许恋爱的时候都说完了吧。这好像是规律。

男人：那倒不是。

女人：我觉得是。没有话说，很糟。

男人：说话在你看来特别重要。

女人：本来就重要，你不这么认为？

男人：前几年我倒不觉得，可能是我老了吧。

女人：别逗了。

男人：是的，我现在特别喜欢回忆，这种心态就是老了。

女人：那是你们文人的酸劲儿。

男人：我好像对什么都很难产生激情，这很要命的。我甚至怀疑有一天我会把自己弄掉。

女人：你别吓我。唉，你这是累出来的，我能理解。

75

男人：其实，人生本来就太长了……

女人：这种话你留到你小说里去写吧。我到这儿来，是想轻松一下……我喜欢听萨克斯。

男人：我想问一句，如果在听我说话和听萨克斯之间选择，你选什么？

女人：我当然选听萨克斯。你是不是很失望？

男人：这是对的。

女人：对的？

男人：与人交谈太具体，与音乐就是抽象。抽象是美。

女人：不过在听完音乐之后，我选择听你说话。

男人：这种安排不错。

女人：至少不需要付钱是吗？

男人：可现在我不想说。我想我们该出去走走了。

女人：我想说。

男人：如果我们之间的话很多，就留着以后慢慢说吧。以后的日子很长。

女人：有多长？

男人：那要看你的身体状况了。

女人：我这种人可不容易被勾引的。

男人：你认为此刻我在勾引你吗？

女人：……

1997 年 6 月 合肥

（原载《东海》1997 年第 9 期）

抛 弃

1

很长时间以来,柏达先生一直为离婚的事苦恼。柏先生是犁城大学中文系的副教授。1978年高考恢复后第一批考进去的那拨人,留下来教书的唯有他。严格地讲,在大学四年级的时候,柏达就承担了助教工作。他协助吴子期教授批阅我们的古典文论作业。如今,他已是系里这方面的权威,并且开始带硕士生。柏达年长我三岁,今年42,据说这次上报的教授中也有他。柏先生喜爱书法,也收藏一点陶瓷。大约是这个缘故,他把我视为比较可靠的朋友,而不怎么和别的同学交往。所以他要离婚,我是较早知道的。"我实在和她过不下去了,"他总这么感叹,"到了秋天就离。"可是秋天过去了好几个,柏达的婚姻还是这一个。后来连我也反过来劝他。我说算了老柏,王茹华也不容易。你真想在婚外搞点什么就悄悄做,完了就完了。像每对夫妻一样,真正的离婚不是吵架中提出的,而是深藏于心，期待着最佳时间。问题是柏达先生藏得太深，也拖得太久，我想他早该疲倦了。

王茹华是柏达的第一批学生，小他七岁。虽然戴着眼镜，但看上去十分文静，笑起来还是很动人。"一个戴眼镜的女孩子让男人动心真不容易。"时至今日，我都佩服柏先生当初发出的这种感慨。后来柏达就娶了王茹华。因为嫁人，王茹华放弃了报考吴子期教授研究生的机会，教授就幽默地叹道，你们都抛弃了我。婚后第二年，他们匆匆有了儿子，显得措手不及。那些年柏达夫妇基本上是围着孩子转。现在孩子是忙大了，柏达却想离婚了。

柏达是个性情古典、性格内向的人。除了教书著书，业余就临临碑帖，玩玩陶瓷。他玩陶瓷，其实是想在家中分散出一点注意力。"我不愿一进门就对着那两片小玻璃，"他说，"我宁可面对陶瓷。"这句话有几分刻薄，我想这两个人的缘分确实该尽了。男人不喜欢女人，这事就不可收拾。不过柏先生谈离婚，不像别的男人，总去数落自己老婆的这个那个。他只谈自己。他一谈离婚思路就相当开阔。他由性格、志趣这些心理的东西发端，再慢慢涉及生理上的种种不和谐。他有例证。比如说他谈到有一次同王茹华做爱，居然连汗都不出。"还有一次，"他说，"她随手拿过一张晚报，整版整版地看！"接着柏先生就大发感慨了。他说所谓夫妻感情不在于什么性格不合。夫妻感情是在床上一点一点搞出来的。而我们……我有问题吗？事情到了这步田地，就是朋友，也不好多劝了。我总不能对王茹华说，下次你和老柏在一起的时候，别再看报。况且柏达举这个例子最恼的是他本人。他多少有点担心自己的能力。他渴望一个女人在他的不懈努力中获得新生，就像三级片里的那样。

柏达要离婚的消息，社会上鲜为人知。他只告诉了有限的几个人。这中间也包括行将去美国加州定居的吴子期教授。吴教授已年近花甲，对学生辈的这些家长里短根本没有多大兴趣。柏达因为是他的高足，又是他指名留校的，所以柏达离婚的事，他还是表示了一点关心。教授在听过学生不连贯的表述后，由衷地叹了口气：还是顺其自然吧。

2

柏达迟迟不能离婚，主要原因是两方面。一是担心儿子的归属。他深知和王茹华争这个孩子将是十分困难的。他非常想要这个儿子，甚至过早地把孩子作为余生的寄托。另一方面，是怕王茹华难以承受这个巨大的打击。王茹华属于那种从不生事的知识女性，在市图书馆工作。而且给人的印象总是很累。我每次见到她，她都很客气。我没有看见过她化妆的样子，但她始终不显老。有时候她由儿子陪着逛街，熟人都很吃惊，认为她没有这么大的孩子。是你弟弟吧？人们爱这么笑她。有一个阶段柏达为这种言论感到满足。他不怀疑其中是否有恭维的成分。那个阶段刚评上教授的柏达心情还可以，离婚的念头也差点打消了。但是不久，事情又起了变化。柏达去黄山开会，遇上了另校的一位女教师。据柏达后来向我介绍，这人很漂亮，明眸皓齿，而且性格开朗。"她在会上的发言并不精彩，"柏达说，"精彩的是她的气势，富有煽动性。"于是柏先生就第一个被煽动了。他找机会同她接触，吃饭坐一桌，乘车坐一排。到了会议末尾，议程安排游黄山。柏达爬过黄山，如果心里不存这点事，他是想提前回犁城的。现在他当然要爬第二次。都知道黄山的某处护栏铁链上有许多连心锁，那是恋人们的誓言。爬山的恋人都买锁，锁好后把钥匙扔到山谷里。与会者没有恋人，但那个女人买了两把锁。在没有人注意的时候，她把其中的一套钥匙塞给了柏达。下山的当晚他们就睡到了一张床上，尽管爬山很辛苦。这次艳遇在柏达心中起了波澜。第一，他认为婚还是得离。因为生命只有一次，这次的经验使他打消了自我怀疑的顾虑，证明他还是可以燃烧的；第二，缺少性爱质量的婚姻本身也是不道德的。但是到了第三，他又犹豫了。从前柏达与王茹华离婚只是强者离开了弱者，思考的范围是如何安顿好弱者，舆论的范围也仅限于对弱者的同情。现在如果离婚，虽然没有事发东窗，但柏达在良知上会进行自我谴责。"我不能因为一个女人而离开另一个女人，"他冲动地对我说，"这是赤裸裸的抛弃！"柏先生能赤裸裸地同另一个女人上床，但还是不愿意赤裸裸地离婚。

事情又拖了一阵子。

柏达决心调整到最初的轨道上去。他中止了同那位女同行的联系。原来他觉得这件事很棘手，结果比他预想的要好。这得助于天时，因为柏达那个暑期被派出去改高考试卷，是不允许同任何人写信打电话的。等他回来，也就没有再收到对方的信和电话了。这事就这么淡过去了，柏达感到松了一口气。那么，剩下来就是怎样让王茹华思想上有所准备了。仅攻这一点，柏先生还是有信心的。

3

后来柏达就开始按计划实施了。他每天分配给儿子的时间明显增多，除了辅导他的作文，还陪他下五子棋。有时父子俩一边下棋还一边用简单的英语进行会话。这是什么？这是一头猪。这是黑毛的猪吗？不，它不是，是白毛的猪。柏达这么做，是让王茹华检测他和儿子的情感基础，衡量他独立育子的能力。可是王茹华在一旁保持着沉默，有一回还流了泪。"我不知道她泪为何流，"柏达对我说，"她还会不放心吗？"我说就是王茹华把儿子给你，也还是会不放心的。柏达叹道：这还差不多。对王茹华，柏达采取的是时间错位之策。他那时每周三有两个课时，所以天天坚持著书。他家是两间半的房子，其中一间是书房兼客厅。柏达从晚上九点半开始，一直写到一点，有时甚至两点。而王茹华多年养成的习惯是十点必须上床。这样一来，夫妻间实际上已开始了分居。王茹华不做任何暗示，这是柏达意料之中的。"我想等这本书写完，"柏达说，"离婚就差不多了。"

问题是，这本书印出来后，王茹华还是没有提离婚，反倒把柏达的书一本一本地要去，送给她的同事。柏达这才觉得，这事真的难了。和很多狡猾的男人一样，柏达希望由王茹华这方面首先提出离婚，这样日后解释起来就方便一些。可这个王茹华死活不提，而且总在危机将至时表现出特殊的冷静。有几次柏达都想开口，但一看王茹华那副小鸟依人的样子，便把话题咽了下去。最近的一次，是因为王茹华周末出去参加一个集体舞会，回来晚了点，柏达就借题发挥："这个家如果对你没有了吸引力，干脆拉倒算了！"他振振有词。他希望王茹华接上一句"算了就算了"或者"拉倒就拉倒"，结果王茹华只嘟哝了一句："你又喝酒了？"就去蹲马桶了。

那天夜里柏先生几乎一宿没睡。第二天中午，王茹华提前下班，还带回了一只咸鸭。一家三口美美吃了一顿后，柏达倒头便睡了。夜里，王茹华带儿子看《玩具总动员》去了。柏达一个人在家，正想来我这儿看陶瓷，吴子期教授上门了。从教授严肃的神色看，柏达估计是为自己离婚的事。教授可能对这件事改变了态度，决定亲自过问一下。果然就为这事。吴教授点上烟就问："还打算离婚？"柏达就微微点了头。教授又问你都想好了？柏达迟疑了一下，说出自己担忧的两个方面。教授就叹道："这是每个离婚者都遇到的问题嘛！"柏达这才想起，教授也是离婚者，而且两次。教授的话似乎带有几分劝慰也带有几分鼓励，他好像心里一下松了很多。接着，柏达又提出了第三个担忧：这件事倘若引起后遗症，会不会影响自己的晋职？教授踱了两步，然后说："学术问题是严肃的，不能同家庭问题扯到一起。再说，我还是高评委的副主任，该说的我自然会说。"

依我的判断，柏达后来敢于提出离婚，与这个晚上吴子期教授的"声援"关系重大。

4

大势已定，余下的只是寻找突破口的问题。尽管吴子期教授给柏达打了气，柏达内心还是希望能从王茹华那边找到一点借口，甚至希望有什么不太令他难堪的把柄在握，这样提起来会理直气壮一些。柏达开始观察妻子。渐渐地也发现了一点破绽和苗头。比如有一次他夜里中途回来拿钱包，听见王茹华在打电话。他一露头，王茹华就把电话给挂了。还有一次，他无意中拿了王茹华的BP机，乱按一下，王茹华听到响声就过来把机子拿开，接着就把电池拿下了。柏达就问你下电池干吗？王茹华说没电了。等王茹华走后，柏达把退下的电池安到剃须刀上，照样能刮，他便有些疑惑。王茹华每周必定要夜间外出一次，没有具体的日子，但外出一次带有规律性。而且回来的时间都比较迟。柏达便决定来一次盯梢。他想只要有什么不对的苗头，第二天就摊牌。

这次盯梢没有成功。王茹华先去了一家眼镜店，柏达看见接待她的是个老女人。她们除了谈眼镜还能谈什么呢？后来王茹华一出门就上了出租车，柏达想追已来不及了。回来的路上他拐到了我那里，主动地说刚才盯梢了王茹华，并将自己责骂了一通。"我这个人也很可耻。"他说，"心里想抛弃她却还要让她说我抛弃得对。"他这一说，我就懒得说了。我还是坚持我的观点，这家伙想离婚，够呛。

不久，王茹华提出要回上海父母那里休假。这个安排以往都是放在春节，这回改变了，她也不做任何解释。柏达当然同意，象征性地帮着张罗一番，就把王茹华的火车票给订了。可王茹华说她这回不想坐火车，想坐飞机，而且自己已托人订好了票。柏达便没吭声。他想订就订吧，多花几百块钱算不了什么，反正要离婚了。他把钱给王茹华，王茹华说我有。整整一个月，王茹华来了三次电话，内容只有一个：孩子好吗？柏达说孩子很好，生活自己料理，学习很自觉。王茹华就嗯了声，说那就好。在这一个月里，柏先生开始了单方面的离婚热身赛。他从第一句话开始，然后假设出王茹华的反应，比如惊讶、发愣、泪如泉涌，等等。一直假设到最后——他们含泪拥抱，于抽泣声中互向对方道一声"珍重"。如果王茹华向他跪下，他也会同时跪下，对她说：我欠你的，怎么说也是我欠你的！他被这些假设感动得热泪盈眶。这个赛事过后，柏达先生自觉已是死而复活，心如止水了。他几乎是摩拳擦掌地等待着王茹华的归来。

王茹华如期回到了犁城。这回她的气色变得很好，还略施了一点淡妆。她给儿子买了不少东西，也给柏达买了一套牌子过得去的西装。这又让柏先生犯了踌躇。趁王茹华洗澡的工夫，他偷偷给我挂了电话。他铺垫了许多，然后问我怎么办？我说：去你妈的，这事以后别再提了。王茹华洗好澡，换了一套崭新的睡衣，样子有些妩媚。她问柏达：你洗吗？柏达说我今天不想洗。王茹华又去孩子屋里看了看，说孩子睡了，你还是洗个澡，别熬夜了。柏达知道这是信号，但这会儿他脑子太乱，还是说：我不想洗。王茹华说不洗就不洗吧。然后她就仔细沏了壶茶，坐到柏达对面，问：你是不是有话对我说？柏达原来设想的第一句话应该由自己说，现在突然颠倒了过来，一时语塞了。

王茹华呷了口茶：你是不是想离婚？

柏达说那时他心里一颤，他没有料到这层纸由王茹华点破了。既然已经点破，他也只好仓皇上阵了。他点上烟，拖延了几分钟，然后把思路再一次打开，正想一层层把话题深入下去。王茹华却打断了："你不必做什么解释，我只想问你想好了没有？"

柏达就点了点头。

王茹华说那好，你拿纸来，我们现在就签协议，其他的都好说，你要儿子，我也给，但儿子上大学必须在我身边，无论我在哪。

柏达一下就傻了。

5

这年秋末，柏达和王茹华以协议的方式去民政部门办了离婚。不久，王茹华就辞职回了上海，她要带儿子过寒假。这桩离婚居然没在犁城引起什么反响，但在大学内部还是有点消极因素。有人在职称评定会上，以此对柏达提出了意见，认为这是道德不良的问题。但是一向温文尔雅的吴子期教授拍案而起，说都什么年代了还抓阶级斗争新动向？他这一讲，别人就不好多言了。吴教授说，中文系古典文论，我一离开，柏达就是大梁。仅此一点，他就该晋职，否则还成什么古典文论专业？事情就摆平了。后来听人说，这之前教授就私下做过一些评委的工作，毕竟师徒胜父子。

突然离婚的柏达面对妻子的迅速撤出，自然一下子还调整不过来。他感到自己没有着落，便又重新给黄山邂逅的那位女同行打长途。电话一通，他就心跳加快。他说他是柏达，柏老师，犁城大学的。对方显然是一时难以想起有个叫柏达的男人，但语气还是很热情。柏达有点伤感，他提到了黄山，提到了锁和钥匙。这下对方记起来了，连问你好吗老柏？柏达说我刚离婚。对方就笑了，说怎么这么怪呀，我刚刚结婚回来。柏达一口气咽下去，说：哦，是这样，我祝你幸福。对方说：谁知道呀，不过眼下还凑合。谈话就这么喜忧参半地结束了。这天夜里，柏先生又到我这儿看陶瓷。他用勾起的食指和中指敲着一只青花的山水瓶，说：人都说女人是花瓶，我想也是。女人是陶瓷的花瓶。是陶瓷，不是玻璃，手感很好，但看不透。

春节一过，柏达就去上海接儿子。正好我也要去那边改稿，便结伴而行。柏达还有些不好意思，让我陪着他见王茹华。他没有上从前的岳父家，而是让王茹华把儿子领出来。我们约好时间在红磨坊见面。由于塞车，我们到晚了一点，王茹华母子已坐到了座位上。一见王茹华，我和柏达都吃了一惊，她没有戴眼镜，妆也化得很好，可以说很漂亮。王茹华倒大方地对我们直招呼，直笑。然后就是闲扯，谈浦东的东方明珠电视塔，谈地铁和高架桥。我忍不住地问王茹华：怎么一回上海连近视也好了？王茹华说哪呀，我戴了博士伦呢！其实犁城的时候就有，不常戴就是。柏达一听便点了支烟，大口吸起来。吃得差不多的时候，王茹华让孩子到对面去打游戏机。我知道她有话要同柏达说，也想抽身。可王茹华把我拉住，说你又不是外人，一起坐坐吧。王茹华对柏达说，儿子你要带好，我就这么一个儿子。柏达故作轻松地说：你还可以再生嘛！王茹华一笑，我不可能再生了。我马上要出国。柏达就抬头看她。王茹华理了一下头发说：是去……美国加州。老吴说那边实行的是学分制，结了婚还可以读学位。柏达一听头就低下了，他把杯中的残酒倒在了烟缸里。

我们同王茹华分手后，外面的风还刮得很紧。我问柏达，怎么连王茹华在犁城时戴博士伦都不知道？柏达说："她才不戴给我看呢！妈的老东西……"柏达将外套的领子竖起来，牵着儿子。儿子很高兴，说这个寒假过得最好，妈妈没怎么叫他写作业，每天只安排他多念几遍英语。于是儿子又要求同父亲进行英语会话。柏达说：好吧，儿子，你问，我答。

这是什么？

这是一头猪。

你是谁？

我也是一头猪。

……

1997 年 11 月 北京

（原载《北京文学》1998 年第 2 期）

半岛四日

第一天

第一天女人是很辛苦的。女人坐了一天一夜的火车来到半岛。女人这次是为了见一个男人。好几年前,女人——那时还是个女孩吧,在这个新兴的沿海城市遇到一个比她大五岁的男人,后来就嫁给了他。去年这个人又不管她了,走了。女人在31岁这年才觉得自己像个女人,该经历的都经历了。女人上个月满32岁。虽然旅途漫长,一宿没怎么睡,女人看上去还是俊俏的。此刻地上的影子全移到了东面,这个季节岛上就有些热了。女人现在想的是尽快洗个澡,然后好好睡上一觉。于是女人按照事先的约定,乘出租车去了月光宾馆。

月光宾馆位于半岛的东端,没有任何星级,但可以看见海。城市在发展,这个宾馆也重新装修了,换上了蓝色玻璃幕,霓虹灯也重新作了安装。但是室内的变化并不大,好像只仅仅换了窗帘。女人很熟练地处理好一切,然后去总台留言:如果有一位徐先生来访,请电话通知她。

女人来这里就是为见徐先生。他们是初次见面。从照片上看，徐先生并不像个生意人而像一位数学老师，谈不上吸引力但给人以信任感。女人现在很看重这一点。中介者说，徐先生比她大14岁。这没什么，女人当时想，这或许是个优点。

月光宾馆使用的是矿泉浴。水喷洒在肌肤上十分滑溜，总有一种没干净的感觉。女人揩掉镜子上的雾气，边抖头发边审视自己的裸体。她觉得镜中的那个身体还是不错，这是没有生育的结果。女人曾流过两胎。等她想怀第三胎时，那个人不合作了。那个人先是辞职下海挣钱，后来就有了许多麻烦，再后来就是离婚。有时候女人想，这大概是个阴谋，那个人把一切事先都设计好了。就像演戏一样，一幕一幕发展下去，最后是收场。女人庆幸自己没有和那人生个孩子。可是如果有了孩子，那人还会走吗？女人时常这么两头想，想得好累。

挂上"请勿打扰"，女人合上窗帘就躺到了床上。她打开电视看了几分钟广告节目，很快就睡着了。女人还做了梦，梦见自己还是在洗矿泉浴，怎么洗都洗不干净。旅途的劳累使女人始终保持着一个睡姿。等她醒来才发现室内的光线全暗了。女人顺手开了灯，懒散地去上卫生间，不经意中发现有张纸条在门下。她拾起来，那上面写着一行字：

这时候该拉开窗帘看归帆

女人感到气堵在胸口。她坐在马桶上把那张条子不断对折着撕碎，还骂了一句粗话。由于情绪陡然波动，女人的小便很不流畅，并且用手纸时还碰到了手背上。于是女人在用肥皂洗手时又骂了一句。

不过，女人还是把窗帘拉开了。正是夕阳余晖涂满海面之际，海像点着了一样，一片橙红。海空上翻飞着成群的海鸥，等它们散开，渔家的帆影就显现出来了。女人几分钟前恼怒的心情很快得到了调整。她的表情甚至可以说是愉快。她想，海一点也没有改变。

第二天

第二天临近吃午饭时，徐先生来了。女人第一印象是，徐先生显得比照片上那个人年轻，而且也精神一些。女人似乎得到了某种安慰，她想一般的男人遇上这种事或许要反过来做，挑一张比真人好的照片。女人拿出家乡的绿茶给徐先生沏上，徐先生便欠了欠身。徐先生问女人是怎么来的？女人说坐火车。徐先生就感叹，说应该坐飞机。女人说，我想沿途看看风景，这条路好些年没走了。

约见的地点是女人挑的。当初中介者征求女人意见，可以随便挑。女人随口就说：那就半岛吧。那时徐先生在香港，中介者建议女人借机去看看香港，把新马泰也顺一下。女人说，现在花人家的钱还为时过早。

徐先生环顾室内，说半岛有几家三星四星的酒店，建议女人换个地方。女人说，就这挺好。徐先生听出马桶有滴水声，说这会影响休息的。女人说，自己家里的马桶也滴水，习惯了。女人心想男人和男人不一样，这位徐先生像位父亲，懂得心疼人。从前那个家伙只知道一天换一双袜子，从来不洗。你让他修个水龙头什么的，他便拿只盆去接着。家里到处都是滴答滴答，就像个一碰就散架的破东西。

女人的眼睛有些红丝。徐先生还是坚持说这地方有碍休息。你肯定没睡好，徐先生说，你该不是替我省钱吧？女人就腼腆地笑了。女人说我以前在这里住过，这里能看到海。徐先生敞开西装，说你这是恋旧呢。女人的脸便一下子红了。徐先生说，恋旧的人一般都善。徐先生很有滋味地品着茶，说茶好，这茶是"（谷）雨前茶"，香港是不容易喝到的。徐先生是19世纪60年代初由大陆去港的，所以他的口音不带鸟语味，这让女人觉得亲切。她给徐先生续水，徐先生便又欠了欠身。女人倒不好意思了。女人说您别客气。女人说您就把我当作一个熟人吧。徐先生舒展的表情被这句话弄收敛了。一个熟人？有必要由香港持护照乘飞机来这个叫半岛的地方见一个熟人么？女人很快意识到自己措辞不当，可又不知怎样加以改变。相亲还真不是一篇好做的文章，女人想，这刚开头就不知往哪儿落笔了。

　　还是徐先生处事老到。他站起身说：我们先去吃点东西？你可能连早餐还没用吧？女人这才轻松了一些，问：您怎么知道？徐先生说，我进大门时遇见了修炉灶的师傅，知道今天这儿开不了伙。不过半岛虽小却有两家很地道的潮州菜馆，我们就去那里，打的士十分钟。女人说我不太爱吃潮州菜，我喜欢吃川菜。这附近有一家"小金川"，去那儿怎样？徐先生笑了：你处处替我省钱呢！女人说不是，只是图个喜欢。徐先生说好，就依你。

　　两个人就散步去了。酒店生意很好，正是上客的时间。他们拣了一个僻静的座，要了菜和啤酒。现在谈起来自然要从容一些。徐先生介绍了自己目前的生活状况。他太太两年前死于胰腺癌。他的儿子刚去美国读书，家中还有一个喜欢音乐的小女。女人认真地听着。女人问：您喜欢音乐吗？徐先生说，我是个五音不全的人，因为女儿喜欢，我当然也就喜欢。女人说，您是位好父亲。徐先生却检讨，说自己长年在外忙生意，欠孩子很多。所以……徐先生喝了口酒，所以这也是一个原因，希望家庭能完整起来。女人淡淡地笑了笑：其实像您这种身份的人，这事不难。徐先生说，那要看怎么想了。在香港，交女朋友很简单。但真的拍拖，让那人做你的太太，就不容易。说着徐先生就松了松领带，问女人：我这人是不是很传统？女人说：人骨子里都传统。女人又问：香港是不是很乱？徐先生说，倒不是乱，是挤。你觉得乱，那是电影录像中见到的。女人问，在香港不懂英语能生活吗？徐先生说，英语不难，颠来倒去就是26个字母。不像汉语、汉字，多一点少一画或者四声去掉一声，就全变了。不过汉语汉字又是中国人的骄傲。徐先生说，语言这东西一丢，这个民族也差不多就完了。其实人和人在一起，不就是要找"谈得来"的吗？有很多的话要说，天天都有话，天天都说不完。从前我和我太太……请别介意，我是说……女人理了一下头发：您说得很好。

徐先生看看表，说：你先休息，下午我们再去海边走走。

女人笑笑，点点头。

徐先生对服务小姐做了个手势：买单。然后就拿出了钱夹。

服务小姐对他们微微一笑：刚才有位先生已替你们买过了。

第三天

第三天女人还是起得很迟。本来是该昨天下午去海边的，结果女人回到月光宾馆就上了床。女人感到累，费了好大劲也没找到最佳的姿势。女人以前习惯贴着男人的腋下睡，习惯嗅男人腋下那股淡淡的汗馊味。后来女人改了，虽然不容易，但毕竟是改过来了，就像婴儿断奶那样。女人在这个下午心绪像电压不稳的灯光。我现在觉得，选择半岛明显是个错误。三点的时候，徐先生来过电话。女人那时神志尚有些迷糊，语气和声音都是潮湿的。徐先生问：你是不是很累？女人说：有点吧。徐先生立即就说，那你接着睡，回头我搬过去。女人说不必了，您还有生意要谈，有个形象问题。徐先生在电话那边有点诧异：你怎么知道我还带着生意？女人说，我想是的。生意总是特别的忙。徐先生说：生意现在不谈。女人说：我们明天去海边吧。

他们计划去海边游泳。女人是在这地方学会游泳的。那个男人托着她的腹部，托着她的下颌。女人喝了几口海水，那是极其咸得苦涩的水，女人至今还有回味。天气很好，沙滩上已聚集了许多游者。泳装是越来越漂亮了，女人的好兴致仿佛源自这些泳装。女人想到自己的形体和肤色，她已物色到所需要的泳装，孔雀蓝带黄斑点的那种。这东西应该自己来买，女人想。女人走到柜台边，正欲掏钱，手突然住了。

女人担心又有人先一步付过钱了。

徐先生走过来。女人说：我不想游泳了。我想爬山。徐先生就问：这地方有山吗？女人说，出城五里，有一座很孤立的小山。山上的植被却是很好。徐先生点点头：行，我们去山上看看。然后很宽厚地一笑。

于是他们乘的士出城。这一路上女人有一种从窘境中挣脱出来的轻松感。如果那个人突然从海里冒出来，她一定是手脚无措。昨天那个单是他买的。他好像算定了她要去"小金川"。他也算定了在第三天她会来海边游泳的，和一位港商。那么，就让那混蛋在海里泡着吧！女人不禁笑了一下。徐先生说：你今天气色不错。女人说：我睡够了，而且没有做梦。徐先生说，我能看得出来。女人似乎有点娇嗔地问：你能看出我是不是做了梦？（她第一次说了"你"）徐先生说，不是，梦属于隐私权，我不能侵犯这个。这是说，你这一觉睡得很实、很沉。女人就想，没错，这一觉像是睡过了十年。女人越发感到自己和徐先生在一起一点也不紧张了。昨天买单的事，他们都感到意外。女人原想找个借口搪塞过去，可是徐先生却先开了口：看来为我省钱的人还不止你一个。在返回月光宾馆的路上，徐先生对这事只字不再提。靠近小山的路面不好，车有些颠。女人不时碰到徐先生的膀子。这个男人还是很结实的。

和以前不一样的是，上山的台阶一直延伸到了顶端。山腰的那个亭子像是重新油漆了。他们拾级而上。游客不多，和城里相比，这儿已是宁静有余。徐先生感叹，说这地方很好，算不上世外桃源，也算别有洞天了。徐先生说可以考虑在这里盖一个度假村。女人就问：能行吗？徐先生左顾右盼，说：不妨一试。第一，这儿离市区不过五公里，是闹中取静；第二，这儿是半岛的制高点，可以一览市容与大海；第三，这儿的植被优良，茂林修竹，空气清新，利于疗养休息。女人想，到底是商人，一眼就能看出财源来。于是女人说：您真是职业眼光。徐先生就爽朗一笑：回头我就去同市里的头头脑脑谈谈。他们出地，我拿钱。女人注视着徐先生渐渐红润的脸膛。她想这个男人现在有点兴奋了。

到了山腰的亭子，两个人决定歇息一会儿。徐先生出汗了，就去不远处一个摊点买矿泉水。女人立在亭子里，对着目前的那个山洼有些出神。那山洼是天然形成的，像一口锅，"锅底"有水，十分清澈。女人拾起脚边一块石子，用力往"锅底"一掷。这时一个男孩走向了她。

男孩把一束野花给了她。

女人有些吃惊。

男孩说,有位先生给了我十块钱,让我在这里等人。他说哪位小姐向山洼里扔石子,就把花给她。我等了好久,就你扔石子。

女人便又给了男孩十块钱。男孩一走,女人的眼泪就淌下了。

第四天

第四天晚上女人没有去徐先生那边吃饭,而是在一个小摊上匆匆吃了碗粥,就去了海边。那时月亮刚拔出海面,烟霭氤氲,女人觉得自己一脚踩进了梦境。女人刚立住,一个声音便追了过来,是个男声。

我在这。我知道你会迟来十分钟。

有话快说,我还有事。

别给我来这个。我问你,那人行吗?

行不行不关你的事。

怎么不关?我就是为这个来的。那人越看越像你爹。

爹就爹,我喜欢。

你不喜欢。

我就是喜欢。我回去就办掉。

你是逼自己喜欢。你其实……

别碰我!

我重新追求你不行吗?

你王八蛋。你甩了我又想霸着我,没这好事!

我怎会那样。那是黑社会。

那就离我远点。

要是你不来半岛,我会离你远点的。

……

行了,别哭了。今晚月光很好。

你滚!你不是个东西!

我不是东西,是人。

你站远点!

我已经够远了。手摸不到的地方就是远。

……你把我毁了……

我做的也许不够好。不过,结婚、离婚都不影响我爱你,是吧?

我恨死你了。

我知道我知道。回头我给你洗脚。你看月亮好大……

你住哪?

在你楼下。你知道,我喜欢在下面。……你倒没怎么瘦……

你以为我离你就活不了?

不不,我哪有那么骄傲。可能活得不太好吧。我也是。

现在还远吗?

不远。现在这样很好。真的很好。你不觉得这样好吗?

……

1997 年 12 月 北京

(原载《山花》1998 年第 3 期)

和陌生人喝酒

　　1997年11月，我应北京一家影业机构邀请，着手一部电影的创作。事先谈好，写什么和怎么写，他们都不干预。而且经过几番接触，这部影片将由我自己执导。他们只希望我能搞出一个"有意思的故事"，对我的能力似乎不再怀疑。然而我不感到轻松，事实上，我自己把自己架起来了。以往的经验告诉我，这样的合作从一开始就是难题。我得到了一个虚幻的自由，却戴上了实在的枷锁。一周下来，我发现我想写的故事几乎全都没有意思。我的信心在慢慢丧失，甚至想把对方预付的款子退回去。

　　我当时住在西城区南礼士路的核工业部招待所。这个位置应该说还不错，交通便利。向南走200米就是复兴门外大街，有个地铁站。通常的情况下，我都是乘地铁去西单购物，或者去民族宫喝茶会友。在等候中，我慢慢觉得周围的一些面孔不那么陌生了。至少有两个人我有印象，那是一男一女。男人大约与我年纪相仿，40岁的样子，但个头比我高，也清秀一些。他戴着一副还算讲究的眼镜，喜欢不断看表。那个女人则年轻一些,应该不过 30 岁,每回都背着一只大提琴,神情却有些忧郁。这两个人彼此并不认识,共同的一点是对我都显得比较客气。我想他们一定也看出了,我是个游手好闲的外省人,手里从来就不多拿什么东西。

有一天,我从西单买书回来,又与男人在地铁碰上了。这回他主动对我笑了,说你是来出差的吧?我点点头。他说,这趟时间可不短,有一个月了吧?我说今天是 27 天。他说:我差不多四天碰上你一次。我有些吃惊,这是个精细严谨的男人。这个人应该是上海人才对。但我对他很有好感,我觉得他的生活应该充满着数字和计算,这有趣。而且我还想到了达斯汀·霍夫曼演的《雨人》。南礼士路站到了。我们下车。这时他突然问道:你能喝酒吗?你晚上要是没有别的安排,我们喝一点?我买单。说着他就拍拍手提的一只大盒子:我去买裤子,却摸奖得了一个微波炉。

这样我们就进了一家重庆火锅店,开始涮起来。他的微波炉占了一把椅子,在喝酒的时候,他有意无意地总要摸摸它,或者调整一下摆法。好像这个微波炉是他孩子似的,他恨不得给它要上一听可乐,喂上几口菜。我想这个男人近期大概没有碰上什么好运气,而且我断定,他是一个孤僻的人。我们要了一瓶红星御酒。这种酒度数不高,大概是部队一家酒厂产的,在北京销得很好。我的酒量极有限,但这种飞来的聚会本身有吸引力。我活了 40 年还是头回和一个陌生人喝酒,怎么想都有点不可思议。试想有一天你在大街上被人拦住,那人提出来要和你一块喝酒,你会怎么样?

酒一喝,话自然就多起来了。为了叙述方便,我称他 A。以下就是 A 的讲述。

今天我真是很高兴。我预感会碰见你，果然就碰见了。这还得感谢摸奖，我本来不想摸，因为以前尽摸一些牙刷牙膏，留也不是扔也不是。可我还是排队摸了，你看，摸到了这！这东西其实也不值多少钱，而且据说用起来也很麻烦。不过这是个好兆头。我今年一年都不顺。我是说如果不是摸奖前后耽误40分钟，我们就碰不上了。地铁几分钟一班，又是高峰期，碰上不容易。因为这个，我要和你喝酒。你看我四天就碰上你一次，你的活动又没有规律性，这概率！人与人的交往有时候特别奇怪，差那么一点点，意思就全变了。比如说有一天你在电梯上碰见一个女人，当时就你俩，谁也不说话。这时候你发现她头上有片纸屑，你可以不管；那么一会儿她就走了，你们这辈子恐怕见不上第二面了。但是你管了，你说，小姐你头发上有片纸屑，并帮她拿开。那么她会脸红红地谢谢你，接着你一句我一句地聊起来，电梯开到21层才停住，你们已经认识了。一年以后，这个女人做了你老婆。

你别笑，这不是没有可能。干脆对你实说了吧，我和我老婆就是这么认识的。很玄吧？你不要认为北京人爱玩玄的，那时候我还不算是北京人，刚刚大学毕业，分到了北京。我是83届的，政教专业，一个没意思的专业，单位却分得不错。我老婆当时在一家企业当出纳，薪水丰厚，如果那回不碰上我，她会嫁给一个牙科医生。他们谈了两年，没想到我意外地插了一杠子。

婚后第二年我们生了个儿子，八斤一两，62公分，简直无可挑剔。这个孩子综合了我们两个人的优点，人见人爱。我不是在说酒话，哪天我把他领出来给你瞧瞧。而且这个儿子还不闹人，很好带。一般的家庭这个阶段是困难而危险的，可我们很好，小日子过得滋润无比。因为这个家,我和她的生活也十分单纯,除了上班,差不多都待在家里。一切井井有条,谁会料到我们今天会离婚呢?

这事还得从头说起。

前年秋天,我这个处又新分来了一个大学生。女孩子,性格开朗。你最好不要用这种眼光看我,别以为这女孩是第三者什么的。但是我同我老婆的离婚,又和这个女孩有关。

这是个人缘好的女孩,处里的人都很喜欢她。唯一的缺点就是电话太多。于是有一天下班我留住了她,开门见山地同她谈了。我说上班的时间哪来那么多的电话?她有些不以为然地笑了,说没办法,都是朋友来的。我说这儿是机关,没有惊天动地的大事,这样的小节便很突出了,今后要注意。她点点头,说处长你真是个好人。你把我留下来,我还以为你会对我说点别的什么呢。我听了很吃惊。别的什么?我从来就不对其他女人说点别的什么。我干咳了两声,收拾桌子准备离开。这时听见她说道:除了你,处里每位先生都请我吃过饭,还有跳舞的。我就更吃惊了,我可一点没看出来。接着她从包里拿出香烟,递给我一支,说:我们好好聊聊吧。

她抽烟很老到,谈吐不凡。她后来说的那些话与她的年纪极不相称。她说处长你家庭很幸福是吗?我说还行吧。她说您别介意。我问一个问题:您对我从来没动过心?我说这怎么可能呢?她却问:怎么不可能呢?除了你妻子,你就没有爱过别的女人?我说没有。她进一步问:连念头也没有?我还是说没有。我说这绝对不是虚伪,事实就是如此。她一下笑了起来,说处长你这辈子太冤了。那会儿我也放松了一点,对她谈了我的恋爱经过,我说我们结婚十年从未红过脸,可以说是相敬如宾。她按灭香烟,说:这也太奇怪了。我弄不明白，这奇怪吗？

1997年秋天这个晚上我和陌生人一起喝酒，听他说话。我感觉他是在满足诉说欲，我这个外省人是最好的对象。但我也发现，在某些方面他有点闪烁其词。他的话断断续续构成不了一个完整的故事。我从来没想过，这可以写成一篇小说。直到很久以后，当我们再次在那个地铁车站相遇时，我才意识到这篇小说已是篇现成的东西。这样我便有权力改变一下叙述角度与方式。小说不要求以法律为准绳，但你眼下读着的这篇小说却是以事实为依据的。我有必要作出这种申明，再往下写。

那个晚上办公室里的谈话没有持续多长时间。到了六点一刻，A就打住了。这些年A一般都在六点半之前回家，他得留出五分钟来走路，十分钟搭乘地铁。北京这么大，可A上班很方便，这也是让他满意的一个方面。A到家的时候，妻子正把一只大砂锅端上桌，排骨汤的香味弥漫开来。女人照例要问候一声：回来了？洗手吃饭吧。A就进了厨房，洗好手，顺便拿出味精、胡椒和盐——像每次一样，排骨差不多都是他迈进家门的前一分钟炖烂的，而放调味品历来是他的事，他一放就准。晚餐过程中还兼顾两个内容。首先是儿子汇报这一天里在校的学习情况，座位调整了没有？课堂测验了没有？作业完成了多少？还剩多少？其次才是夫妻之间的交流，说点各自单位白天发生的事。A进门时就觉得妻子今天气色不太好，显得疲倦。他先以为女人到了经期，可是一看手表上的日历，不对，女人的例假应该在三天以后。女人喝了口汤，说上午检察院的人去公司了。A哦了声，脸却对着儿子：你们语文老师换了？儿子说没换。儿子接着把自己的话一口气说完，埋头吃饭了。A这才转过脸问妻子：你刚才说检察院什么来着？女人叹了口气，说他们的财务部主任让检察院提走了。男人揸揸嘴说：那小子迟早会有这一天。女人说她和她的同事都被一一问过话，从明天起还得从头到尾地查账。她烦，也有点怕。男人说：你怕什么？你又没有什么猫腻！女人说心烦和害怕与猫腻没有关系，谁都讨厌在怀疑的目光下去回答乱七八糟的问题，而且还在笔录上按手印。男人说，你必须配合司法部门的工作，怕是毫无道理的。女人看了丈夫一眼，说你这人真怪，你眼前发生了一起车祸，没有谁会认为你轧死了那个横穿马路的，但也不能因此就剥夺你害怕的权利呀！于是男人便宽厚地一笑，喝汤了。

这天晚上夫妻俩睡得都不怎么踏实。A没有对妻子说下班前在办公室同那个女孩子交谈的事。他一夜都在想处里的几位先生同女孩单独吃饭、跳舞，居然在自己眼皮下悄悄发生了这一切。第二天上班，A处处留意，想看出一点破绽。结果他的感觉是一切似乎都没有发生过，女孩的电话还是有增无减。第三天，A出差去延庆搞一个调查。那个女孩子想跟他一块去，A没同意。女孩是在电梯里对处长提这要求的，当时没有第二个人在场。女孩就开了个玩笑，说：处长，我头上没有一片纸屑吧？A一下就脸红了。女孩笑道：您别紧张，我可没有破坏你那个美好家庭的意思，而且我非但不破坏，还会促进，您就放心出差吧。A说：今晚谁请你吃饭？女孩反问道：您肯破费吗？A一笑付之，为自己出言不逊感到后悔，刚才这么说的确莫名其妙。

A在延庆待了一周。回来的前一天，他照例要往家里打个电话，让妻子多做一个人的饭菜。车过长城居庸关，A想起这个暑期该带儿子来这里玩上一天，他早就答应过了。这时候他觉得应该多想想儿子。

延庆七天，A总想到：处里谁会再请那女孩吃饭？如果他最先请了，那女孩会不会就不同其他男人一起吃饭了？要是他和女孩一起吃饭，碰上熟人又怎么解释？女孩因此像书上说的那样闯进他的生活呢？这委实是一个头痛的问题，可是不想还不行。

A的妻子还是被公司的案件所困扰，连做爱都显得没有什么激情。女人例假刚过，本该是个好日子，但连日的查账令她疲惫不堪。我真不该学财会，她对丈夫说，我现在一听数字就起鸡皮疙瘩。丈夫拍拍她，说你命中注定是吃数字这碗饭的。女人感叹道：我为什么不学音乐呢？那样1、2、3不就成多、来、米了？A给弄笑了，把妻子搂到怀里，可妻子打了一个漫长的哈欠。

机关还是老样子，每个人埋头做自己的事。就是看报，也一样埋头。女孩子的电话还是多，没有人说她。A也不说，但他开始留意电话的内容，偶尔能听出那么一点暧昧。A想其他人肯定也听出来了，早就听出来了，可他们还是私下约请了她。他们当中有两位比自己年纪还大呢。

这天下班前，A接到妻子的电话，说外地的一个同学来了，晚上同班的几个一块聚聚。A本想提前十分钟走，结果局长要同他谈点事，反而弄迟了。他给儿子打了电话，让孩子先吃点饼干垫垫肚子，把门关好。A回到办公室，大家都走了。他匆匆收拾桌面，这时发现玻璃台板下面压了一张音乐会的票，就是今晚八点半的，北京音乐厅。A一下就想到了女孩子，显得有些紧张。这无疑又是道难题，去，不合适；不去，明天上班见面会很尴尬，也不合适。回家的路上A一直就这么左左右右地想着，到了南礼士路站，居然忘了下车。A踅回到家已将近七点，从冰箱里拿出速冻饺子下锅，他看了一下外面的天,还没有完全黑下来。这时他主意拿定了,去。他想这样也好,免得那女孩子没完没了,虽谈不上什么勾引,但多少会影响今后的共事。他觉得似乎没有必要把这件事搞复杂,所谓心理障碍也显得多余,不就是一场音乐会吗?没准儿那女孩还请了处里其他人呢。

于是,A简单洗了个澡,并换了一件新买的T恤。他想这不是为了取悦于女孩子,而是表示对艺术的尊重。今晚是中央乐团的交响乐演出,据说李德伦会重新执棒。这时候A想起,自己常在南礼士路站见到的那个背大提琴的女人,她会不会也在中央乐团?那是个看上去很忧郁的女人。

8点20分,A走进了北京音乐厅。观众差不多都到齐了,A张望着,很快就发现了自己的那个空位,同时也注意到了一个熟悉的女人背影。但不是那个女孩,而是他老婆。

陌生人那个晚上拉拉杂杂说了不少,说实话,到这里才引起我的兴趣。可是偏偏此时他的呼机响了,他看了一下,说很抱歉,有件急事。我没有理由留住他,给了他一个房间电话号码并记下了他的呼机,想让他过几天去我那儿聊聊。然而一连几天过去,A没有来。我呼了他两次,也未见回话。我想我犯了个错误,不该对A说我正在写一部电影。这个男人可能很在乎隐私权。那几天我沉浸在这个悬而未决的故事里,很自然地想到了那个女孩。我想这位年轻自信的姑娘原来不过是开个善意的玩笑,结果事与愿违地拆散了一个美满的家庭。

我们不妨这么设想:

那个女孩子分别给男人和女人送了一张票,当然是悄悄送的。于是男女双方都对此做出了反应。我们已经知道,男人的反应显然迟钝而费劲。当他走进音乐厅看见自己老婆背影的那一刻,他惊讶不已。女人电话里撒谎了,男人却还不明白。他退到一角,注视着那个空位。老婆以为这个空位将由谁来填满呢?是她的主任(那家伙不是让检察院提走了吗?)是从前那个牙医?还是一个能安慰她并能使她更加快乐的男人?总之,不会是他这个做丈夫的。这时候灯光转暗了,男人沮丧地退场,而舞台的大幕正徐徐拉开。

那个晚上 A 应该是走回来的,没有搭乘地铁。他联想到妻子每回的应酬事由,一下子觉得充满了疑点,几乎处处经不住推敲。他不敢再这么想下去了。A 整个晚上都在等待。临近 11 点的光景,妻子回来了,还是无精打采的样子(是边上那个空位一直缺席?)。A 不动声色,照例会把拖鞋递给女人,随口问道:同学一块玩得好吗?女人说不就是吃吃喝喝那一套嘛。后来……A 问:后来怎么了?女人那会儿已坐到了马桶上,说:后来一个人喝醉了。

女人对音乐会只字不提。很长时间过去后,这个男人或许会想,如果那天晚上听音乐会的是他和那个女孩,他大概也不会对妻子道出真相。但那一夜男人是悲伤的。他真希望妻子所讲的那个喝醉了的人是自己,因为这样他就去不了音乐厅,也就没有后面的一切。

至于这个家庭后来是怎样解体的,我无须妄加推断。这两个人当初因为一片纸屑走到了一块,当然也可以因为另一片纸而分开。

1997 年北京的深秋异常干燥,供暖却提前了。我待在房间里像洗桑拿一般,整天就是一身秋衣。我在考虑着一部该死的电影,迟迟下不了笔。没事可干时,我便去那个地铁站,看一份无聊的小报。我期待再次与陌生人相遇,但是一次也没碰上。连那个背大提琴的女人单薄的身影也从我视野中消失了。不久,我便回了合肥。我在北京和一个陌生人喝酒,其实是去年的事,可印象中总觉得相当遥远。

春节刚过,这家影视机构又催我了,因为忙于装修房子,直到三月底我才成行。这回我主动提出要住核工业部招待所,倒引起了他们许多猜测,以为我与这附近的某个女人泡上了。

那时候北京的街头到处都是《泰坦尼克号》的海报。一天,他们给我送了两张票,明显的是让我找个伴。我于是给熟人打电话,结果他们都是走不开,或者一时赶不过来。北京确实太他妈大了。这时,我想起了A的呼机。电话很快就回了,却是一个女声。她说这个呼机的机主已易人,而且原先的机主也调动工作了。我就很冒昧地问了句:你是他什么人?她说:是他以前的部下。我便断定是那个女孩子,于是就多说了些话,我说我曾与你过去的处长喝过一次很特别的酒。她立刻在电话那端笑了,说这事她听说了,太好玩了。这时我才把话头扯到下午的电影上,想不到她一口就答应了。

电影是在小西天中影公司的放映大厅。按照事先的约定,我手执两听可口可乐。不一会儿,一个穿浅蓝色羊毛衫的女孩笑着朝我走来了。A的介绍是准确的,这就是一个漂亮活泼让人心动的姑娘。几句寒暄后,我们又谈到了A。她说处长这人挺好,就是活得不对劲儿。不过离婚离得还像那么回事,她说,双方吃了一顿,还互赠了礼物。A的礼物是一块透明裸芯的机械表。A对女人叹道:你要是这块表就好了,哪儿不对劲,我一眼就瞅出来了。女人也叹了句:这有劲吗?

我回味着这个细节,似乎也有了感叹。这时又听见女孩说:不过这玩笑是开大了,他们都经不起。我便问:你有点后悔?她眉毛一挑:我后悔什么?你千万别误会,那票可不是我送的。

这真让我费解了。

那么,票又是谁送的呢?很长时间以后,我突然明白了许多。

我想这件事做起来并不难，而且做事者早已是胸有成竹了。或许这本就不是个玩笑。

　　上个月的一天傍晚，我去五棵松看望一位同行，又从南礼士路站上地铁。车开动后，我意外地发现了 A 的身影，但我没有过去。当时他正同一个女人低声交谈着什么，看上去很甜蜜。而那个女人现在不需要再背大提琴了。我远远地看着他们，吃惊一瞬间便过去了。我突然想到一年前的那场交响乐音乐会，又想到十年前某个电梯里的一片纸屑，觉得一切都在情理之中。不久，五棵松到了。我走出地铁站，外面已是华灯初上时刻，这又该是个美妙的晚上，我这样想着，身轻若燕。那时候我的朋友正在马路对面使劲对我挥着手，喊着什么，不过我一句也没听见。

1998 年 7 月 21 日　北京立水桥
（原载《上海文学》1998 年第 3 期）

上官先生的恋爱生活

在石镇尚未形成市的规模时，上官先生就已经超前过上城市人的生活了。这位县文化馆的美工是我学画的启蒙老师。他其实比我大不了几岁，但由于他和我父亲是同事，在1978年之前，我视他为长辈。那时我常去他的宿舍。在那间18平米的屋子里，我第一次见到了咖啡、睡衣、电动剃须刀和一套至今还看得过去的组合家具。上官先生长相英俊、身材挺拔，除了会画，还会拉小提琴。他的风度和才华像旗帜一样在古老的石镇飘扬，如同他的姓氏容易让人判断其出身名门望族而绝非三教九流。多年以来，上官先生的形象一直统治着我，我甚至公开模仿他的某些做派。比如把呢大衣的领子竖起，再衬上一条暗红色的格子围巾。用今天的话来说，二十几年前我就深明了一种叫作气质的东西。

从前那些日子，上官先生可谓威风八面。凡有大的庆典，石镇主要街道的宣传栏上都会出现他的宣传画。那是用30张道林纸拼起来的巨幅，需要搭脚手架进行绘制。每次作画，先是由小工们把白纸平整地糊上水泥墙面,再由我把排笔颜料一一摆好。这阵锣鼓过后,上官先生始才登场。他从不用炭条打轮廓,而是直接用排笔蘸上赭石洒脱地画起来。他也从来只画那些主要的部分,比如人脸和手,余下的边边角角都由我完成。围观的人很多,大家在夸赞上官先生的同时也美言我几句。我自然心中窃喜,上官先生却不为所动,目不斜视地挥动着画笔。他穿着一件自己设计的大褂子,看上去像个严肃的科学家。这件沾满颜料斑点的工作服,成为日后石镇风衣流行的真正起源。

1977年秋天,石镇的街上出现了第一个穿风衣的人,但不是上官先生。穿风衣的是一个年轻女人小陶。后来大家知道,这个小陶是曾在石镇附近农村插过队的上海知青,现在从省卫校分回来了,是一名助产士。这使她很不愉快。小陶的理想是回上海,哪怕在里弄小工厂糊火柴盒什么的。其时政治形势已发生了根本变化,原先那些上海知青正以各种名目纷纷回调,小陶却像一只苍蝇似的落到了原地。年轻美丽的小陶穿着米色风衣走在落满梧桐叶的大街上,成为那一年秋天石镇最为忧伤的风景。她神情黯淡地走着,没有引起更多的注意,却意外地走进了上官先生的视野。

那个下午,上官先生正在文化馆门前为人调试一台海鸥牌相机。当他上好胶卷,把镜头对向富有纵深感的大街时,穿风衣的女人便处在透视中心点的位置。我的激动首先来自那件风衣,上官先生后来这样对我说。然后,他认出了小陶。上官先生曾下乡为知青辅导过参加文艺调演的节目,和小陶算是熟人。小陶他们那年演出的是一个叫作《算盘歌》的表演唱,八个女生手持八把算盘载歌载舞。小陶是领舞,上官回忆道,她的条件和感觉最好。这八个女生中有三个是上海知青，台上一站，台下便清楚了。事情就这么奇怪，上海人还就是上海人。

如果不是小陶的出现，上官先生兴许就同我一起考大学了。他最初想考浙江美术学院，后来听说浙美招生的名额极少，又想改考中文。那些日子，他常去我家借复习资料。我觉得他有不错的文科底子，过关没多大问题。可是有一天他把借去的书全还来了，他说：我决定放弃。我疑心他是有精神负担，怕名落孙山而失了面子。上官是当之无愧的小镇名流，他若考而不取，日后往下混就难了。我父亲却说，上官是因为恋爱而舍弃了功名。金榜题名与洞房花烛皆为人生大喜，父亲说，兼而有之则难。这绝对是废话。然而上官先生果真就成了这理论的实践者，他与护士小陶恋爱了。

才貌双全的上官先生历来就是石镇姑娘们暗恋的对象。可是这么些年下来，仍然没有谁能成为上官的意中之人。上官不喜欢她们。他也不掩饰对石镇女人的反感，说她们走路像鸭子那样叉开着腿，说话大嗓门还带脏字，连穿衣都不懂得颜色搭配。有一回他多喝了点酒，话就更离谱了。上官说，石镇的女人洗屁股洗脚用的是同一条毛巾同一只盆而且还不换水。他振振有词，一副胸有成竹的样子，好像私下做过普查。他还建议我以后千万别娶这地方的女人做老婆。女人嘛，上官先生说，要的就是个情调，你再看看人家小陶：站有站相坐有坐相，待人接物落落大方，不是吗？

我承认小陶在石镇确实有点鹤立鸡群，但也没有上官先生说得那么完美。小陶五官端正，可是搭配在那张大脸盘上总有点不和谐，比如说眼距过大。小陶的皮肤白皙，但毛孔较粗，颧骨上还有淡淡的雀斑。我想这些上官先生肯定比我清楚。他也不是视而不见，而是看重了那种叫气质的东西吧。

于是这两个气质相投的人坠入了爱河。他们出双入对，夺走了街上全部的目光。1977年的恋爱节奏还是缓慢的。石镇地盘不大，居民的好奇心却长时间不能满足。他们关注这一对男女的行踪就像关注物价一样。他们欣赏这对恋人在小雨中的漫步和骑车去山里的野游。甚至有人仿照他们的生活方式，开始养花养鱼，置办组合家具。多年后，我写了一篇《石镇的家具革命》，便是从上官先生谈起的。在那篇夸夸其谈的短文里我颂扬了革命先驱上官的那股大无畏气概，也暗示了他对爱情的不倦追求。我重点提到了接吻。我说：两性间的交往除了目的性性行为之外，还必须重视过程性性行为及边缘性性行为。这后二者虽然不怎么实惠，却充分展示了性关怀的美感。显然，这篇文章有借题发挥之嫌。而且我必须坦率地承认，这也是盗用了上官先生的观点。

上官先生和小陶姑娘的恋爱既古典又现代。他们以身作则，坚持婚前不发生性关系。那时小陶一下班就骑车去了文化馆。一见面，两个人便掩门接吻，再开始交谈。上官先生很得意地告诉我，他喜欢这种情调。就是结婚了，他们也将把这一习惯保持下去。每天回家，先接吻，后做饭。我觉得这很像外国电影里的场面。上官说：这又有什么不好呢？这年冬天的一个夜晚，我去文化馆挂长途电话，看见上官的屋子里灯光昏暗，小提琴如泣如诉的旋律飘过了我的头顶。我便去敲了门——屋里点满了蜡烛，上官和小陶表情肃穆，原来他们在共度圣诞平安夜。我有些抱歉地离开了。回到家，我对父亲说了这些。父亲不以为然地说：上官想在石镇搞一块试验田吧？我父亲是在教会中学读过书的，却对主敬而远之。他每天忘不掉的是准时收听"美国之音"。

春节一过,我便接到了大学录取通知书。启程的前一天,我去向上官先生辞行,可是他下乡采风去了。小陶也没有从上海回来,医院说她超假了半个月。我郑重告诉父亲,如果上官结婚,务必代表我送上一份厚礼。然而这份礼迟迟没有送出去,上官和小陶的恋爱突然就发生了变化。

直到现在,我也没有弄清当年这对完美恋人分手的直接原因。那年暑假回来,我曾小心翼翼地问过上官。我说你们那么般配,怎么说完就完了?上官苦笑了一下,点上香烟(这之前他是不吸烟的),那是一种牌子很臭的烟,他一吸就咳个不停。但他终于没有作出任何解释,神情透着一言难尽的感慨。最后,他只说了四个字:沮丧不堪。我有点不知所措,就想陪他去乡下散散心。我们约好第二天出发,可是当夜这家伙就先溜了。他在门上贴了张条子,叫我不要找他。

那个暑假我没有离开过石镇。关于上官与小陶分手的种种传闻我多少听到了一些。有人说,他们最初的不愉快来自小陶饮食习惯的改变。小陶自从来到石镇,只爱过两种东西,除了上官还有茶鸡蛋。小陶特别爱吃石镇小贩制作的茶鸡蛋,每天都吃,有时一吃就是五个。据说上官先生对此很反感。这很让大家困惑:茶鸡蛋难道不能吃吗?我倒表示理解。我甚至担心上官接吻时会产生异样的感觉。还有一件事听起来也有点不可思议。有一次省画院来了几位画家,文化馆由上官出面陪同接待。这几个画家都是上官的朋友,也曾帮过他不少忙。上官陪他们去山里转了一圈,回到石镇,他向他们介绍了小陶。大家都夸小陶温文尔雅,说上官到底是画画的,眼光如何如何不错。

上官让小陶在屋里做了一桌菜,为省里朋友饯行。他突击把屋子用三合板隔了一下,把外面布置成精巧的小餐厅。小陶在走廊上做菜,一盘盘端上来。上官选择的餐具很讲究,小陶的菜委实也做得出色,地道的上海风味。于是又博得画家们的一致夸赞。小陶前一晚是大夜班,遇上个难产忙了一宿,所以只向客人敬了杯酒便离席去了里屋。这有点传统妇女的味道,不难想象日后成为主妇的她将是很贤惠的。画家们兴致勃勃地又吃又喝,话题从小陶谈到上海女人,又从上海女人谈到日本女人和法国女人,最后谈到他们正在和北京的同行联系,准备秋天搞出一个石破天惊的人体画展,并建议上官也来一张,就画小陶!上官没有思想准备,但创作的欲望是燃起了。他似乎有点不好意思,一个劲地向朋友敬酒。

这时,大家听到了一个声音。

是里屋小陶的鼾声。

我不知道这件事是怎么传出来的,也难辨其真假。倘若是真的,我可以想象到那一刻上官的窘迫与尴尬。我向父亲问起过此事,父亲说他听到的是另一种说法。那夜小陶是忙累了,也躺到了上官的床上,但并没有打呼。上官的惊讶来自小陶的眼睛——她睡觉时是半睁着眼。这是事实,父亲说,医院里的人都知道。父亲又说:这有什么呢?你妈不是睁眼和我睡了30年吗?

我想上官的惊讶应该转瞬即逝,不安却会停滞一个时期。但这件事无关痛痒,因为之后上官还有兴致进行人体画的创作。

上官先生的人体画创作开始于五月的一天。他闭门不出,整天地在看安格尔和鲁本斯。但这些纸上的东西毫无生气,他这样对小陶说,人体画离不开模特儿。

小陶很聪明，就问：你是不是想画我呀？上官沉默了许久，说自己很矛盾。作为艺术家，他当然渴望小陶成为模特儿。但作为未婚夫，他还是希望信守诺言，把美妙的一刻留到神圣的日子。小陶就笑了，说你拿主意吧，我好安排时间。那时小陶被抽到了县工会，参加排练一个叫作《春天》的大型舞蹈，她是领舞。上官还是举棋不定，说自己先依靠资料往前走几步再说。于是就动手了，很快，消息不胫而走。

最先知道这件事的是一个瓦匠。这个人上屋检漏，从窗户上看见上官在作画。瓦匠就张扬了，说文化馆的那个画家天天躲在屋里画光屁股女人，画得像真的一样。大家就以为，那被画的对象必定就是小陶。有人还当面问过她，是不是真的脱光给上官画了？小陶笑道：我愿意，他还不敢呢！可见那会儿小陶还是开朗的，不往心里去。但是这件事越传越邪乎，有传闻说上官以画画为由，想婚前检查一下小陶的身体，看看她是不是处女；还有人说这对人貌似高雅，实为肮脏，先干一下，再画一下，边干边画，边画边干。有一天上官出来买调色油，百货公司的一个年老妇女便打趣说道：上官，你这些日子可瘦多了，看这小脸给上海刀刮的！上官还是不知所云。小陶沉不住气了，她几乎每天都让人追问。她一上街，店铺里的人都把头伸出来，皮笑肉不笑的。小陶觉得自己是在游街示众，便委屈地对上官发了火。

你别画了！我没被你脱，倒叫满街的人给脱光了！

上官这才意识到此事的非同小可。

据说上官为了澄清事实真相，还专门写了一篇文章，送到了县广播站。宣传部知道后，便及时将稿件抽下，又分别安慰了两位当事人。部长说，搞艺术总是要付出代价的。当然，今后也要引以为戒，不要过早张扬。

于是上官的这次创作就夭折了。多年以后，我见到了它的色彩小样，觉得画上的那个女人还真的很像小陶。我想这也正常，小陶给上官的印象太深刻了。那时小陶已调回了上海，有消息说，她刚刚结婚。这天夜里，我和上官在石镇西头一家小酒馆的楼上喝酒。我问上官，对小陶是不是很怀念？上官说，怀念当然还有，不过尽是些沮丧不堪的事儿，这感觉还真奇怪。正说着，从雅间走出几个人，都显得喝过了量。他们口齿不清地对上官打招呼，然后就下楼了。我听见他们在楼梯上议论着一条裙子什么的，忽然就想起了一件事。

1978年6月石镇撤县建市，历史翻开了新的一页。为此，石镇组织了系列的庆祝活动。其中最有影响力的，是一台综合性晚会。整台晚会的舞美设计是上官，除此之外，他还带着小提琴加入了伴奏的管弦乐队。晚会是露天的，地点在人民广场，据说观众有五万，可谓声势浩大。夜幕降临，大幕拉开，舞台上灯光渐渐亮起，开场的节目便是由小陶领舞的《春天》。台上的姑娘都穿着浅绿的长裙，只有小陶穿的是粉红色真丝裙。桃红柳绿，很合石镇人民的胃口。万绿丛中一点红的小陶舞姿优美，动作极富专业性。那个时刻，我想大家也许暂时忘记了，台上这个女人是不是真的脱光给人画了。音乐声大作，舞蹈走向了高潮，小陶一个大跳之后接旋转，越转越快，但是那片粉红色突然从大家眼中消失了，转动的是两条腿。等大幕抢着合上，大家才明白，这女人刚才把裙子转掉了，于是嘘声四起，音乐却戛然而止。

事隔20年，石镇人民早就忘记了小陶当年的舞姿了。记忆犹新的是从前一个护士,上海人,在台上跳掉了裙子。甚至还有人记得,这护士的右腿上有一块巴掌大的胎记。

很多年后,我去上海修改书稿。一个下午,在淮海路的一家鞋帽商店门口,我意外地遇见了已是五岁孩子的母亲的小陶。她似乎没有太大的变化,倒是面部的雀斑比从前浅了。小陶很热情,要我去她家看看,她刚刚忙完房子的装修。可我的时间有限,只好谢绝。我们就站在路边聊了会儿。我说她走得太快,调动办起来也那么顺利。小陶突然就笑了,说这得感谢那条裙子呢。小陶说"裙子事件"弄得她很狼狈,觉得没法在石镇混了,就去找领导哭诉。原先领导是不放人的,现在倒起了同情心,认为这种情况换一个环境可以理解。领导的语气很沉重,小陶说,好像我被人在光天化日之下强奸了。小陶说得眉飞色舞,不知怎的,我倒真的有些怜悯远在石镇的上官了。我问小陶,这些年是否见过上官?小陶摇摇头,笑容也敛结了一些。小陶说上官这个人很有意思,也很好,只是摸不透。即便她不调回上海,也未必嫁给上官。后来小陶又问道:他成家了吗?我摇摇头。小陶便叹了口气。

那天夜里,我想给上官挂个长途。电话接通,想想还是挂断了。我不知该对他说些什么。这些年我走南闯北地折腾,回石镇的机会少了。偶尔回去一次,又屡屡同上官失之交臂。父亲说,上官至今还是独身,有空就去山里写生,不画人物,只作风景。他把小提琴送给了我妹妹,以此换走了我家的一只波斯猫。他给波斯猫订了一份牛奶,自己倒喜欢吃茶鸡蛋了。

去年夏天我来北京筹备一部电影的摄制,住在北郊的立水桥。我住的酒店是新开业的,设施正逐步配套,只有总台一部电话,许多朋友无法与我联系。这家酒店的服务生差不多都是从重庆万县那一带招来的，年轻活泼，彼此讲起家乡话还很动听。有一天，总台让我去接电话，拿起话筒我吃了一惊，对方居然是上官先生！他此刻就在北京，是来参观俄国风景画大师列维坦画展的。我便邀他过来一聚，算起来，我们已有近十年没见面了。

一小时后，上官乘面的到了，我在门口迎接他。上官突出的变化是蓄了须，头发也白了许多。我们握手，彼此都有些激动。上官说，车往北行，一路的荒凉，便寻思我混得很不如意，否则是不会扎到这儿的，现在他放心了。这个下午上官就在欣赏酒店的格调，对巴洛克式的装修、德式的小阳台、带风景画廊的酒吧赞不绝口，说有点世外桃源的意思。然后，他就开始注意那些衣着一新的服务生了，眼睛也跟着亮起来。上官说，这儿的姑娘个个都很漂亮。我笑了笑，把咖啡推到他面前。上官小心地搅动着咖啡，又添了块方糖，自语道：如果不是她们漂亮，那就是我老了。

他似乎还说了点什么，但被传来的萨克斯旋律彻底掩盖住了。

1998 年 11 月 10 日 北京

（原载《作家》1999 年第 1 期）

某部的于村

1982年10月，24岁的于村从北京一所综合性大学分到A市机关某部。他来某部报到的那一天，遇见了另外两个也来报到的青年。他们先去了办公室，秘书看了看他们几个的介绍信，用手指示了一个方位，叫他们去干部处转组织关系。实际上三人中只有一个姓高的戴眼镜的青年有组织关系。闲谈中于村知道这人是来自本省的一所普通大学，便有了一点优越感。但又想，既然在省里的大学也能进省机关，那何苦当初要去北京呢？至少多花了些钱吧？再一想就觉得不太对劲，也许这位姓高的是高才生才有进省机关的可能，那么是否意味着他于村就是北京的普通生呢？过了会儿，干部处的分管处长来了，对新来的大学生说，具体工作安排要等部领导回来开会研究再定。处长说：你就先去办公室帮忙吧。这样，姓高的青年被派去侍候一位病人，于村和另一个人被派到资料室，临时帮助整理旧图书。虽然这件事不轻松，但在于村看来，和旧书打交道毕竟还是比和病人打交道好一些。那时于村当然不会知道，其实从这第一天起,他和那姓高的命运就出现了根本的变化。

于村在资料室前后干了半个月,成天翻书堆。这些书封存了近二十年,不过比起当时市面上的新书,又明显地好了许多。按照机关的意见,这批书在经过整理后以极低的折价卖给机关内部的人。这中间自然也包括新干部于村。但是他不能优先购买,只能和大家一起行动。有个姓何的主任打了个很生动的比喻说:这就像跑步比赛,你不能偷跑。

于村当然不会"偷跑",这不道德。很长时间过后,他又对自己说:这是犯规的。

卖书的那天,资料室外面挤满了人,等分管领导发出命令后,人便像决了堤的水一样涌了进去。不一会儿工夫,于村半个月的心血便白费了。那些摆在书架上整整齐齐的书全翻乱了,每个人只顾着抢自己想要的书,这种形象比起每天在办公室的正襟危坐简直判若两人。所幸的是,于村自己想得到的那些书基本上还在。于村花了几十元钱就得到了几百元钱的实惠,这是他进入某部后的第一次安慰。但是后来的事就开始变得枯燥了。于村被分到研究一室,主要研究文教卫生方面的政策。如果他是外人,对"研究室"是会产生好感的,可是等他成为研究室的一员后,他就有了一种被欺骗的感觉。研究什么呀,成天就是写材料、印材料、发材料。他总是公开这么说。室主任就是那个老何,论年龄可以做于村的父亲,他私下对于村说:机关都是这样,研究室的好处就是不怎么出差。可于村说:我倒情愿多下去跑跑。

于村不久就得到了第一次出差的机会。他去的地方是靠近长江边上的一个小县城,此行的目的是调查文艺团体的改革情况。这个县的剧团唱的是黄梅戏，于村的家乡也是唱黄梅戏的，因为这点缘故，使青年于村一路的心情格外地好了起来。他觉得仿佛是一次探亲。

　　于村是随主任老何下来的。他们刚到，县政府办公室的人把他们安置在招待所最好的小楼，开了一个套间。接待他们的是一个姓鲁的秘书，也是今年刚分配来的大学生。由于年纪相仿，于村被对方的热情弄得很不好意思。不一会儿，县里的分管书记就赶来了，谈话不过十分钟便吃饭，自然又是一顿丰盛的午餐。席间，老何的话题明显地比在机关时多了，以至于让于村觉得这个平素窝囊的中年人原本也是很幽默的。老何的胃口酒力也很好，于村却不行，几杯直通通地下肚，太阳穴就跳得快了，只好借上厕所避开。那个鲁秘书随他一块儿出来，问他定级了没有？于村说：我刚来呢。那秘书说：还是你们在上面好，一定级就是副科。于村说：副科算什么？机关的办事员最低的就是副科了。那秘书说：可我们在下面，想到这一步没有五年八年是不行的。副科放到下面就是副局长，出门就可以带车子了。这一说，于村便明白老何刚才的洒脱劲是怎么回事。按照组织原则，在这一桌上老何就是名副其实的首长。

　　第二天上午，他们在县有关部门的陪同下到了剧团开座谈会。地点是后台的化妆室，却脏得吓人。由此就可以想象得出剧团面临着怎样的困境。剧团的人称他们作"省里领导"，声情并茂、声泪俱下地反映基层文艺团体的破败局面。于村认真听着情况介绍，自己的情绪似乎也受到了感染。他看见老何也一副认真思索的样子，只是不停地调整坐姿。渐渐地于村就嗅到身边总有一股子臭气在萦绕着，低头朝脚下看看，也没有看见类似粪便的异物，觉得怪，突然听见一个响声自主任腰下传来，断定是放屁了，差点儿想笑。强忍了下去还是如鲠在喉地不舒服,只好再次借故上厕所脱离现场。

于村跑到空旷的剧场里痛快地笑了好几声。回音叠起,好像不止他一个人在笑。笑过,他又点上了一支烟,刚吸一口,隐约听见有人在哭,是个带有童音的女声,闻声望去,便看见在舞台的大幕边上侧立着一个身体单薄的女孩,看上去不过十五六岁。这个穿着灯笼裤的少女显然是剧团招收来的学员,兴许是因为练功吃苦或者想家才这么伤心的。于村便走过去,亲切地问道:怎么了小同志?是不是想家了?他忽然感到自己的语气有点不对头,像电影里见过的类似政委的味道。于村有些尴尬,却不知道怎么从这局面里撤出来。这时,女孩开口了。我不是想家,女孩说,我是怕被送回家。

于村这才知道,这个剧团因为日益不景气,决定从去年招收的一批学员中裁去一部分,其中可能就有这个叫毛妹的女孩。据毛妹介绍,当初招收她时就有不少的争议,主要是嫌她个子矮。如果不是剧团小旦行当奇缺,她就根本进不来。

省里领导,您帮帮我吧!毛妹抽泣着说,那口气简直就是乞求了。

于村的心这才真的软了一回。他安慰了这个实际年龄已有18岁的姑娘,表示可以"说说话"。他倒是履行了诺言,在为期一周的调查结束后,他把这件事委托给了那位鲁秘书。为了有力一点,他谎称毛妹是自己的一位远房亲戚。等回到机关一个月后,有天下午,于村正在装订材料,接到了鲁秘书的电话,说那件事办完了。于村开始愣了一下,费了很大劲才想起"那事"来,连声称谢。不久,毛妹也给他写了信,说自己命好遇上了贵人什么的。最后,毛妹说自己已改了名字,不再叫毛妹而叫毛梅了。不过于村倒觉得,还是叫毛妹好一些,他想需要指出这一点来,结果因为抽出去防汛连信也没回。

  1985年，于村在机关干了4年，越发觉得没有味道。他每天的工作还是写材料、印材料、发材料。处里新来了一个副主任，就是那位当年和于村一起报到的姓高的青年。当初这个人被派去侍候的病人，是单位的二把手。半年后，一把手因为作风问题下台，他扶正了，便挑姓高的做了秘书。如今几年一过，姓高的就提拔了。事情看上去一点儿也不复杂。这一年好像就是提拔年，几乎每天都能听到谁提拔了的消息。于村本来对提拔之类的事并不怎么感兴趣。但是身处这么一个具体的环境，似乎连木头人也不会无动于衷了。这样于村就隐约地感到有点压力。越是有压力，他就越是看不起姓高的副处长，也越感到这人对自己很挑剔。譬如每回于村写的材料，姓高的总要大改一通，然后还让于村重新誊一遍。这样几次下来，于村就觉得自己像是姓高的一个秘书。而在姓高的那里，俨然就是很自然的事了。于村心里窝着火，总想找机会发泄。

  这天，又是安排于村给部长写讲话稿。是为大书法家邓石如纪念馆落成的祝词。大家知道于村对文艺很熟悉，自然这工作就非他莫属了。于村倒也有兴趣，比起以前那些枯燥的材料，这次自然有意思一些。他翻了很多资料，想写得精美一些。第二天，于村就把材料拿出来了，交到主任老何手里，老何说：我对这个是外行，还是高主任看吧。于是就交到了高那里。于村本想等结果，想看姓高的这回怎么下手。这时来了一个电话，一听，是个女声，就找他于村。对方问：是于老师吗？于村就很困惑，我什么时候成老师了？他说：我姓于，请问你是……

  我是小毛呀！

当如今叫毛梅的姑娘出现在于村眼前时，后者还是很吃惊。他没想到"女大十八变"这句俗语在这个毛梅身上会表现得如此具体。眼前的毛梅分明就是个亭亭玉立的美人儿，你无法把她与三年前的那个黄毛丫头联系起来。于村当然高兴，甚至动过一瞬的邪念：搂着这样水灵的姑娘睡觉真是人生一大快事。可他还是不明白毛梅为什么要称他作老师？我像老师吗？吃饭的时候他这么问道，我倒真希望有你这样一个学生呢。

不叫老师叫什么？毛梅说，我总不能叫你小于吧？

于村心里便颤了一下。是呀，是存在着一个怎么称呼的问题。如果我是处长或者主任，那么今天毛梅就不会叫我作老师了。莫须有的老师。那一刻于村心里特别地酸。

毛梅是来省里观摩的。她现在是县剧团的后起之秀了。第二天晚上，于村请毛梅出来散步，他们走到环城马路上，说些海阔天空的话。于村问：你想不想到省里来工作？

毛梅说：想呀，人往高处走这个理我还不懂？可是我怎么来呢？

于村知道毛梅是有意把话递过来的，当然这也很好。于村说：这事我有数了，但不能急。其实这个晚上于村就想说：你嫁给我算了。

话虽没有出口，但事情最后还是做了。在分手的时候，他们拥抱了，也接吻了。据于村后来说，这是他有生以来抱过的、吻过的第一个女人。但他惊讶的是，这事做起来怎么如此的镇静而自然。

和毛梅的接触（于村认为这是真正的接触）即意味着恋爱。于村自然很兴奋，但也预想到了，这件事可能会改变自己的某些方式。简单地说，他现在不能只图一个人自在了，得注意搞好关系。他想，把毛梅从县里调到省里绝没有当初使她留在剧团那么简单。凭他自己的能力想办成这件事显然不易。本来,他自觉在机关没有太多的烦恼,虽然没有怎么重用他,但他很自由——他可以在法定的八小时以外去干自己有兴趣的事。他是学中文的,业余时间总爱给晚报写一些杂感。这些东西可以使他达到两个目的:在机关内部受到尊重,每月增加收入。那时的工资很低,像于村这种副科的级别,每月就只有六十几块钱。而他的稿费平均起来比工资还要高。因为这个,于村心里有些平衡。你姓高的不就是个副处吗?不就是比我多出二十几块钱吗?于村甚至在心里这样想过,以每月的经济收入,自己就是部长了。这可能就是于村看不起别人尤其是姓高的副处长的原因所在。

这天上班,于村看见自己起草的讲话稿已放在桌上,又被姓高的副主任改了一番。他一见就生气了。什么玩意儿!装什么孙子!他就这么嚷着。当时边上并没有第二个人。但是话音刚落,老何与姓高的以及其他人都鱼贯而进了。于村看见他们每一张原本松弛的脸转瞬间都绷紧了,显然自己适才的发泄被大家在门外听见了。他感到自己的表情还在怒着,心想若此时收敛就不好下台。于是血就往上涌了。于村把稿子朝姓高的桌上一撂:你有什么好改的?是不是你动手改了就表示你水平比我高了?

姓高的说:我没这个意思,你太多心了。

于村说:我告诉你,这次你自己来誊。

办公室的人都过来劝了,说小于你冷静点小于。于村没有看见老何,后来才知道主任不知什么时候出去打开水了,而平时他是几乎不打开水的。

于村和高副主任吵架的事很快就传开了。当天下午,他被带到部长那里去谈话。部长严肃地批评了他,说:要主任干什么?就是让他对研究室里每一项具体工作负起责任,改稿子是很正常的。

于村不自主地回了一句:那何不让他自己动手起草呢?

部长说:起草就是你的工作了,这也很正常,你同样要负起责任。机关每一项工作都是有程序的。

那个晚上于村感到十分难受。他想这下自己的处境变得难了,甚至想马上调走。可是往哪儿去呢?他原想尽快把毛梅调上来,没想到现在自己也面临着找去处。想到这里,于村就特别地伤感。他走出去,外面正下着雨,他也没带伞。雨淋在脸上倒是舒服一些。这是青年于村平生遇到的第一次压力。路过一家小馆子,于村想进去喝点酒,突然里面吵了起来,一个大汉被人从里面推出,那人喊道:得罪你怎么样?老子不犯法,就是皇帝也治不了我的罪!于村吓了一跳,他弄不清这大汉是什么身份的人物,但那人的这句醉言却把他从沮丧中捞了上来。

这以后于村就变得奇怪了。每天上班他是第一个到,而下班也是第一个走;不请事假但也不接受加班;机关开会他不溜号,但从不发言;他允许别人改他的稿子,但决不重誊一遍。他出差按平均数去,捐款按平均数,甚至打开水也是按平均数。有一天老何在下班时留住他,说想与他谈谈。于村开口就问:我又做错什么了?老何说你没错,你做得很好。老何说:我今天是以朋友的身份与你交交心的。主任绕了很大一个弯子才说到正题。主任说小于,在机关干就得有好忍性,所谓十年的媳妇熬成婆。于村说:主任,我实话告诉你,我是既不愿当媳妇也不想当婆婆。就这一堆了,大不了把我扫地出门,那也不至于扫到地球外面去吧?老何一下就被噎住了。

于村在晚报上接二连三地发表杂感，加之他经手写的材料被省委负责人批阅过，机关大院里很快就传出了这样的评价，说某部有个姓于的笔头子很不错。但这小子又他妈的特别犟，不好使。这期间，于村也在忙着未婚妻调动的事，但一涉及到找人求人便止步了。他自觉找不上人，也不想去求人，可是县里的毛梅又朝思暮想地盼着早日上来。姑娘每月一半的工资都花在长途电话费上。姑娘在电话里哭泣，说这么拖下去她会很快老掉的。好像就真成了明日黄花。于村心里着急，却又一时拿不出办法来。

但他下了决心，如果软的不行就来硬的——结婚算了。一个省内的分居还能不解决吗？

这年的秋天，于村和毛梅结婚了。他们在分居了一年后调到了一起。据说最终还是老何替他的下属跑成的。毛梅还干本行，在A市黄梅戏剧团工作，由于自身条件好，进来了就很受重用。两出戏一唱，竟在市内获得了好评。

故事说到这里，需要一次提醒了。你们也许没忘记，1982年分到某部的是三个青年。那第三个就是我。我的情况比较特殊，在不到一年的时间里，我病了四次。到了第五次，我得了慢性肝炎，一头扎进医院差点出不来了。等我完全好透了，于村的现状又使我茅塞顿开。我知道最不适合在机关的不是于村而是我。这样我就干脆请了病假，回家复习准备考研究生一走了之。到了1988年，我考取了。我离开的时候正是新部长上任之际。这个面目清秀的中年男子，以超凡的记忆力和平易近人闻名省内。为此他特别吩咐办公室准备一次宴席为我饯行，很让我受宠若惊。吃饭的时候，话题就很自然地扯到了当年的三个大学生身上。大家恭维了我几句，但说着说着就说到了于村。有人说：小于这个人倒不坏，能力也很强，就是不适合在机关待。新部长就问为什么？那人说：他很犟呢，不过又没有明显的毛病。这时老何插言道：工作中还真离他不开。新部长说是吗？我倒要见识一下了。他的口气很自信，具有一种挑战意味。

不久，我在南方听到消息，就在我离开两个月后，于村突然得到了提拔，令机关全体人吃了一惊。我也很意外。

我再次见到于村是在1993年春节。我回A市探亲，在街上遇见了于村，当时他正和毛梅带着儿子去看一个画展。这是我第一次见到毛梅和他们的孩子，便有些吃惊，因为毛梅的个头很高，甚至可以说很时髦，像个模特儿。于村现在已是研究一室的主任了，人也像是发福了许多。他叫毛梅领孩子去看，硬是拉我去他家。他说我们得好好叙叙。他刚分了一套三室一厅的新房，装修也很不错，使我意外的是，墙上却挂了一幅老何的书法，一看就很有功力，学的米芾。我就问：是那个老何吗？于村说是，不是他是谁呢？我就感叹道：想不到老何还有这一手？于村说：这叫会打不出手。这话一说，于村突然就沉默了，过了会儿才说：你知道吗，老何上个月才走。追悼会上那些挽联没有一个比他的字写得好的。可他走了。

我们一直谈到傍晚，于村执意要留我吃饭，这时，毛梅和孩子回来了。于村打发老婆赶快做饭，我就说：别忙了，小毛晚上还要演出吧？

于村就一笑，说：她改行了，调到资料室来了。

那何必呢？我说，小毛是个好演员。

谁说不是？于村说，这事不能怪我，怪她自己不争气。你听说过女人结了婚还长个子的吗？

见我有些摸不着头脑，于村又补充道：她那个剧团男演员都是矮子，没有人能和她配戏。她得顾全大局。

说到这里，来了电话，于村去卧室里接，我隐约听见他说：喂？部长……这事我正要向您汇报呢……行行，我明天就去查一下，您放心，报告我自己动手……

于村回到客厅，想很快找到刚才的话头，就问我：我刚才说到哪了？

我说：男人都是矮子。

于村眨眨眼睛，似乎还没有明白过来，只说：是呀，怎么这个地方的男人都是矮子呢？

2000年5月 合肥寓所

（原载《作家》2000年第8期）

纸　翼

后来楚翘想，对于一个她这样的女人，2000年10月18日这一天是值得回忆的。

这一天实际上很平常。每年都有10月18日，只是按照人们的习惯，把这样的一天看作结婚的好日子，楚翘一早就看见街上有许多迎娶新娘的彩车。她的同事王涵也选择这个日子把自己给嫁了。王涵是前年分来的大学生，人长得还算漂亮。楚翘心里清楚，自己虽然比王涵大了几岁，但就女人的气质与风韵而言，她仍然不失自信，楚翘这一年二十八岁，已婚，没有孩子。她的丈夫刘东是一家电脑公司的营销经理。

楚翘今晚要去参加王涵的婚宴。可是临下班之前，她接到了一个电话。对方是个男人，声音动听但很陌生。对方说：你好，我们不认识。

楚翘说：当然。

我是一个出差到你们这个城市的男人，对方说，我只是随便拨了一个电话，我想如果对方是位女士，我就邀请她共进晚餐。

这是机关的电话。楚翘说。

我不管，但是我很高兴，因为现在与我说话的果然是位女士。

楚翘就把电话给挂了。

她想这简直是个笑话，怎么会有这样的事呢？没过一会儿，电话又响了，楚翘犹豫了片刻，还是接了。这回对方说得很简洁：很抱歉，我已经记住了这个电话，明天我还会打的。

楚翘有些生气地说：你这人怎么这样？这是机关电话！

对方继续说：我也记住了你的声音。只要是这个声音，我就会……

楚翘又把电话给挂了。但是临出门的时候，她突然有了一点后悔。为什么要拒绝呢？为什么不能在电话里客气地聊上一会儿呢？陌生人，一个有趣的陌生人。可是现在的结果却很糟糕，在那个看不见的男人的记忆里，肯定留下了一个乏味的女人印象。带着这样的懊恼，后来楚翘迟到出席了王涵的婚礼。在婚礼上，许多别出心裁的安排她都没有印象。女人的好奇心驱使她只想一个问题，就是刚才给她打电话的男人会是什么样子？无疑这是一个浪漫的男人，也是一个富有幽默感的男人，但猜测就到此为止了。

第二天，楚翘按时上班，同事们都在议论昨天王涵的婚礼场面，说了许多赞扬的话。楚翘却一个人在电话旁边翻着报纸，她觉得那个男人还是会来电话的。但是很遗憾，从八点半到十一点半，没有一个电话是找她的，因此她就产生了一种疲惫的感觉，觉得这一天过得特别漫长。下班的时间又到了，楚翘第一个离开。她想以这种方式尽快摆脱掉这种莫名其妙的感觉。当她走进电梯间时，忽然想起自己的一本书落在了办公室里，便又走了出来，走回去。她感觉平时每天走过多次的走廊显得长了。她急着把门打开，突然电话就响了。她被这意外的铃声所惊吓，但却毫不迟疑地拿起了话筒。

你好，接得真及时。是不是怕别人抢先接了？

我是……

楚翘本想说我是回头拿书的，碰巧遇上了这个电话。但是她很快意识到，这样的解释显得没有力，于是就改口说：你这人怎么回事？难道还非逼我打110吗？

男人在电话的另一端说：我一直考虑给你打电话。我觉得应该在你下班的前夕打比较好，因为那时候办公室的人该差不多走光了，你这儿毕竟是机关嘛。

楚翘说：既然知道，你就不该这个样子。这样太荒唐了。

荒唐？男人说，我从来就没有意识到有这个词。

楚翘说：我不是那种可以给人消除寂寞的女人。我希望你放尊重点。

男人说：到目前为止，我的所作所为都是得体的。

楚翘：那只是你的感觉。你想过没有，你的举动会使别人紧张的。

男人说：别说得这么严重呀，你今天有空吗？我请你吃饭。

楚翘说：你觉得这可能吗？

男人说：为什么不呢？

楚翘说：我不想再说什么了，只希望你以后别再来电话。

说完，她就把电话给挂了，在楚翘离开办公室时，她听见电话铃在身后再次响起，在空寂的走廊里显得格外响亮。

楚翘把这个秘密告诉了新婚的王涵。她说：你看我这样处理对吗？

王涵一边吃着自己的喜糖一边说：你这个人也太认真了，其实见面吃顿饭又有什么了不得的呢？

楚翘被王涵的话弄得有些窘迫，说：我们的情况不一样。

王涵说：怎么不一样？

楚翘说：我家刘东总在外面出差，我不想我们之间闹出什么麻烦来。

王涵说：不就是一顿饭嘛，你想得太复杂了。

楚翘说：我不想这样。

王涵说：你就知道你家刘东在外面不这样？人在外面，心都是浮的。

楚翘说：刘东不是这样的男人。

王涵说：那是你以为。男人都是这样。

楚翘说：既然你看透了这一点，为什么还要结婚呢？

王涵说：这是两码事呀。女人结婚就是找一个依靠，但未必就是感情上的依靠。你下回再接到这个人的电话，就答应他，我可以替你去吃这顿饭。

楚翘被王涵给说得手足无措，这个时候，她就感到王涵到底还是比自己年轻一些。

一周过去，楚翘再也没有接到那个陌生的电话。但是，她的心情却更加沉重起来了。她感觉自己每天上班失去了一种既害怕又温馨的期待。这已经不是什么好奇心了。她想可能是自己在电话里的语气过于严肃了，使人望而却步。她又想，也许是这个男人出差离开了这个城市。总之，那个不知什么形象的男人就此消失了，事情往往就是这样，因为没有形象，所以就没有更深的记忆。从这时起，楚翘的心里产生了内疚。她走在街上，看见任何一个陌生的男人把脸对着她，就觉得他应该就是电话里的那个人。而当她每天晚上，躺在床上接丈夫刘东从外地打来的长途时，已经不再那么兴奋了。只是问：你什么时候回来？刘东说我还早呢。女人便不想多说了。倒是做丈夫的判断出了什么事，就问：你没有遇上什么麻烦事吧？

楚翘说：我每天过着两点一线的日子，会有什么麻烦可言呢？

刘东在电话那边笑了，说：你要是寂寞，就出去找朋友吃顿饭吧。

刘东这句随口说出的话使楚翘感到有一种讥讽的意味。

这天临下班时，楚翘有意拖延了时间，在自己的桌子上整理过去的一些信件。实际上这几天她都在拖延，她在等待那个随时有可能出现的电话。外面的天色已经慢慢地黑了，一天又这么过去了，楚翘准备离开。这个时候，电话响了。楚翘有些迟疑地拿起电话，轻声问：喂？

是那个人！从呼吸中楚翘就有这样的感觉。

男人清了清嗓子说：不好意思，我这些天没有给你打电话。

楚翘说：这样不是很好吗？

男人说：我在你们的城市里病了，现在还躺在床上呢。

楚翘停顿了一下：怎么病的？严重吗？

男人说：没什么。我的胆囊有点问题，有结石。

楚翘说：那会很疼的。

男人说：是呀，进来的那天晚上，疼得我直不起腰来，我就像个残废人似的，蹲着走，上楼下楼，挂号拿药，简直……

楚翘说：你的客户单位怎么不管你？

男人说：我没有什么客户。我是自费来你们这儿拍照的。

楚翘说：你是摄影师？

男人说：对。我是一个风光摄影师。

楚翘说：你现在感觉怎么样？

男人说：很快就出院了。

楚翘说：你在哪家医院？我觉得应该去看望一下才对的。

男人说：你这样说我就很高兴了，但是我还是不希望你来。

楚翘说：为什么？

男人说：我不希望女人看见我病恹恹的样子。

楚翘说：你这人太好强了。

男人说：我只是觉得这样好，不为什么。

楚翘说：你什么时候离开？

男人说：现在还说不好。我还要进山去呢。外面的天已经黑了，你回家吧。

楚翘说：好，你多保重。

电话到此就结束了。女人还保持着原来的姿势，看着窗外的天慢慢黑下来，然后就看见了雨。她觉得雨是和自己的泪一道来的。

你觉得他为什么不要求我去看望呢？楚翘这样问王涵。

也许他会觉得自己躺在病床上的样子不精神吧？

就为这个？

这还不够吗？

我觉得他是不愿意见到真实。真实的我和真实的他。

算了吧，楚翘。我看你们既然已经错开了，就让它永远错开好了。

楚翘有些失望地离开了王涵那里，当她再次回头时，看见门口的王涵怀孕的迹象已经十分明显了。她想这个王涵一定是因为怀孕才决定结婚的。可是自己的情况不是这样。她和刘东在恋爱期间一切都很规矩，她是以处女之身去做新娘的。楚翘想，自己是否也到了该要一个孩子的时候了？

楚翘再次接到男人的电话是在两天后。还是在下班前，那个男人告诉她，自己已经到了山里。

楚翘问：你还会回来吗？

男人说：当然。我回来就和你联系。

楚翘又问：那天，你怎么会想起拨这个电话呢？我觉得你不像是一个很随便的人。

男人说：我当然不是随便的。你这个号码的后四位数1018，其实是我的生日。

楚翘说：哦，是这样，那么你每到一个地方是不是都这样做呢？

男人说：我在外面还是第一次过生日呢。

楚翘说：那等你回来，我请你吃饭吧，我为你饯行。

男人说：好，我们就这么说定了。不过单还得由我来买。

男人在打电话的时候似乎在同时做着什么事情，电话里显得有些杂乱。于是楚翘就问：你在忙吗？

男人说：我本来要出门，结果……

楚翘问：出什么事了？

男人说：见鬼，我的裤子拉链卡住了，怎么也拉不上来。

楚翘笑着说：就为这个呀？那我教你一个偏方。你用肥皂把卡住的地方抹一下试试。

男人说：这样行吗？

楚翘说：你可以试试。

然后楚翘告诉对方一个新的电话号码，说：我马上要换办公室，以后你可以打这个电话。

男人说：我记下了。这个电话什么时候打合适呢？

楚翘说：随便。上班的时候都行。

楚翘告诉男人的电话其实是自己家中的电话。因为从这个星期开始，她要在家里写一份关于旅游项目的可行性报告。

这天晚上，楚翘开始在家中写材料。可是白天的事使她有些分心。她自己也觉得有点好笑，彼此没有见过一面，连名字都没有通报，但是这件事就是搁到了心上。楚翘写不下去，就用稿纸盲目地折叠着一只纸鸟。她发现这个儿时的游戏如今已经不会玩了，好不容易叠出个形状，但是显得很难看，一只笨鸟，她看着觉得好笑。这时，客厅里的电话响了。楚翘自然以为是刘东的，开口就问：你到底什么时候回来？再不回来我可就跟人私奔了。

然而电话却是那个自称是风光摄影师的男人来的。男人说：很抱歉，我预感到这是你家里的电话，不知道现在说话方便不方便。

楚翘自然有些尴尬，好在电话里对方感觉不到。但尴尬只是一瞬间的事，女人心里还是感到高兴。她说：你很聪明。

男人说：其实你可以直接告诉我。

女人说：我是想让你自己去判断。

男人说：你觉得我会在晚上打这个电话吗？

女人说：没想到会有这么快。怎么样，在山里玩得还好吗？

男人说：山里还是有意思的，你丈夫出差还没有回来？

女人说：对呀。

男人说：就是说我们现在可以在电话里放纵一下了？

女人说：你想干什么？我知道你们男人就是这么个分量。

男人说：你知道我为什么喜欢给你挂电话吗？

女人说：不知道。

男人说：因为我喜欢你的声音。

女人说：我的声音特别吗？

男人说：我觉得很动人。

楚翘虽然笑咧咧的，但是内心还是受到了一种震撼。

接着他们就说了一些漫无边际的话题，男人总是要求楚翘多说，这使她感到有些紧张了。她说你这么讲我可就真的不好开口了。

最后，女人问：你裤子上的拉链好了吗？

男人告诉女人：你的偏方很管用，我的拉链已经好用了。

可以想象得出那个晚上对楚翘应该是多么的愉快，但是不可想象的事情也就在那个时刻出现了，当楚翘放下话筒时，她才注意到一个浓重的身影就竖在对面的墙壁上。那是她的丈夫刘东的身影。楚翘心里一阵慌乱，还没有来得及开口，刘东的话就抢到了前面。

那边是谁？男人的声音虽然轻慢，但是却有着掷地有声的分量感。

楚翘说：你什么时候回来的？

刘东点上香烟：我在问你，那边是谁？

楚翘还是在勉强地笑着说：你别急嘛，我会慢慢告诉你的。

于是刘东第三次质问妻子：那边是谁？

楚翘突然感到了前所未有的委屈，自己的嗓门也提高了：我不认识!

刘东冷笑道：可你认识人家裤子上的拉链，不是吗？

楚翘说：我就是不认识！

然后她的眼泪便涌了出来。尽管如此，女人在这个晚上还是把事情的原委仔仔细细地对丈夫说了。她的丈夫一直在看着她的眼睛，这使她感到自己越往下说疑点就越多，似乎她在刻意编造一个拙劣的谎言。所以她用一种可怜而无奈的语气结束了自己的坦白——我知道，无论我怎么说，你都不会相信的。

刘东沉默了片刻，然后说：要是我这么对你说，你信吗？

楚翘无言以对。

楚翘把自己和丈夫的事告诉了王涵。后者说：这个刘东也太那个了。你们连面都没有见过，连对方长得什么样子都不知道，就更谈不上别的事了。

楚翘说：可他就是不相信呀！

王涵突然也沉默下来，说：也难怪他了。要是我，我也会不信的。

楚翘说：可这些都是真的呀！

王涵想想又说：倒也是，国家也不抓思想犯罪嘛。

说完这句话，王涵就陪着楚翘去找刘东。但是刘东已经把自己的铺盖搬回父母那边去了。

这件事过去了一段时间，楚翘和刘东还是分居着。刘东也还经常回来，把自己换下的衣服随便扔进洗衣机里，好像他回家不是看妻子而是看洗衣机。洗完衣服，他又走了。楚翘忍不住地对丈夫说：刘东，你不能这样对待我！刘东说：我没有怎么样呀？我是打你了还是骂你了？男人的语气仍然是那么不动声色。这样的时候，楚翘就特别想念那个无端给自己惹上一身麻烦的电话。摄影师说过，山里的电话信号不好，这段时间可能与她不能联络。但是摄影师已经有过承诺，一回到城里就会与她见面的。楚翘想到这里，突然产生了一种与那个人私奔的念头。她想自己要是当初真干点什么就好了，这样她就敢于面对自己的丈夫了，大不了也就是个离婚吧？

但是摄影师的电话还是没有来。

刘东却回来了。楚翘想这个男人可能是相信了发生的一切不过是一次玩笑，再这么下去未免小题大做。楚翘下班回家时，看见刚洗过澡的刘东光着身子横躺在床上，心里觉得很不舒服，她随手将被子拉开盖住男人，倒不是怕丈夫着凉，而是不愿正视他的裸体。刘东手里正翻动着一本武侠小说，头也不抬地对老婆说：我把衣服洗了，你晾一下。

楚翘没有说话，但还是把衣服一件件地从洗衣机里拖出来，再一件件地晾到院子里去。在晾到刘东的一件真丝夹克衫时，女人发现这上面的拉链也卡住了。她就拿肥皂在卡住的位置反复涂抹，可还是不能滑动。这个瞬间，女人想起了已经仿佛很久没有音信的摄影师来。她不禁在心里自问：那个人怎么就不来电话了呢？

楚翘抬头看天的时候，看见了一只白色的小东西从眼前划过，她一眼就看出那是自己叠的那只难看的纸鸟，不知什么时候被当成垃圾扫出去了，然而现在它却能借助一阵风力起飞。楚翘被这个不可思议的事实惊吓住了，她感觉这只不可能的小鸟在自己的头顶上画了一个大圈，然后飞出了她潮湿的视野。

这年的冬天，楚翘在整理这一年的报刊资料时，无意中在晚报上发现了一条消息，那上面说十二月十二日中午，一辆由山里开往城里的客车翻了,遇难者七人,其中就有一个著名的风光摄影师。

楚翘仔细推断出这个日子,觉得车祸发生的时刻就是白色纸鸟飞出自己视野的时刻。

6 月 30 日 合肥

(原载《安徽文学》2001 年第 9 期)

轻　轨

从地铁2号线西直门站出来，可以换乘13号线往北。这13号线就是大家通常说的轻轨了。所谓轻轨，字面上看，大约就是与常规的铁轨比较，材料显得轻便一点的意思。因为它是铺设在城市内部，不出远门，好像也就不需要特别牢实似的。但北京人不怎么愿意唤作城铁，而叫轻轨，听起来显得玄乎，这是北京人的做派。上海如今支起了一条由德国进口的磁悬浮列车，施罗德亲赴沪上剪彩。据说很让上海人引为骄傲的。可是上海的磁悬浮意义，一半脱离了城市交通的概念，转为一种时尚的饰物。因为票价不菲，往返一趟得花三百块，于是就有人拿它来请客，说：走，阿拉今天请侬坐磁悬浮白相。电视上自豪地介绍，春节期间的磁悬浮票子早早就预订完了。这真是一种奇观。由此看来，北京的轻轨远不及上海的磁悬浮排场，但它实惠，围绕半个北京城走一遭，只需要三块钱。轻轨一通，自然部分缓解了京城的交通。尤其是往北边去的，可以到达回龙观和霍营，也只需四十几分钟。如果你去清华，那就相当的方便了。由始发站西直门开步,经过大钟寺、知春路,在五道口站下来,走不了两站地就到了清华的东门。

因为轻轨的通车,北京城最北边的房价突然就上扬了。北京历来就是看重城北地带的,说那是上风口,无论是科学的空气还是迷信的风水,都道一个好。因此那北边的地价房价永远就高于南边。这南北的划分,依的是那条著名的东西而贯的长安街。于是天安门、紫禁城算在了北边,中南海、新华门也在北边,即使是十三陵,那不也还是在北吗?之后距离市中心每隔一环,相当地位、相同品质的房子,价格就有了相当的差距。譬如北二环边的,一平米一般要万儿八千;三环的就只要七八千了。等过了北四环,房价会有一个明显的下跌。毕竟那儿目前还不发达。实际上四环外就是城外了。但是如今轻轨通了,那里似乎又有点红火了。这样一来,搭乘轻轨去北京最北的地方看房的人便多过以前。每天在轻轨上来来往往的,大都是去回龙观一带看房、买房的主儿。

北京的轻轨通车很仓促,为了赶上国庆,先把由西直门到霍营的那一段通了。轻轨一共就四节车厢,却是相当的老化。与新建的现代感十足的车站很不匹配。不过车内并不感到怎么拥挤。四环以内、居住城北的,一般都还有钱。出门不是私家车就是打的士,何况还有发达的公交大巴。轻轨方便的主要是五环外的那些人。用北京话说,这回他们合适了。乘轻轨从西直门出来,经过城里的时候,乘客还有一种高高在上的感觉。入夜时分往两边看看,灯火煞是辉煌。可是越往北,灯光就越发地暗淡了。等过了五环线,几乎是漆黑一片,那就是标准的农村了。

每个周末,或双休日,轻轨上去五环外看房的人总比平时多。

这个周末就是如此。不到下午四点，那些提前下班的人便到这里集合了，等候着开往回龙观方向的轻轨。这是2002年11月的一天，北京最好季节里的一个周末，不过天气似乎有点显凉。在最后一节车厢里，乘客不是很满。他们一簇簇地进行着交谈。这些人穿戴各异，话题却相当一致：看房。只要是来看房的人，大都是成双结对。他们计划是要在北京安一个家，是家，按习惯就至少属于两个人。

投资这里的人显然是发财了，一个戴眼镜的北京男人对自己身边的北京女人这样说。男的大约在四十岁光景，女的略小一点，气色却比男人憔悴。女人暂时没有说话，低头看手里的一张房产信息地图。那上面早就画满了只有她自己能看懂的符号。

那是啊，这些老板还很有远见呢。边上的一个穿短风衣的外地青年男人接过话头说，去年一平米卖两千多的，现在变成三千多了，一套房子下来就这么凭空多出了十来万。

谁叫你去年不下决心呢？他的女朋友外地青年女人说，你这人做什么都不赶趟。

外地男人说：以前不是嫌远吗？哪知道这轻轨说通就通了……后悔的药咱不吃，这回得一刀拿下。

听了这话，对面的那个穿长外套、始终戴着墨镜的女人，我们姑且称她叫A的，抹着口红的嘴角便起了一种不屑的笑，那意思仿佛是：不就是一套房嘛，至于这样吗？这个女人的年龄处于最暧昧的那个阶段，不过看上去颇有点风度，给人一种距离感。你能猜得出墨镜后面的那双眼睛是美丽的，但可能含着冷漠。

在她边上，靠近门的位置是位穿着休闲西装的中年男子B。这个人自打上车就开始不停地搓手。他没有卷进关于房子的话题,而是突兀地、自言自语地说:没想到天会突然变得这么冷……还是应该开车。

有车为什么不开呢?戴墨镜的女人A似乎是无意中接过了B的话头说,车里至少暖和点啊。

B就笑了笑,说:那是,可是我要从金融街开到回龙观,那一路的塞车可要了命。还是坐轻轨利索点。再说,我还没坐过轻轨呢。就是没想到这车里会这么冷……

A也微笑了,难得这个已经步入中年的男人还持有这份好奇心。女人把脸侧了侧,说:出入金融街的也上回龙观看房?

B犹豫了一下,说:各人的想法不同吧。

A点点头,表示赞同B的看法。

知春路站到了。坐在A和B中间的一个学生模样的姑娘下了车。于是他们坐近了点,交谈的声音也随之低了下去。

B说:其实我今天只是去看看,未必真买。

A说:像你们这样的人,应该早就有房了吧?

B说:我家住在菜市口一带。

A说:我说呢。那位置多好。现在是准备买第二套房,周末度假用?

B说:怎么说呢……你好像不是北京人吧?

A明白B是有意岔开了话题。但她还是点点头,说:我在北京住十来年了。

B说:你的北京话很地道。

A说:可还是被你识破了啊。

B说:其实我也不是北京人,大学出来后就留在这里了,比你多住了十年。我是做金融的。我想，你应该是搞艺术的吧？

A 不免有点吃惊，说：能看出来？

B 说：有这种感觉……但你可能不会是演员，应该是……

A 笑着打断了 B 的话：我明白你的意思，做演员的是不会上这回龙观买房的，他们有钱。

B 有点不好意思，说：当然文艺圈也有爱到郊外买别墅的。不过，我劝你千万别买别墅，到处都是窗户，都是门，一个人在家总感觉不安全……

B 说到这里突然停顿了一下，又说：对不起，我可能说错话了。

A 没解释什么，把身体往后靠了靠。这时，又一站到了。

轻轨经过了五六站后，进入到一条隧道，噪声顿时大了。那感觉和地铁完全一致。等重新走上地面，周围的环境陡然荒凉起来。这时，那个外地的年轻女人说话了：怎么还没到啊？

外地男人说：还有好几站呢。

外地女人说：这么远？

外地男人说：近了能便宜吗？

戴眼镜的那位北京男人插话说：远有远的好处。

他的妻子北京女人放下手中那张房产地图，看了看他，说：我就看不出远有什么好处。我们是没辙才奔这儿来。

北京男人扶了扶眼镜说：凡事都有利弊嘛。

北京女人说：行了，你少来这一套，我都听烦了。

北京男人就暂时收了口，低声嘟哝道：先看看再说吧。

这两个人刚停住，外地女人又对外地男人说：看来想买远点的也不只是我们啊。都说现在北京人几乎全撤到四环外去了，这城里都被外地人占下了。

外地男人说：是啊，北京有钱的并不多，可外地有几个钱的，都扎北京来了。

外地女人叹道：我们混得可不怎么样。

外地男人说：这得看和谁比了。怎么说咱也比那些租房子的强吧？北京这么大，光我们这些"北漂一族"就有三四百万吧。

外地女人笑了笑：要是我们有这么多钱就好了。那就不跑这么远的路来看房了。

外地男人拍拍外地女人的肩头说：慢慢来，没准儿过两年我们运气好了呢。

外地女人说：那我们就把现在这一套卖了。再回头去买三环以内的。

这时，那个戴眼镜的北京男人又插话道：就是有钱，我劝二位也别这么干。

外地女人觉得好奇怪，就问：为什么？

北京男人正了正身体，说：这城里的房子问题可大了去了。其一，是空气质量差；其二，是噪声污染重；其三，是价格太离谱。您啊，以后钱要是富余的话，还不如买辆车，那多舒坦。

外地女人对北京男人笑了笑，说：那我可不干了。城里再怎么着也还是城里。我现在是没钱才往外扎，有钱的话我还希望住进中南海呢。

大家哈哈一笑。

对面的男人B手机响了。他先看了看来电显示再接听，说：有事吗？

听不清对方说什么,只听见 B 断断续续地说:我不在单位,在外面……替一个朋友办点事情……你不认识的……晚饭不回去吃了……家长会?等我回家再说吧。

B 放下手机,他的目光和 A 有了短暂的交接,但他没有说什么。他的神色似乎显得有些不安,又开始搓手了。

过了片刻,A 才说:做男人的也好辛苦啊。

B 回过头,说:是的,总是忙。

A 淡淡笑了一下:结了婚的男人或许更忙吧?

B 说:那自然。我结婚已经很久了。

A 说:可你看上去还很年轻啊。

B 说:老了,孩子都快上大学了。

A 有点意外地说:是吗?有这么大了?

B 说:我结婚在那个时候也不算早。

A 说:我想应该是个女儿吧?

这下是 B 觉得吃惊,说:这也能看出来?

A 说:是感觉,和你一样。

B 说:总有点根据吧?我确实是个女儿。

A 说:有女儿的男人做事一般比较优柔寡断。对不起,我在胡说呢。

B 看了看 A,想说什么,却没有说出来。但他的笑容是诚恳的,带着一点钦佩。

也许是为了掩饰刚才的冒昧,A 好像无话找话似的说:现在的房子面积越盖越大,其实真没这个必要。

B 点头附和道:是啊,孩子一出去,家里就剩俩人,真没必要那么大。

A说：家非得是两个人吗？

B有点惊讶，一时没接上话。

A说：我的意思是说，家和房子是两码事。家或许得两个人以上，房子未必都是两个人住。

B说：可也总不能老是一个人住吧？

A说：为什么不能？我要是发展商，就盖上一批精美的小户型，保准好卖。

B说：据说有人已经这么干了。就四十平米，一室一厅，外带厨卫的精美装修。

A说：我想，这或许是一个趋势。

B说：趋势？

A说：人都想要一个属于自己的空间。从前呢，以为是家，现在又觉得不一定是家，应该是房子吧。

B说：不过，有时会感到寂寞的。

A的嘴角又掠过了那种不屑，说：这个年代克服寂寞的办法多的是，可想得到一份清净与自由却很不容易。

B看着A，希望女人继续往下说。但是男人的手机又响了。听起来又是一个女声。男人下意识地转过身去，压低声音说：我快到了……大概还有两站吧。你最好找个暖和的地方，今儿这天气很糟糕。

男人这回把手机关了。他回过头，看见女人已经把脸对着窗外。他们的交谈就这么结束了。

轻轨运行十一站后到达了回龙观。车上的人几乎下完了。一走出站，各自就奔各自的方向去了。B 感觉外面更冷，他把西装的扣子全部扣上，然后把手机重新打开。在他准备打电话的时候，他忽然想到了刚才那个女人 A，就四下张望着，觉得应该与她打个招呼。他们的交谈很有意思，但是他没有看见那个女人的身影。而这时，另一个女声从路边的一个广告牌后面传了出来，对着 B 的背影喊了一声：我在这儿呢！

B 闻声回头，看见了一个更加年轻的女人。

两个小时后，刚才看房的这些人差不多又在同一个车厢里见面了。夜幕已经拉开，列车上的灯光好像电压不稳似的很晃眼。人们都显得有点疲惫，情绪也显然没有来时那么高昂了。那个喜欢看房产地图的北京女人一脸不高兴地对丈夫说：广告上的话真不能听，说得那么好，照片那么漂亮……

北京男人一边擦拭眼镜一边答话：推销嘛，都这样。基本上都不是实景拍摄，电脑拼凑出来的。不过我们看的那套房的楼层、户型都还可以，又是板楼结构。

那个外地女人就问：到处都听到板楼、塔楼的，有什么区别？

北京男人戴好眼镜说：板楼就是有南有北互相通气的，这个好；塔楼呢，是只对着某一个方向，没法透气，价格自然要低一些。

外地女人点点头，说：哦，是这样……其实住家没什么大不了的吧？

北京男人说：那区别可大了去了。

外地男人就急忙问：那么，要是价格相差无几，五环外的板楼和五环内的塔楼，你选哪个呢？

北京男人犹豫片刻，说：这得看你自己的主意了。不好说，反正买房子不是一件轻松事,要兼顾到方方面面。难。

外地女人说:还不是难在一个钱上。要不哪来这些比来比去的?这世上原本就没有又想好又想巧的事,可大家总以为有。

外地男人就说:所以啊,我们要面对现实。

外地女人说:我反正是看不中这里了。要是以前的同学来北京找我,那还不让他们笑话死了——某某人的家住在"北京的农村"呢,周围都是红高粱。

外地男人说:也没这么悬吧?北京的北边发展会很快的。这奥运会一办下来……

外地女人说:等发展起来了,我们也快老了。

外地男人说:不至于吧?

外地女人说:我问你,我们当初为什么要到北京来?不就是要享受作为首都的快乐吗?哪能一辈子在那种地方猫着?

外地男人说:也不是每一个有钱的人都住城里的。我们公司的老总,还住到通县去了呢。

外地女人说:那是他周末度假用的呢,他城里肯定另有一处房子。

北京男人清了清嗓子,说:其实啊,我们对住宅的选择一直有误区。外国人的居住观念和中国人完全不同,他们喜欢自己的家远离闹市,尽可能地与自然亲近……

外地女人说:是吗?那就让你们北京人去做外国人好了,我们外地人来做北京人。

大家又是哈哈大笑。

那个叫 B 的男人还是坐在原先的位置上,他环抱着臂膀,神情显得有些黯然。这个人心事重重,自然没有兴趣加入到这支谈话队伍里去。他在寻找适才坐在身边的那个女人 A，她不在这节车厢里，也或许就没有赶上这趟车。B 感到有一种莫名的失落，现在他很需要和她聊聊。于是在一站到了之后，男人趁着上下车的混乱去了另一节车厢。刚过去，他就看见了那个熟悉的身影。

A 坐在这节车厢的一个角落，眼睛看着窗外。她从玻璃上看见了就在自己身后站着的 B，突然有些紧张。女人慢慢回过头来。他们对视了一眼，然后彼此都有点不自然地笑了。

A 往边上挪了挪，示意 B 坐下。

A 说：选中了？

B 坐下后就摇头，说：来之前我就觉得没戏。

A 说：那为什么还要来呢？

B 说：怎么说呢？

A 说：一言难尽吧？

B 说：你看得怎么样？

A 说：我简单。只要决定了，明天就可以打款签合同。

B 说：那你决定了吗？

A 笑了笑，说：那还没有。户型还行，两室两厅的……

B 说：你刚才不是说想要一居的吗？

A 说：我得有一个工作的空间。只是楼层差点，我想要顶层的，但是都卖完了。

B 说：顶层价格便宜点？

A 说：不是因为便宜——在北京，这里的房子已经够便宜了。我是不想听见头顶上有脚步声。特别的不喜欢。

B 再次抱起胳膊，说：这天变得可太快了……

A 说：你好像更冷了。

B 笑了笑：刚才还能感受到一点西边的阳光呢。

A 停顿了一下，侧着脸看着 B 说：怎么就一个人回来了？我看见你那位的背影了，是无意之中。

B 有点意外，但不显得局促，只是没有接话。

A 说：抱歉，我只是有点好奇而已。

B 说：没什么。本来是应该一起上车的，还约好晚上去听音乐会，结果……怎么说呢，发生了点小问题。

A 说：她很年轻。我想也应该很漂亮吧。

B 说：还行，就是脾气比原来大了。

A 说：那是年龄悬殊的原因。

B 叹了口气，说：现在看来，这件事没有做好。

A 说：这种事一般很难做好。

B 说：刚开始不是这样的……

A 说：刚开始都不是这样。

B 说：时间一长，就觉得还是有问题……

A 说：你是为她买房呢，还是为你们？

B 说：现在连我自己也弄不清楚了。从春天忙到秋天，就是不停地看房，看哪都不如意……你看了几处了？

A 说：没看几处，我是奔着这个方位来的。在城里住十年了，想找个清净点的地方。

B 说：那上班方便吗？

A 说：我基本是在自己屋子里上班。做自己想做的事。

B 说：哦，那真好。

A 说：就这点好处吧，挣不了多少钱，养活自己没什么问题。我这人还知足。

B 说：或许有一天我得向你学习，最后为自己买一个清净和自由吧。

A 说：我们情况可不大一样。

B 说：其实内心是一样的……你喜欢北京吗？

A 说：怎么说呢？以前我以为自己会择水而居，我不喜欢干燥的城市。可我在这个城市住了十年，几乎可以背诵她……你呢？很喜欢北京？

B 说：我去湘西凤凰的时候，看见作家沈从文的墓碑上有这样的碑文——"一个战士不是战死沙场，就是回到故乡。"

A 说：我也见过，是黄永玉写的。

B 说：对。我不想做一个战士，那太累了。但北京对我来说却一直是一个沙场。我想，如果有一天我确实感到累了，或者彻底老了，我就离开这里，回我的故乡……

A 说：像沈从文那样？

B 说：我是自己走回去，不是让人送回去……

A 说：一个人到世上来，挣了钱，买这买那的，就很难为自己买到一份清净和自由。

B 认真点了点头。

A 说：就算是自欺欺人吧，房子多少能给自己带来一点安慰。

他们沉默下来，看着窗外，视线落在很远的地方。那儿目前还是一片荒地，黑暗的荒地的尽头立着两台挖掘机，正在加班施工。不久，那儿又将有一个新的小区了。北京这么大，盖了这么多的房子，可很多人不知道哪一套将是自己的……不知道……

在晃眼的灯光中,轻轨又经过了一站。

2003年5月5日,北京,正是"非典"横行时

(原载《山花》2003年第7期)

临渊阁

　　临渊阁，位于乌县南郊青云山下。相传为明嘉靖年间所建藏书楼。后于万历年间遭遇天火，至清康熙年间重建。之后又经战乱被三次损毁，至民国二十七年修葺。"文革"间，再次遭捣毁，阁内藏书均付之一炬。今有乌县人、当代著名作家叶萧先生所著小说《临渊阁》，便取材于此。近年，县政府拟斥资重建……

——《乌县县志·旅游篇》

　　我记忆中的临渊阁不过是海市蜃楼，我无法走近它。我只记得故乡的路，记得那里古老的城墙、清澈的河流、秀丽的山川，还有到处开放着的向日葵……

——叶萧《临渊阁》

1

　　作家叶萧的那部《临渊阁》，刘子林是在云南丽江大研古镇一个小书店买到的。当时他开着三菱越野吉普车进行拉练式的旅游，跑遍了大西南。见到这本书,刘子林便对随同的秘书说:这个叶萧,是我父亲的学生呢。那个晚上,刘子林一口气把《临渊阁》看完了,才知道,这不是一部历史小说,而是现代的一个伤感的故事。合上书,刘子林眼前便浮现出一张少年英俊的脸来,那是十六岁时的叶萧。虽然当时刘子林才五岁,但记忆里这张脸十分清晰。严格地讲,叶萧不算是父亲的学生,他没有授过叶萧一堂课。但是,父亲却非常赏识邻班的这个叫叶萧的学生,总是把叶萧的作文借来,拿到自己的班上来念。一个甲班的老师,喜欢乙班的学生,这种情形是比较特殊的。多少年后,在已经是拥有资产过千万的礼品公司老板刘子林看来,还是一个谜。

从西南回来之后,刘子林决定把公司的总部从上海迁至北京,进一步拓展业务。他把这个计划通知了父亲,想听听他的意见。父亲认为不错,又说:到了北京,你一定要去登门拜访一下叶萧先生。刘子林随口答应了,但不知道父亲为什么要在电话里这么提醒。不错,叶萧如今已是著名作家,是名人,但他不是官员,与做生意有什么关系呢?

北京很大,但刘子林还是很快从省驻京办事处一个熟人那里,打听到了叶萧的手机号码。他希望及时与叶萧取得联系,却又担心冒昧。于是他选择了短信的方式。他给叶萧发了这样一条短信:叶先生,您在北京吗?然而一天下来,叶萧没有回复。刘子林不免有点失望,也有点生气,心想暂时不见了。第二天上午,叶萧的电话来了。叶萧说:请问,哪一位给我发了短信?

刘子林就突然显得拘谨,说:您是作家叶萧先生吗?

叶萧说:我是叶萧。

刘子林说：我是……我是刘永昌的儿子……

叶萧说：你是小凯吗？

刘子林说：我是，我是小凯！

刘子林有些激动了。他没有想到，三十年过去，叶萧还记得他的乳名。这让他打消了某种顾虑，也破除了距离感，他甚至觉得，叶萧这个人很亲切。

后来的事实正如他的预感。当天下午，叶萧在位于回龙观的家中接待了刘子林。一见面，两个人不免都有些吃惊。在刘子林看来，眼前这个叶萧和记忆中的叶萧完全不同，与报纸电视上看见的那个叶萧也不尽相同，他觉得这个四十多岁的男人无论是穿着还是举止，都与一个著名作家很不协调，过于随便了，以至于抽烟的时候把烟灰弹到边上的花盆里。叶萧首先问起刘永昌老师的身体状况，刘子林说很好，他在几年前就把父母从乌县接到了省城，为他们买了三室两厅的房子。父亲退休后，主要做两件事，练书法，看足球。叶萧说，这就好，下次他来北京，一定要通知我一声。接着叶萧又问刘子林到北京来有何打算？刘子林说，我也没有一个系统的设想，但不满足于只做礼品行当，想干点别的。叶萧说，上海对于一个生意人应该还是一个很好的舞台啊。不过，来北京发展也不错。上海是一个容易让人满足的城市，你有什么愿望，好好做了，基本上就能够满足。而北京的情况却不同，因为北京人——当然不是所有的，好高骛远，喜欢夸夸其谈，一个出租车司机张嘴就说可以把帕瓦罗蒂拉到北京来开演唱会。所以……正说着，邮递员送特快专递来了。那是一封来自家乡乌县政府的公函。内容是重建"临渊阁"的工程即将完工，希望叶萧能够题写这三个字的匾额，并且捐赠一些自己的著作珍藏。

叶萧笑了笑说，这个"临渊阁"啊，还真的给重建了。可我又不是一个书法家，字原本写得就差劲，加上现在一直在用电脑，就更难得使笔了。

刘子林说：他们是看重你的名气呢。

叶萧说：什么名气？我就是一个靠写字吃饭的人，再说，中国已经有一个鲁迅在那里放着了，谁还配谈名气？这个时代，实际上错过谁都不遗憾。

外面的天渐渐黑了，刘子林提出一道出去吃饭。叶萧满口答应，说夫人出差了，正好可以不动炊。出来的时候，叶萧看见自家门前停着一辆挂着上海牌照的宝马车，就问：小凯，这是你的车吧？

刘子林点点头：我出门还真离不开车呢。

叶萧说：北京地方大，有车办事方便。不过，以后来我这里，不如乘轻轨，既省钱又不堵车。

刘子林说：叶大哥，你喜欢吃什么风味？随便点好了。

叶萧说：自然是家乡风味了。这附近就有，还算地道。

2

刘子林和叶萧就这么见面了。但是以后的日子里，他们之间并不怎么来往，偶尔彼此通一个电话。叶萧说，北京这个城市太大了，有点大而无当，电话里能说清楚的事，你就别跑了。不久，"非典"来了，就更不想走动了。直到六月间，刘子林才从报纸上知道，叶萧去了一趟马德里，作家的那部《临渊阁》又在西班牙获奖了。于是就借这个机会去了叶萧家，见面就说祝贺你啊叶大哥，能在国际上获奖,中国作家好像没几个。叶萧说,什么国际奖,也就是马德里几个书商折腾出来的一个玩意儿,无非是免费让我去那里玩了一趟。刘子林说,报纸上都是说国际奖啊。叶萧说,报纸的话你能信吗?西班牙文学含金量高的是塞万提斯奖。刘子林决定回一趟家乡,去看看年迈多病的外公。他问叶萧是否也有探亲的打算,如果有,就一起预订机票。叶萧说,我没有时间回去了,要去成都开一个关于中国古建筑方面的会,我对此有兴趣,顺便再去西藏看看。不过,得请你帮我捎点东西回去。

叶萧所托的东西,一是为"临渊阁"匾额的题字。但他说,这不是他的字,他是请一位书法家写的,一共写了两幅,任选。再就是向"临渊阁"捐赠自己刚出版的一套八卷本精装的《叶萧文集》。叶萧说,书很重,本来是打算邮寄的,又担心路上会损坏,就累你了。刘子林说,没事的,我一下飞机,会有人带车到机场接我。叶萧说,那就好。然后,叶萧又交给了刘子林一只大信封,说:这是给你父亲的,是一件皇家马德里队的球衣,是西班牙一个书商送给我的,上面有劳尔、菲戈、齐达内、卡洛斯、罗纳尔多等人的签名,我知道他特别喜欢这支球队,就带给他好了。但我不敢保证它不是赝品。刘子林说,那我父亲肯定乐坏了,我先替他谢谢你。叶萧说,物有所值就好啊。

从叶萧那里回来,刘子林本想给父亲去一个电话,告诉他,自己近期要回去,而且叶萧还送了他一件珍贵的皇马球衣。但是,妻子的一句话让他犯了踌躇。妻子抖开那件球衣左右察看着说:这不是真的吧?北京秀水街这种东西多的是呢。刘子林一听,觉得很不是滋味。若真如妻子所言,那么父亲便无端地被这个叶萧愚弄了一回。他实在想不出，从未受惠于父亲的叶萧，有什么理由把这么稀罕的礼物送给父亲——倘若它确实是真的话。可是他暂时也无法判断它不是真的。刘子林想，这球衣不妨先放上一放。如果以后叶萧问起，就说走时匆忙，忘记带了。

几天后，刘子林飞抵了省城。可是很不巧，父母不知道他这时候会回家，已经于前一天去徽州一带旅游了。于是刘子林便包了一辆出租车直接赶到了县里，想先去看看外公和舅舅一家，回头再返省城。舅舅的家就在青云山下，距离重建中的那座"临渊阁"不远，但那里已是标准的农村了。刚下出租车，刘子林远远就见到了在乡镇企业当会计的舅舅，便大喊了一声。舅舅停下来，嘴里还咬着一根牙签，很疑惑地看着面前这个穿T恤衫戴墨镜的青年，不相信他是自己的外甥。等出租车开远了，舅舅才说：你没开车回来啊？你不是说你公司里有七部车吗？刘子林觉得好奇怪，我为什么要开车回来呢？这个困惑还没有打消，舅舅又说：你看，你连一套像样的西装都没穿。刘子林一下明白过来，舅舅指望着外甥衣锦还乡呢。他笑了笑，说：我已经去北京了，那么远的路能带车回来吗？舅舅说，你在上海干得好好的，怎么又要去北京呢？那里不是正闹"非典"吗？刘子林不想再说什么，跟着舅舅回家了。老迈的外公躺在床上，实际上已经认不出外孙了，看着刘子林，目光直直地说：你是大队的司机吧？刘子林说，外公，我是小凯啊，回来看您来了。外公还是坚持说他是大队的司机，开拖拉机。这时候，舅舅把他喊到了楼上，拿出自己的西装，说：你赶快把我的换上吧，一会儿乡亲们会来的。刘子林说，舅，我这件T恤可是正宗的法国货，花了我两百多美金呢。舅舅说，什么？这么贵啊？一点也看不出来。

刘子林没有换上舅舅的西装,天这么热啊。他觉得有点累了,便躺下来,看着楼房后面的那条小河。小时候,每回放暑假,他都要回到舅舅这里住上一阵。那时舅舅家还是普通的平房。他喜欢和村子里的小伙伴在这条河里光着屁股洗澡,运气好的时候还能摸到一条鱼。他也喜欢去河对岸那片柳树林里用蜘蛛网粘知了。到了晚上,就四处逮萤火虫,把它们集中装到一只小瓶子里,放在床头……那时光真是不错,可惜太短暂了。忽然,楼下院子里有了动静,仔细一听,知道是左邻右舍的乡亲们来了。他正准备下去,可是门却打不开,原来舅舅不知什么时候已经把门锁上了。接着他听见楼下的乡亲们在热情地问舅舅,小凯做了大老板了吧?舅舅说,倒是在北京、上海都开了公司。乡亲问,那一定挣了大钱了吧?舅舅说,是吧,光小车就有七八部,他自己的那辆宝马车就值一百好几十万呢!乡亲们就不敢多问了。这个瞬间,刘子林心里特别不舒服。过了一会儿,乡亲们走了,舅舅才上楼来了,阴着脸说:你这个样子,让我对乡亲们真不好交代,还以为我在吹牛呢。刘子林看了看舅舅,从包里拿出一万块钱,说:舅,明天你去酒店包上几桌,代我请村里人吃顿饭好了。舅舅看了看钱,说:也好,面子上总得支应一下。另外,几个堂房兄弟家的孩子,也得发几个红包吧?刘子林就又拿出了一万,说:你看够吗?舅舅说:用不了这么多。刘子林说:余下的留作家用吧。

3

第二天,刘子林还在梦中,就被舅舅唤醒了,他激动地说:小凯,快起来,王县长他们来了!

刘子林很意外,说:哪个王县长啊?

舅舅压低嗓门说:就是从前在我们乡当过书记的那个王矮子,他现在是副县长呢。

刘子林还是有点纳闷,说:我不认识他啊。

舅舅说:他是专门过来看你的,你如今是个人物了,你怎么连自己是谁也不知道呢?你快点下来,就在楼上洗脸刷牙,我叫你舅娘给你端水上来。

刘子林想,我昨天下午才回家,怎么这么快县里就来人了?

那位西装革履、把皮带扎在肚脐之上的王县长,刘子林还是觉得陌生。但是王县长却没有这个感觉,见面就热情地握手,说:是刘总吧?真不好意思,这么早就把你惊动了。这话说得让刘子林很害羞,王县长的年纪至少与叶萧一般大,这么说话实在让他尴尬。

王县长说:刘总啊,你在外面的成功,家乡人民为你感到骄傲啊。

刘子林腼腆地说:我不算成功,其实真的不成功……

王县长说:俗话说啊,三岁看老。我早就说过,刘老师家的公子将来是要成大器的——

我可不是事后诸葛亮,你舅舅可以作证的,当年我在乡里的时候,是不是这么说过?

舅舅一边给王县长一行递上"大中华",一边满脸堆笑地说:说过,是说过……

王县长看看表,起身说:刘总,我们就不坐了吧,车在外面等呢。

刘子林有点疑惑:还有事吗?

王县长说:走,今天我代表县政府为你接风。

刘子林有点不知所措,说:这怎么可以……

舅舅赶紧说:你别磨蹭了,王县长这么忙。

刘子林就这样被推到了外面。他正要上车,忽然想起叶萧托办的事,就说:你们稍等一会儿,我拿点东西。

饭局很隆重,吃的是海鲜,喝的是五粮液,气氛热烈。在谈过一阵北京的"非典"之后,王县长说,家乡的建设,今后还希望刘总多关心啊。刘子林说,自己的公司目前还只是做礼品的,和县里的业务似乎挂不上钩。王县长说,县里有些项目,譬如说青云山、临渊阁的旅游,还是可以考虑的嘛。刘子林说,如果做旅游纪念品,倒不失为一条思路,不过利润很薄的。王县长说,我们这个县,历史文化很悠久,古城墙保存得还可以,还有临渊阁——虽说没有宁波的天一阁名气大,可最新的资料证明,我们建得比它早啊。天一阁是明嘉靖四十年建的,我们的临渊阁至少是建于嘉靖三十六年……

刘子林没有这方面的知识,只好附和着说:重建临渊阁是好事。

王县长说:乌县历史上,也留下过不少历史文化名人的足迹啊,李白来过,杜牧也来过,八大山人画过,黄宾虹也画过,也出过一些文化名人的,远的有曹操……

刘子林小心地问:曹操好像不是我们这里人吧?

王县长说:曾经生活过一段时间的,据说还在这里娶过一房小啊。朱熹也在这里办过学堂的。这是远的。近的呢,有徐锡麟——他虽然是绍兴人,但行刺恩铭的准备,是在我们这里进行的。即使是当代,那也还有过像大画家方天佑、大科学家任宜、京剧名丑刘天秀……还有我那位老同学、著名作家叶萧,总之是不少的。

刘子林说:说起叶萧,这回他还托我把"临渊阁"的题词带回来了呢。

　　说着，就从挎包里拿出了那两幅字。大家便围了上来，说这字还真是写得不错。刘子林就说，这不是叶萧的字，是叶萧请别人代写的。这话一说，王县长就感叹了，难怪啊，我还真的吃了一惊，叶萧小说写得可以，没想到字也这么厉害。

　　边上有人附和说：叶萧写不出来这种字的。

　　又有人说：其实还不如王县长你亲自写。

　　王县长摆摆手说：酒话，我哪能写得？

　　边上人说：你是分管文化的县长，怎么写不得？

　　王县长说：题字都是名人做的事，我不是名人嘛。

　　边上人说：在我们乌县，你就是名人啊！

　　王县长说：我告诉你们，让叶萧来题这个匾，是上面的意思呢。去年底，马市长下来检查这临渊阁的工程，谈起这块匾，就说，可以请你们县走出去的那个作家叶萧来写。他那部叫作《临渊阁》的小说，可是很有名的，得了国家奖啊。马市长还说他出访澳大利亚的时候，在悉尼图书馆里见到过叶萧的书。

　　边上人便很惊讶，说：不会是同名同姓的吧？

　　刘子林又插话说：不会。我去过他家，他的作品至少被翻译成了九种文字吧。最近，《临渊阁》一书又在西班牙得了奖。

　　说着，就把那套精装的《叶萧文集》拿上了桌子，说这是叶萧捐赠给"临渊阁"的。大家眼前又是一亮。王县长拿过一册翻了翻，说：哦，文集啊，了不得，我可只看过《鲁迅文集》的啊。

　　另一个人说：是自费出版的吧？

　　刘子林说：叶萧就是靠写字吃饭的，自费出版那还不饿死？

163

又一个人说：那他肯定和这家出版社的社长关系不一般，要不……

刘子林说：怎么会呢？人家是名作家，书稿总是被出版社争着抢着呢！

边上的人就一下不作声了。还是王县长先打破了沉默，说：叶萧确实混得不错啊。真没想到，当初一个靠剽窃起家的人，日后也能在西班牙得奖。

这话一说，大家就哈哈笑了起来。说"把别人的衣服挖一块下来当作自己的手帕啊"。刘子林却笑不起来，因为这件事他曾经听父亲说过。那是叶萧在大学时的毕业论文，拿到刊物上发表的时候，编辑部漏排了一些引用资料的出处，于是就有人在报纸上指责叶萧剽窃，说他"把别人的衣服挖一块下来当作自己的手帕"。但是这件事很快就澄清了啊，那家杂志社为此专门刊登了"启事"，公开向叶萧道歉。那是将近三十年前的旧事了，怎么这些人还记忆犹新？于是刘子林说：叶萧在外面的影响真是很大的，我在云南丽江还能买到他的书，就是这部得奖作品《临渊阁》。

边上人说：现在奖也太多了。报纸上都在揭发，很多评奖有暗箱操作的。

刘子林听出了这话的意思，就反问了一句：那么，他在西班牙获奖也是暗箱吗？

那人有些尴尬地说：我不是说叶萧啊……来来，刘总，喝酒！我再敬你一杯。

刘子林说：我不能再喝了。

那人说：做老板的哪能不喝酒呢？

刘子林还是没有把杯子端起来,说:外面宴请历来是不劝酒的,大家自便。我今天实在是喝了不少了。

然后他问王县长:王县长,我可能过两天就走了……

王县长有些意外:难得回来一趟,还不多住几天?

刘子林说:公司刚迁到北京,还有一堆事啊。

王县长想了想,就说:其实呢,我们今天一起聚聚,主要是联络一下感情。家乡能出你这样年轻有为的企业家,是家乡的光荣……

刘子林说:王县长,有什么需要我做的,就说吧。

王县长说:你刚才不是说了,重建临渊阁是好事吗?可是好事总是多磨,我们的工程预算超了一点,不多,就一百万的缺口,所以呢……

刘子林说:我明白了。这事让我回去考虑一下,我会尽快给你们答复的。

王县长立刻就握着刘子林的手,说:那就太感谢了!

刘子林说:我需要和其他董事们商量一下,公司毕竟不是我一个人的。

王县长说:可以理解,可以理解。如果一百万有问题,那么就八十万好了,五十万也可以。家乡办点事很不容易……

刘子林说:这我知道。如果没有别的什么事,那么我就走了,谢谢你们的款待。

王县长说:哪里话,亲不亲,故乡人嘛!

突然,有人叫了一声"不好",所有的人都看着他。那人举起一册《叶萧文集》说:叶萧没有在上面签名呢!

王县长问:每一卷上都没有吗?

主任说：都没有。

王县长说：这个叶萧！我要的就是他的亲笔签名嘛！

4

刘子林在家乡就住了一晚，翌日黄昏便搭乘最后一趟班车返回省城了。他留给了舅舅五万元，以便为外公治病。他觉得自己和这块土地的距离一下子拉远了。他想起叶萧那部《临渊阁》里有这样的文字："……我记忆中的临渊阁不过是海市蜃楼，我无法走近它。我只记得故乡的路，记得那里古老的城墙、清澈的河流、秀丽的山川，还有到处开放着的向日葵……"而这些，刘子林都没有看见。

在大巴车上，刘子林的邻座是一个看上去像干部模样的男人。那人一上车就和刘子林闲聊，在知道他是在北京做事之后，便说：最近我们县出了个年轻的企业家，也在北京呢，你们认识吗？

刘子林说：他叫什么名字？

那干部模样的人说：好像叫刘……

刘子林：是叫刘子林吗？

那人说：对，就是刘子林。你们认识？

刘子林说：见过几面。

那人说：是吗？都说这家伙很能干，三十几岁就赚了几千万。

刘子林说：也谈不上吧。北京能人多。

那人说：我听说，这家伙是靠老婆发起来的，是吗？他老婆是一个部长的女儿。

刘子林说：他老婆是一个医生的女儿。

那人说：不会吧？

刘子林说：千真万确。

那人说：那至少是院长的女儿吧？权力也是不小的，经常给大官检查身体……反正这小子能混。

刘子林问：你打听刘子林做什么呢？

那人说：我儿子在北京读书，专业不怎么好，明年毕业了，我想趁早找一下刘子林……这种事必须赶早，你说对吗？

刘子林笑了笑，就埋头看一份报纸了。那是县里的报纸，头版上醒目地登载着两条消息——

乌县籍著名作家叶萧作品《临渊阁》近获国际奖。

王副县长昨日会见回乡省亲的青年企业家刘子林。

5

从故乡回来之后，刘子林一直没有和叶萧联系。他不知道和叶萧见面后该说些什么，担心叶萧问起这趟故乡之行。另一个原因，还是那件皇马球衣，他没有交到父亲手上，目的就是想找机会验证一下它的真伪。他越发觉得，这对他太重要了。他被这个莫名其妙的念头折磨得好辛苦。然而这机会果真就到了门口，8月2日，皇家马德里俱乐部来北京打友谊赛，六员虎将都来了。于是刘子林托人找到了接待这支豪华球队的一个官员，把那件球衣带了过去，同时塞了一个红包。第二天，结论出来了，是真的。并且还补充到了贝克汉姆的签名。那官员不无羡慕地说：小子，你知道在黑市上这件球衣值什么价吗？两瓶路易十三啊！

第二天，刘子林派专人乘飞机飞抵省城，把这件球衣送到了父亲手上。

他很想马上就去叶萧家,真的想给作家捎去两瓶路易十三。但又觉得这个举动显得很荒唐。这算什么呢?他想,难道真的成了黑市上的交易?此时,他似乎有点意识到了,为什么自己到北京来之前,父亲要他一定要登门拜见叶萧先生。他在客厅里坐了很久,看着外面的天渐渐黑下来。但这个晚上一件意想不到的事情让他未能成行。

临出门时,电话响了,然后,一个接一个地响个不停。电话来自一个方向,都是家乡乌县的,他们说的也都是一件事,或者说是通过他验证一个事实——你知道吗,叶萧出事了。他在机场携带摇头丸,被警方拘留了。据说他还涉嫌贩毒,这可是要掉脑袋的啊!

刘子林吃惊地问:消息准确吗?

对方说:怎么不准确,报纸上都捅出来了,明明写着"作家叶萧",不是他,是谁?

最后一个电话是那个王副县长来的,他不无感慨地说:我早就料到,这个叶萧迟早会有这一天的!太可惜了……

这个人最后又说:刘总啊,关于临渊阁的事还务请你放在心上啊……这是精神文明建设,我们乌县历来就是重视的……

刘子林说:我会很快答复的。

这一连串的电话接过,刘子林就觉得很难受。他想,是否应该给叶萧家去一个电话了,安慰一下他的太太。他这么做了,电话很快接通,他有些胆怯地问:喂,请问是叶萧先生家吗?

对方说:我是叶萧,你是小凯吧?

刘子林吃了一惊,说:我是啊……叶大哥,你回来了?

叶萧说:我刚从西藏回来。这么晚来电话,有什么急事吗?

刘子林说:听见你的声音,就没事了。

叶萧在电话那边笑了起来,说:我明白了,你也是为"摇头丸"吧?今天我家的电话都打爆了……

刘子林说:也难怪啊,报纸上都在说。

叶萧说:那是另一个叶潇,比我多了三点水,是写散文的。

刘子林说,原来是这样啊,可把我急坏了。然后就简单说了这趟回家的情况,说你托我办的事情已经办妥了。

不料叶萧在那端叹了口气,说:关于这个临渊阁,现在看来,真不过是我小说里的海市蜃楼了,历史上未必真存在过啊。"文革"期间被焚毁的实际上是一个叫"灵元观"的道观,根本就不是什么藏书楼。我曾经查过一些资料,对此早有怀疑。最近在成都会议上又遇见了一位古建筑专家,他出示的考据令我惊讶……

刘子林则更为惊讶,一句话也没说出来。

2003 年 12 月 12 日 北京寓所

(原载《北京文学》2004 年第 5 期)

枪，或者中国盒子

1999年9月一个阴晦的星期天早晨，从文在简陋的寓所里接待了一个儿时的伙伴。这个人原来的名字叫李开运，现在叫李全。他的不期而至让从文显得不知所措，毕竟已经有多年没有联系了。如果不是额头上那道月牙形的刀疤，从文真难断定面前这个西装革履、神情自负的男子，就是从前那个爱流鼻涕的同桌。李全告诉从文，自己目前在南方开了一家经营建材的公司，并爽快地问从文有没有兴趣跟过去一块干？李全还当场承诺，愿意支付从文十万的年薪和百分之十五的干股。从文慌张地戴上眼镜，只说这事来得太突然了，他毫无准备。对于在机关当副主任科员的从文来讲，这自然是一个千载难逢的好机会，几乎就是一夜暴富。可他最终还是谢绝了对方这个过于潦草的建议。他说自己不是做生意的材料，也不适应南方潮湿多雨的气候。其实真正的原因，是他坚信天上没有掉馅饼的事。他觉得这个从前的李开运，现在不过是在开空头支票，甚至是随意借题发挥来暗指他的不得志。

李全也没有多劝。人各有志，李全说：我不勉强你，等你想好了，随时给我打电话。说着就给了从文一张印制考究的名片。李全没有说明，他此番来这个城市的真正意图，但给从文的感觉，好像就是专门为动员自己而来。这让他很有些感动和不安，同时私下计算着这笔意外的接待开支。事实上，李全在从文这里住了三天，没有花从文一分钱。这三天里他都是早出晚归，独自行动，晚上带回一些打包的卤菜和整箱的听装啤酒，和从文起劲地聊天。聊一些儿时那些鸡鸣狗盗的破事。

第四天早上，从文还在睡梦中，李全碰醒了他，说自己今天要走了，公司里有点急事。

说着，李全把一个一尺见方的小包裹放到了从文面前，说临时寄存一下，等下次来了再带走。从文点点头，本想起来叫一辆的士送李全到机场，但是后者已经迈出门了。从文要做的，便是把那个小包裹放进柜子里。

从文没有料到的是，这个以前的李开运、现在的李全，竟是一走了之。时间过去了一个多月，竟然连个电话也没来。在从文看来，李全的这次来访好像真的就是20世纪发生的事了。

2000年5月，从文在一个黄昏里再次想到了李全。准确地说，是想到了几个月前李全临时寄存的那个小包裹。这天晚上，从文要出席一个同事的婚礼，所以提前下班回家。洗完澡，在柜子里翻衣服时，无意中瞥见了那只放在一角的小包裹。他就把它端出来，第一回觉得这个东西的分量。然后就引起了好奇心。他想这么一个小东西，李全居然还要寄存，可这到底是个什么东西呢？他闻了闻，没有气味，又晃了晃，也听不到响。但他的好奇心更加旺盛了。李全为什么不愿意带着它上飞机呢？还是不敢？这样一想，他心里便咯噔了一声。他怀疑这里面有可能是毒品。李全在叫李开运的时候，就是一个容易闯祸的家伙。他曾经用一根皮带抽趴下了三个人，但也挨了人家一刀（留下了那道月牙形的刀疤）。这些年李全去了南方，都说混得不错，看上去也确实不错，衣冠楚楚，出手阔绰。但从电视上见到的那些玩命贩毒的，基本上都是这般模样的人。从文带着这点心思出门了，琢磨了一路。在之后那个显得过分排场的宴席上，他硬是回忆不起来，自己吃了点什么，居然嘴里这么苦。

人的好奇心是很难克服的。那只摆在眼前的小包裹使这个夜晚变得十分漫长。从文翻来覆去地睡不着，小便也变得频繁，后半夜他想想还是起来了，然后就从抽屉里找出了剪刀。揭开外面的一层报纸，里面露出了一只硬纸盒，上面用透明胶带封着口，封得很整齐。从文小心地拆开，里面又是一个纸盒，还是用透明胶带封口。于是再拆开，里面还是一个纸盒，还是用透明胶带封口。如此反复三次，盒子越来越小，从文的心却越跳越快，等彻底打开之后，从文的心几乎就要跳出胸膛——

里面是一把锃亮的手枪。

从文惊吓得往后一退，似乎那把枪已经发射了，把他击中。

果真是枪啊，他内心这么感叹着。怪不得李全那小子不敢带着它上飞机呢！等这阵惊吓过去之后，他渐渐平静了，他像研究一个模型似的伏在这把枪边上，几次都想用手去碰碰。从文从小到大没有碰过真正的枪支，甚至没有这么近距离地审视过一把手枪。在极短的时间内，从文从好奇转为惊吓，再由惊吓转为意外的满足。毕竟，枪这种东西不是任何人都能拥有的。这个晚上,从文最后的动作,是把这支枪握在了手里。那一刻,他竟感到十分惬意了。

第二天从文一觉睡醒,睁眼就看见那把钢蓝色的枪,在阳光中神气十足。他又伸手拿过来,握在手里,觉得手感特别好。握枪的动作不止一次地唤起了他少年时代的英雄梦想。他有一种温暖的感觉。从文当天就上书店淘了一本关于枪械兵器的小册子。从这本小册子上知道,他拥有(或者暂时拥有)的这把手枪属于六四式制式手枪。这种手枪的特点是小巧,五十米之内可以防身,三十米之内极具杀伤力。从文还按照书中的图谱,学着慢慢把枪分解,当他用右手向后拉住套筒时,一枚闪亮的子弹跳出了枪膛。子弹的意外出现让从文再次受到了惊吓。如果没有子弹,这把枪如同一个玩具;可有了子弹性质也许就成为凶器了。

他不能不为此担心。

上班的时候,从文去机关资料室查看了《刑法》。

《刑法》第128条:违反枪支管理规定,非法持有、私藏枪支、弹药的,处三年以下有期徒刑、拘役或者管制;情节严重的,处三年以上七年以下有期徒刑。

从文意识到如果不及时交出这把枪,那就已经构成了犯罪。但是他又想,私藏不应该是他这个样子。首先,所藏枪支理应是属于自己的,而他的枪是李全寄存的;其次,事先他并不知道李全寄存的这个小包裹,到底是个什么东西。他可以把那几个盒子重新封起来。

于是从文就想把包裹恢复原样。这时候,问题来了。用透明胶带封口的盒子,每拆一次,胶带都沾上了表面的纸屑。现在要想恢复原样，几乎就是不可能。那么，即使有一天警方查清了这支枪的主人，从文也逃脱不了干系——你既然知道里面是什么东西了，为什么不报案呢？为什么？从文解释不了。他想，还是尽快报案吧。枪械属于国家管制的物品，也是容易横生是非的东西，还是离自己远点的好。从文很快拿起了电话，准备拨110。但是拨了11，他又把电话挂了。他想到了问题的另一面。

如果警方顺藤摸瓜去找李全，怎么办？这等于他把李全出卖了。李全拥有这支枪，但未必就拿这枪去作案。他或许像南方那些老板一样，从广西、云南那边弄支枪回来防身壮胆呢。从文打小就看不起告密者，何况现在还是这种没有利益关系的告密。还有，假使有一天，李全从天而降，来取这个包裹，怎么办？能说交给警方了吗？即使没交，拆开看了都可能是一个问题——一个敢于私藏枪支的家伙有什么干不出来呢？

从文的脑子一下就乱了。他决定还是先给李全打电话，可是李全名片上所有的电话都打不通。李全是不是已经"进去"了？还是出境在逃？要不就是已经死了？有一天后半夜，他做了一个噩梦，梦见李全向他讨这把枪来了，伸过来的手特别大。他当时吓得连尿都出来了。醒来之后，他把枪又拿在了手里，最后放到枕头下面——他觉得这个举动很像一个大人物的做派。奇怪的是，自从这把枪放在枕头下面，噩梦便彻底远离了从文。

枪最终没有交出去。时间很快就到了夏天。从文每天下班回来，第一件事就是把枪从枕头底下拿出来，握着，比画着，对一个虚拟的目标瞄准着。有一天他突然萌生了一个更加大胆的念头：何不找机会把这枪打响一回呢？这样想着，他就兴奋起来，迅速作出了决定。这个星期天，骑自行车到郊外的山坡上，对着一面池塘把枪打响。他为这种安排激动不已，晚上喝了点酒。他已经很长时间没有这么快乐地喝酒了。从文是一个性格孤僻的人，长相又有一点窝囊，这些年因为和局长的关系紧张也影响了仕途，至今还是一个副主任科员，所以他没有名片。一个小公务员是不需要名片的。他的一些同学如今混得都不错。在机关的，有的已经升到了副厅长。在大学里的，有的已经当上了正教授。还有成为知名作家的、做出国访问学者的、做起大老板的。总之，他属于混得最不得志的一类。这种晦气也集中反映在爱情婚姻上，有的同学已经离过两次婚了，他却刚刚获得一次正式的恋爱。

从后面的情况看，倘若不是因为爱情，落在从文手里的这把枪或许就另有安排。

第二天黎明，正当从文要去郊外进行实弹射击的时候，他接到了女朋友小惠的电话，说她中午要来省城。小惠是一个小学教师，和从文是老乡。他们的恋爱开始于一年前，但实际上半个月就同居了。小惠是来省城看一个展览的，从文去车站接她，一路好高兴。可是等来到自家的门口，他才忽然想起来，那把枪还压在枕头下面。从文顿时就心虚了，开门的钥匙拿错了两回。他的慌乱与笨拙引起了小惠的注意，小惠说：你怎么了？好像不是进你自己家似的。从文腼腆地笑着，说：你来了，我好激动。等一进家，他就装着铺床，小惠以为从文迫不及待想寻欢，显得有些羞涩，说你这人，一关门就急着铺床。从文红着脸说：那是啊，小别胜新婚嘛。小惠说：什么新婚啊，我可没说要嫁你呢，看你混得熊样。说着，就坐到马桶上去了，门却没有关严。趁着这工夫，从文用枕巾把枪一裹，从卧室拿到客厅,塞到了沙发底下。

小惠说:你在藏什么东西吧?

从文说:没有啊……我在收拾呢,太乱了……

小惠说:不对。每次收拾房间都是我的事,你肯定在藏什么东西。

从文说:人是会变的嘛,我现在勤快多了。

小惠边系裤子边说:放屁,你肯定在藏什么见不得人的东西。你说,是不是哪个女人的短裤落下了?

从文差点想哭了,说:你真冤枉死我了,不信,你搜查好了……

小惠没有搜查,但是也没有和从文上床。显然,从文的解释是不能令她满意的。于是女人带着一股子怒气断然离开了这间屋子。

小惠走后,从文像个孩子似的哭了起来。

这天晚上,从文一个人走在城郊的马路上,想着白天里发生的事,心里特别委屈。他不能埋怨小惠,现在回想起来,他自己都觉得当时藏枪的动作十分可疑。小惠说得不错,那确实是见不得人的东西。可是他却没有理由向自己的女人解释,女人也不肯给他这个机会,说走就走,一走了之,就和那个该死的李全一样。他恨死了这个从前的李开运,平白无故地把他坑了。可是,这事最要怪的还是自己,谁叫你那么好奇呢?如果不打开盒子——那个典型的中国盒子,不就太平了吗?

这时身后有人喊了他。

从文回头一看,从路边林子里走出了一个比他高半头的男人,一脸的横肉,目光却锐利得像一把刀子。那人直截了当地对从文说:哥们儿,手机给我用一下,我有急事。

从文觉得来者不善,没敢搭理,想尽快走自己的路。但是前面又出现了一个男人，戴着摩托车头盔，拦住了去路。

分明遇上拦路打劫的了。从文只好老实地把手机交出去。后面跟上来的横肉二话没说，拿着手机就走了。前面那个头盔，示意从文把双手举起来，搜走了他身上仅有的二百三十一块钱。从文说，哥们儿，你总要给我留下一张"的费"吧？头盔就抽出了一张十元的，轻巧地扔在了地上。从文拾起这张纸币，已经不知道惊吓了，这个瞬间他有的全是后悔，后悔今晚没有把那支枪别在腰上。他想，如果刚才那个瞬间出其不意地掏出枪来，指着那高个子横肉，那是什么样的感觉？那家伙还敢这么横这么抢吗？另一个头盔敢不发动摩托跑吗？他想起有一次出差去北京，到首都剧场看了北京人艺演出的老舍话剧《茶馆》，别的差不多忘了，但有一句台词此刻却格外清晰地蹦了出来——"没枪的干不过有枪的。"

此后，每回只要是夜间出门，从文就偷偷把那支枪别在了腰上。不久，秋天来了，从文买了一件深蓝色的挺括的风衣，又换了一副好点的墨镜，还自己设计缝制了一个帆布枪套，斜挎在腋下。这一年是他们大学同学毕业十周年聚会，四面八方的同学都来了，有的还带着小车。从文自然也出席了。大家一见从文，都说从文的样子比以前酷多了。一个当作家的女同学认为，从文的主要变化还不在外表，而是由内而外散发出了一种男人的洒脱与豪迈，这是难以置信的变化。无论这种言辞是否带有夸张的成分，从文都感到幸福。在这次聚会上，从文自始至终没有怎么说话，也没有怎么喝酒，只是挨个到每个同学那里坐坐，好像要让大家都能领略到他这种气质。大家先是集体聚餐，然后分小组活动。从文那个小组，后来在班长的带领下去唱卡拉OK，班长如今是一个县级市的市长，所以一进来就宣布，今晚把这个酒店的多功能厅包了。班长说，大家尽兴吧！于是几个爱唱的女同学就抢先拿过了话筒，轮番唱起了当年流行的一些老歌子。从文觉得这些歌子一个共同点就是感伤，听得他眼睛都湿了。

忽然音乐停了，大家看见一个魁梧的男人把插头拔了。后来知道是隔壁几个打麻将的嫌吵，就过来干预了。这男人说，你们唱够了没有啊？够能闹的了，闹得我手气好背！这一说，同学们都不响了。那个当作家的女同学说，算了，大家散了吧。大家似乎也都默认了。这时，黑暗中一个方向传出了从文的声音：接着唱！这场子是我们花钱租的，谁还敢霸着不成？

从文的话引得大家紧张起来。大家意识到会有事情发生。果然，那魁梧的男人就直奔从文那边去了，一路说着：哟嗬，你小子好狂啊！

从文继续埋在阴影里说：本来嘛。

班长上前劝说：从文，你少说几句。

班长又把香烟递到那人面前，赔着笑脸说：先生，我们这位同学今天喝多了……

突然，只听得一声玻璃爆碎的脆响，穿风衣的从文走出了阴影，大声说：我根本就没有喝多！

然后他把班长推开，自己跟着那人去了麻将室。几个女同学都想哭了，当作家的那个摇着班长的衣袖说：赶快报警吧！

班长也紧张得不知所措，这里毕竟不是他的地盘，何况又是公款消费。

但是很快,从文已经从隔壁的麻将室出来了。他的表情十分从容,脸上也没有大家期待中的青色和红色,唯一的变化是把那件深蓝色的风衣挽在手臂上。陪着他的还是刚才那个男人,这回却换上了笑脸。那人对大家拱拱手说:大家请随便唱,今晚的单,我买了!

事情像一阵风似的过去了,但大家至今不明白其中的奥妙。大家只是私下感叹,一个副主任科员怎么就那么容易把事摆平了?

从文陪着这支枪默默度过了三年。这把枪让他尝到了前所未有的苦头,却也给他带来了前所未有的快感。他想枪实在是一个奇怪的东西,能让一个自卑的人变得骄傲,也能让一个懦弱的人变得勇敢,还能让一个谨小慎微的人变得大大咧咧。从文每天回家都要背着枪在镜子面前站上一会儿,他以欣赏的目光看着镜子里的男人,时常出其不意地把枪掏出来,做出射击的姿态。他还像香港动作片里那样,把枪拿在手上很艺术地转动着。有时候,他把镜子里面的人想象成各式各样的嘴脸,然后用枪指着他们说:怎么样?有种的上前一步?你小子怎么不横了?你他妈的还敢压制老子吗?你有什么屁话就跟这把枪说吧!你问问我这把枪答不答应……

这样的时候他才体会到什么是热血沸腾。

他想佩戴着这把枪,去县城把小惠接回来。然后陪她走一段夜路,最好能再遇见一宗拦路抢劫的事情,那么他就有理由把这支枪打响了。他想过要用这把枪蒙面去抢局长的家,用枪指着那颗秃头,逼他打开保险柜,他相信里面有很多钱。而且已经考虑周全了,把即将抢来的钱一半用于结婚,一半捐给"希望工程"。他甚至想过在一个夜黑风高的晚上杀回老家去,用这把枪去干掉当年的村长,这家伙曾经调戏过他的姐姐。

我得把这把枪打响一回。他总是这样对自己说。

这个故事到这里实际上已经没有下文了。关于从文和这把枪，后来社会上有许多的传闻，但都没有什么意思。有人说，从文在一个夜晚，偷偷把枪扔进了一口老井，从此了却了一桩心事。也有人说从文最终还是把枪交给了警方，似乎没有受到多大的追究。但是最新的版本则是另一个样子——

2002年10月一个下雨的黄昏，从文正在检修房间天花板上一根漏水的管子，站在一个高凳子上。屋子里散发着无限的霉气让他心烦意乱。这时，他感觉有人在拍他的小腿，低头一看，脚边下站着一个理板寸的男人，竟是失踪几年的李全。和几年前相比，从文不再感到意外了。相反，他在这一刻异常地镇静，对李全说：李开运，你终于还是来了。你是来拿你的东西的吗？

李全含糊地点了点头，一条腿还轻微地抖动着。

于是从文就从腋下把那把枪像占姆士·邦德那样迅速拔出，往下一点，对着李全的脑门扣动了扳机。

枪像受潮的爆竹那样响了，李全如同一根木头那样往后倒了下去，不到两分钟就咽了气。从文看着李全扭曲的脸，觉得刚刚被自己打死的这个人一点也不像是李全，脸上一点自负的痕迹都没有了，却唤起了他对从前那个李开运的记忆，流出的血好像也不是血，而是鼻涕。有点可惜的是，子弹的入点打碎了额头上那块月牙形的刀疤。从文拿起一块硬纸板，盖住了那张可疑的脸。

然后，从文带着这支枪去了附近的派出所自首。当警官质问他作案动机时，从文沉默了一会儿，看着交出去的那把枪说：

我只想把它打响。

2004 年 9 月 28 日 北京

(原载《人民文学》2004 年第 12 期)

草桥的杏

杏是草桥村的一个姑娘。附近的人都晓得草桥有一个好看的哑巴女子，叫杏，养了几十只鸡。

通常每隔三天或四天，杏都要去县城集市上卖鸡蛋。杏养了五十只母鸡，两只公鸡。母鸡们三四天就下了一百来只蛋，杏凑够了整数就去卖了。杏每次都只卖一百只蛋，这是在县城里念中学的弟弟教她这样做的。杏不大识字，耳背，也开不了口，弟弟就比画着告诉她，不论大小，一个蛋都卖三毛，十个就是三块，一百个就是三十块了，好记，好算账。一个蛋卖三毛钱，杏嫌贵了，弟弟说不贵。咱家这是土鸡蛋，弟弟说，如今城里人用的东西要洋的，吃的都喜欢土的。弟弟就把"每只三毛，概不还价"写在了一块硬纸板上，交给了姐姐，告诉她：不要老是坐在一个地方卖，不要见城里人对你笑就让价，不要让人尽挑个大的。弟弟又说，姐，要是遇见戴大盖帽穿制服的人冲你过来，无论什么色，都要赶紧溜走。杏点着头，把这些都记好了。

杏不是天生的哑巴。爹死的那年春上，十三岁的杏打摆子发高烧，几天都不退，病熬过就张不开嘴叫妈了。不会叫妈，妈就留不住。第二年，妈就跟别的男人走了，落下了杏和弟弟。杏不会说话，但还有几分听力。村里的红白喜事吹吹打打放鞭放炮她能听见，公鸡早上打鸣也听得见，当她面大声说话——实际是喊话，也能听得大概。但是村里的人都不愿大声对她喊话，只有弟弟才会。如今弟弟进县城念书了，杏就把远房的一个寡妇婶娘接来和自己一起住。可是婶娘平时也不肯大声对她喊话。平时杏就只能跟院子里的鸡们说话了。这些鸡，都是杏用蛋小心孵出来的，一天天喂它，看着它长大，之后就数它们下的蛋。

　　虽说不大识字也不能说话，可是十九岁的杏还是很招人眼。她梳着两根齐腰的辫子，喜欢穿一件绛红格子的袄子，黑裤子，白球鞋。她去县城卖鸡蛋的时候，总能在路上遇见几个回头看她的男人。杏以前不喜欢男人看自己，遇见了，就低着头快快走过去。到了去年，突然就喜欢男人看她了，遇见了也不再低头，不过是把眼睛侧过去。没多久，就有人上门来说亲了。有本村的，也有邻村的，还有一个后山来的木匠，本人没来，却托人捎来了一张相片。杏看着相片上的那个男人觉得眼熟，额头上有块镰刀一样的疤，心想可能是有一回在路上遇见过。她去县城，要走十几里的山路。婶娘见杏拿着相片不肯放，猜姑娘起了心事，就凑近比画着问：你喜欢吗？

　　杏就红了脸。

　　于是婶娘就把那木匠的情况大概说了，那人姓王，叫三宝，常年在外面做事，一年下来能挣两万块。

　　杏听得还真切，想自己要是光靠卖鸡蛋，不吃不喝，攒上两万起码也得十年。她当然要吃喝。还要每个月给念书的弟弟存上一百元。杏想自己这辈子是不会存到两万了，不过，要是嫁给了这个王三宝，自己就不会再靠卖鸡蛋攒钱了。她会要求男人供她弟弟念书，念完中学念大学，一直念到大学出来挣钱为止。要是不答应，就不嫁。

杏比画着问：他多大年纪啊？

婶娘停了一会儿才用手比画：三十八。

杏心里咯噔一声，想怎么会这么大呢？这相片上可看不出啊。

婶娘说：相片是十年前拍的呢。

杏没再比画，心想爹要是还活着，差不多也就是这个年纪。杏叹了口气，放下了相片。

婶娘就劝：大是大了些，可是男人大，晓得心疼人啊。再说，他一年就挣两万……

杏没有再说什么，进自己屋了。

这个晚上，杏没有睡好觉，翻来覆去地想嫁人的事。村子里每个月都有娶亲嫁女的，操办得越来越红火。杏喜欢听锣鼓鞭炮，也喜欢看新娘子那身新衣。杏想自己要是嫁人，一定也要这般的红火。除了不会说话，杏觉得自己一点都不比草桥的姑娘差，也比得过嫁来的新娘。后半夜，杏在想嫁人之后的事，她在邻居家电视上看见过，嫁人，入了洞房，新郎和新娘就要抱着亲嘴，再脱光衣服睡到一只枕头上，男的压着女的。从古到今都一个式样。杏没有脱光衣服睡过觉，想不出那样睡觉的好处。觉得沉，觉得喘不过气。可是，男人女人要不那样睡觉，女人就生不出孩子。就像公鸡不骑到母鸡身上，母鸡就下不出能孵小鸡的蛋。天亮的时候，杏已经在想女人生孩子的事了，她一听见谁家的女人夜里大声地哭，就知道那女人生孩子了。

她想，女人家生孩子肯定是很疼的，所以要哭，就像母鸡下蛋之后要满院子乱叫。杏就这样想了一夜，看着窗户外面的天一点点黑下去，又一点点亮起来。

秧门开过，后山那个叫王三宝的男人就到草桥来了。杏在后院喂鸡，婶娘乐呵呵地跑来，凑近她耳边大声说：相片上那个人来家了。

杏一听，心里就跳乱了。

她把婶娘推在前，自己跟在后头。进了屋，就看见桌上堆放着两瓶酒和几包糕点，还有一件红毛衣。一个梳分头的男人和另一个戴着黑眼镜、手里拿着大盖帽的男人对面坐着抽烟。杏瞄了一眼就认出，梳分头的那个人是王三宝。那个一直玩着帽子的，不是军官，也不是警察，搞不清是做什么的。杏一见到大盖帽就有些心慌，心想那该是木匠托的媒人吧。杏一来，三宝就站起了，对着杏先看了看，看过就有些不好意思地笑了：你是杏吧？

边上的婶娘说：你得大声喊才行。

三宝就大声喊了：你是杏吧？我是后山的王三宝。

杏用力点了一下头，表示自己听见了。接着就去为客人倒茶了。她倒茶的时候，看见客人一直在偷看她，心下就更跳得乱了。倒好茶，赶忙又去后院喂鸡了。杏一边想，这个木匠比相片上显老，不过这个男人敢当着外人面对她喊话。一会儿，王三宝也跟来了，还是看杏，还是笑。杏知道这个男人肯定是看上自己了，耳根就觉得好热，却也笑了。三宝说，杏，我喜欢看你笑的样子。杏没大听清楚，但晓得木匠说的肯定都是好话，就又笑了一下。可是背过身去一想，自己今后要光着身子和这么老的男人睡一个枕头，还要让他压着，就觉得便宜他了。

那天王三宝没坐上一会儿,留下东西就随大盖帽走了。大盖帽是乡税务所的征管员,姓李,人唤李税务。

李税务问王木匠:你可中意啊?

王木匠说:人是很好的,可惜不会言语。

李税务说:要是会言语能摊上你吗?没准儿我还回去跟老婆打离婚呢。

王木匠说:不过话说回来,不言语也有不言语的好处,日后夫妻间少了口舌,倒也省心。

李税务说:那你打算么日子再来打礼啊?

王木匠说:秋后吧。可要是把人讨回家,那还得过上年吧,她年纪不到,不合法呢。

李税务说:这交给我好了。不就短了一岁嘛,找找人,花点钱。

王木匠说:花钱不是问题。

李税务说:那就没有问题。你预备着吧,等你过年回来,干脆择个日子把杏接回家算了。免得你裤裆里的鸟找不到窝……

那天傍晚,城里念中学的弟弟回来了。杏就把他拉到屋里,把王三宝的照片给他看了,自己却盯着弟弟的脸。她很快就看出弟弟对这门亲事不满意。弟弟把照片随便一扔,喊道:杏,你傻啊,这个男人不是你丈夫,是你爹呢。

杏就不作声了。杏想,弟弟心里是心疼她的。她其实怕的就是弟弟一脸满意的样子。弟弟一走,杏就和婶娘谈了心事,嫌王三宝年纪大了,自己不想嫁。婶娘也没多劝,只说:那就回了吧。

杏点点头。

这天夜里杏睡不着,翻来覆去,一闭眼,面前就是王三宝对她大声喊话、对他笑的样子。再一想,木匠一年能挣上两万块呢,又有点舍不得回了。可是弟弟这头不满意,真不知如何是好。

日子就这么过去了一段。杏还是过着往常的生活,每天喂鸡,隔四五天去一回县城卖鸡蛋。有一天,杏卖完鸡蛋回来,忽然觉得小肚子酸胀得不行,想尿,看看路上,还是行人不断,边上也没有长成的庄稼遮掩。幸好不远的坡上有一座破窑,就急忙奔那儿去了。

窑洞里很黑,杏四下看看,没人。刚进去,一只黄鼠狼"嗖"地蹿了出来,吓了她一跳。这一惊吓,尿就更急了,裆下也湿了。幸好裤子安的是松紧带,一褪就能蹲下尿了。提上裤子,忽然一个小东西跳到了眼前,仔细一看,是一只小鸡,毛茸茸的,翅膀上还带着血,就想,这一定是刚才那只黄鼠狼拖来的,还没来得及下喉呢。杏把小鸡捧在手里,那鸡的翅膀还在扑扇着,小黄嘴不断张着。杏心里说,莫怕,我晓得疼你呢。

杏从窑洞里出来,迎面就见着了一顶大盖帽。杏没敢抬头,趁着那人没说话就从他身边溜了过去。这时,那人喊了她。

那人说:你是杏吧?怎么连招呼也不打就走啊?我可是你的大媒人呢!

杏没怎么听清楚,还是走了。

那人笑了笑:我倒忘了,这女子耳背呢。

说着,他就扯开裤子尿了起来,抖着腿,吹着口哨:《路边的野花你不要采》。

杏带回了小鸡,用香油给它抹了翅膀上的伤口,再涂上牙膏。没过几天,这鸡的翅膀就长好了。田里稻子还没黄,小鸡就已经长成模样了,是只独一无二的芦花母鸡。院子里一圈看过去,就数这只芦花鸡打眼。于是就惹得两只公鸡成天围着它转悠。一个中午,杏蹲在门槛上吃饭,忽然看见花公鸡一下逮住了芦花鸡,咬着冠子骑上背。杏竟有些生气,便脱下鞋照着花公鸡使劲砸过去,把它们轰开了。婶娘看见,就说,杏,你咋把它们轰开呀?啊?轰开了,来年你哪来孵鸡的蛋啊?

这理杏懂,可还是这么做了。

田里的稻子转眼间转黄了,天气热了起来。天一热,鸡下蛋就少,歇窝了。杏得十天半月去一回县城集市。这天,杏积的鸡蛋有一百只了。像往常一样,杏出门前都要先把鸡蛋过数,整齐码好。她是一双一双地数。十双是一层,隔上一层草,再码一层。数蛋、码蛋都是杏喜欢做的事,总是带着笑脸。没多会儿,杏就码好了四层,到了最上头一层,才发现少了一只。杏不信自己数错了,就把篮子里的鸡蛋全都数着拿出,还是一双双地拿,一只只地数,但还是少了一只。杏再把鸡蛋重新放回篮子,过了数,还是少了,杏的嘴撇了撇,心想自己真是好笨,连整数都弄错了,差点想哭。忽然,后院里传来了一阵嘎嘎的叫声。

杏撒腿就跑到了后院,看见那只芦花鸡正撅着屁股在柴火堆上跳着、叫着。杏凑近一看,果然在草窝里发现了一只白生生的鸡蛋。杏拾起鸡蛋,热烘烘的,蛋壳上还带着鲜红的血丝。杏就知道,这是芦花鸡生的第一只蛋啊。杏可怜地看着芦花鸡,心想,你疼吧?头一回肯定是疼的,疼你就多叫几声吧。

今天是个阴天,集市上显得冷清,老客户来的不多,面前尽是些生脸子。县城里的女人个个脸模子都生得好,像电视里的人。与生脸子做买卖就好头痛，一个鸡蛋死活要还价，把三毛钱还成二毛五。可是杏历来是不还价的。她开不了口，就把弟弟写的牌子放好。好大一会儿工夫，杏的鸡蛋只卖出去一半。又过了一会儿，天色转暗了，看上去雨就停在头上。忽然间，那边闹了起来，接着就有小贩子做贼一样跑过，杏一看，就知道是大盖帽们过来了。她赶紧挎上篮子钻出了人群，一口气跑出了县城地界。刚想歇口气，雨又来了。杏接着又跑，这下跑得不急，怕颠坏篮子里的鸡蛋。不一会儿，雨就弄湿了她的衣服。路上没有什么人，过往的车子也陡然少了，天地安静下来。杏看见了那座破窑，就思磨着去那儿躲雨。

  窑洞里很暗，更是静了。杏躲进来，想把贴身的衣服脱下挤挤。正解了上衣扣子，忽然看见一个人影跟了进来，她没来得及看清人脸，但看清了那人手里提着的大盖帽。那人一进来就骂：狗日的天。

  杏赶紧护住了篮子里的鸡蛋，却忘记了已经解开的扣子。她的胸脯就这样显露出了一点，迎着了大盖帽的眼睛。

  那人干咳了两声，上手就来拿杏的篮子。杏死活不肯，和那人争夺着。她一使力气，就把篮子压在身子底下，双手紧抱着，一动不动。她想，要夺走篮子里的鸡蛋，除非把她也一起夺走。那人的手果然就住了，从篮子柄上移了下来，落到了杏的裤腰上，身体像一床潮湿的被子那样盖下来。杏晓得什么事要发生了，她使劲扭着身子，使劲并着腿，可她还是舍不得腾出手来去推开压在身上的男人。她用嘴咬，认准了那只粗壮的胳膊，一口咬下去。那人"哎哟"一声，用力抽出了手，跟着就一拳挥在了杏的脸上。杏眼前一黑，好像陡然看见了家里那只花公鸡腾地张开了翅膀，身子软了。

  没一会儿，那人从杏身上下来了，又干咳了两声，走了。慢慢的，杏觉得自己的腿冷，才看见自己光着下身，就急忙把裤子提了上来。杏听着身后没了动静，就回头看了看，外面的雨就一阵子，歇了。那个人已经走出了窑洞，正撒尿。原来这混蛋今天不是要抢她的鸡蛋，也不是追来罚款。杏松了口气，这才把篮子拿到有光的地方，把鸡蛋重新查上一遍。一双、两双、三双……只有二十三双半，单了一只。杏记得清楚，今儿只卖了二十六双，怎么就单了一只呢？杏接着又数钱，十五块六毛，一分不少。她就怀疑自己肯定是错卖了，被城里人蒙走了一只，认了。杏站起来，这才觉得下身有些疼。刚站好，就见到一只鸡蛋从裤管里滚了出来，杏眼睛一亮，开始还以为是自己看错了，弯腰拾起来之后，才信是真的。鸡蛋在自己身上焐热了，完好无损，好像是鸡刚下的，蛋壳上还带着血呢。不是血迹，用指头抹一下，还发黏。是新鲜的血。杏不明白，这是咋回事，这里并没有鸡呀。再一琢磨，就觉得这血该是从自己身上流出的。

那人完了事，就开始发动摩托车，把大盖帽挂到车把上，轰的一声走了。杏还是没看清那人的脸，但这回她记住了他的车牌号，后面三个数是048，正好是她今天余下的鸡蛋数目。杏忽然觉得，这个身影有点熟悉，却一时又想不起。

杏拎着篮子走回了家，她走得很慢，双脚都是泥。到了村子，天就黑了。婶娘去村里喝喜酒去了，家里没有人。杏没吃晚饭，弄盆热水把自己下身洗了，又觉得疼。杏早早上了床。躺在床上，听着不时传来的鞭炮声，哭了起来。没多时，婶娘回来了，杏起来开门，阴着脸。婶娘就问：杏，你咋了？哪难过了？杏不作声，关上了门。到了后半夜，婶娘突然听见了杏的哭声。她趿着鞋跟到杏的屋子，使劲地敲门，大声在门外喊着：杏，你咋回事啊？你把门开开！

杏不开门，但慢慢地就不哭了。

第二天，婶娘问杏：你昨夜咋回事了？哭得那么凶。

杏没作声。

婶娘又问：是不是发梦了？

杏还是不响，到后院喂鸡去了。

"双抢"一过，树上的叶子开始落了。外面做工的庄稼人赶回来帮了一阵子忙，又该走了。收完稻子，村子一下子闲了下来。田里没了庄稼，天地就显得开阔。杏养的鸡也歇窝了，一天收不了几只蛋。杏就躺在后院的草堆边，看着那些找食的鸡。下河洗衣的时候，杏看着水里自己的脸模子，觉得没有以前好看了，像霜打的秧。她有些难过，慢慢地就想到了那个后山的王三宝，这个男人不是说秋后回来吗？咋就没回呢？兴是在城里住久了，对这穷场子没了牵挂吧。杏洗好衣，低着头往家走，看见婶娘正满脸堆笑兴冲冲地往这边来。婶娘凑近杏的耳朵说：王三宝来了！

杏就跟着婶娘回家，远远地就看见木匠正在替她家修门。三宝还是梳着分头，新衣服脱下了，露出两只光着的胳膊。这男人结实。见杏来了，木匠就放下了手里的斧子，对着她笑，大声喊话：杏，我回来了。杏又看见院子里放着一辆新自行车。婶娘说，这是三宝替她买的，说今后去县城卖鸡蛋，就不要走十几里的路了。杏听明白了，忽然就觉得鼻子酸得厉害，头一低进屋去了，过后就没再出来。三宝也觉得奇怪，跟了过去。看见杏正坐在床沿上纳鞋底，埋着头不看人。三宝就问：杏，你这是咋了？

杏还是没说，眼睛变得湿了。

三宝却很高兴，以为杏在想他，就说：杏，要是你没有什么意见，我想过了年就接你过去，如何？

杏自然没有听出三宝的话，但从三宝笑眯眯的神色中，知道了话的内容。但她说：不！

三宝有些吃惊：不？如何不啊？

杏说：我不！

两个人正僵持着，就听见外面响起了一阵摩托车的响声，接着有人在喊三宝：三宝，你还没正式讨人家回去，咋就一回来就往姑娘屋子里钻啊？

原来是媒人李税务骑着摩托车来了，叉着两条腿停在院子里，没熄火。杏扒在窗户上看，接着就吓了一跳，她再次看清了那辆红色的车和车屁股后面的三个数：048。

三宝笑着走出来，给李税务拿烟点火。两个人凑在一起谈笑着。忽然间，杏从屋子里冲了出来，抄起门边上的斧子，横着眼就对李税务逼过去。李税务脸色刹时就白了，叼在嘴角的烟也落了，连忙转过摩托车就跑，杏突然嗷嗷大喊着，跟着追赶。木匠愣住了，连忙来夺杏手里提着的斧子，说：这是咋了？这是咋了啊？

草桥村的人都端着饭碗出来看。他们看见村里的哑巴女子正撒腿追赶着摩托车上的李税务，村里人都晓得，杏出事了。

当夜，杏把城里念中学的弟弟找回来，把一切都对弟弟比画清楚了，要他替自己写状子。她要上乡里告狗日的李税务。弟弟哭丧着脸，写一行，抹一下泪。写着写着，却又把写好的状子团了。杏一把夺了过来，要出门。弟弟就拦住她，喊道：姐，忍了吧！

杏还是出门了。她找到乡派出所，把状子递了。派出所很快就把李税务找来，可是对方顿时就翻了脸，吼起来：这女子卖鸡蛋逃税，报复我呢。她连话都不会说，就凭这张皱巴巴的纸你们就信啊？她说我强奸，凭什么？啊？

李税务的话，杏句句都听清楚了。凭什么？心下也虚了些。

见杏低着头，李税务就吼得更凶了，说你这不知好歹的东西，老子好心给你讲个婆家，你倒好，反咬我一口。

一提咬，杏就跳起来，抓住李税务的胳膊，李税务挣扎着，杏还是把他的袖子捋起来，可是，那上面的牙印却没有了。这一下，杏的眼泪就下来了。派出所的人把杏拉开，说有话好说，别动手。他们忘记了杏说不出话。李税务在给他们散烟，杏走了。

杏有些日子没有出门卖鸡蛋了。一天吃饭，哇地吐了一地。婶娘觉得不对头，追到屋里要看杏的肚子。杏不让，可婶娘还是看出了名堂，急得直跳脚，说你这死人，自己的事咋就瞒得这么严实？肚子显了啊！杏还是没声响，躺在床上睁着眼。婶娘要拖杏去卫生所，把肚子里那块肉偷着拿掉。杏死活不依，不动。婶娘说，人家是戴大盖帽的，你告不倒。

第二天，杏又开始出门了。她不是去卖鸡蛋，光着手，梳妆整齐。村里人见到杏都装作没看见。杏的弟弟也好久没有回来，只让婶娘每月给他学校里寄钱。

一连几天杏都是这样早出晚归，没有人知道她在做什么。

又是一个阴天，李税务又习惯来那座破窑洞边撒尿了。刚撒完，就听见身后有了动静，回头一看，杏从里面走出来了。

李税务这回没跑，而是叼着烟笑着，说：怎么着，你是不是想我了？该不是在偷看我撒尿的东西吧？想看吗？我掏出来你看看？

杏也咧了一下嘴，猛地把衣服往上一掀，把整个肚子露出来。

那肚子已经有些圆了。

李税务顿时就愣住了，一额的冷汗。他拉住杏的手，说谈谈吧，有话好说。只要你不告我……

杏把手一甩，走了。

当夜，李税务就给杏的婶娘偷偷送了一万块钱，想私了。说只要杏把肚子搞掉，以后大家就是亲戚，什么都好说。婶娘觉得也合适，就找杏谈了。杏把钱收下，存到了银行里，可是出了银行就不想去卫生所，她不肯把肚子搞掉。婶娘说，你告人家，又要留人家的野种，这算什么名堂啊？

杏比画说：一码是一码。

婶娘没法对李税务交代。后来就打电话给在外地做工的王三宝，叫木匠抓紧时间回来，有急事。于是几天后的一个晚上，木匠就到了草桥。来之前，李税务对他把条件都谈好了。只要哑巴尽快把肚子搞掉，他可以马上在当地给木匠揽一个装修的活做。木匠见生米已经煮成了熟饭，也只好认了。木匠说，别的不怕，就是担心杏的月份深了，不大好搞。木匠又说，要不，我就把这个肚子认了吧。李税务说不行。李税务说这女子鬼精着呢，她留着肚子就是要落个凭证。肚子不搞掉，可就要了我的命了。

那天晚上王三宝在杏的屋子里磨蹭了一会儿。木匠说：杏，趁早把肚子搞掉吧。毕竟，你也收了人家一万块，抵得上你卖十年的鸡蛋。

木匠的声音不大，杏没听清楚。杏想，这个男人不会再对她大声说话了。

木匠说：搞掉了，我就接你走。

杏双手把肚子护着严实。

木匠叹了口气，起了身。杏把那件红毛衣还给了他，又把前些日子木匠送来的那辆自行车推出来，让男人骑走了。

没过几天，李税务就到乡派出所自首了。派出所的人二话没说，就把李税务铐上，带着他在草桥村走了一个来回。草桥的人被这阵势看呆了，私下说，看不出，这个哑巴女子硬是扳倒了一个大盖帽。

第二年春上，杏产下了一个七斤重的男孩。是顺生。草桥没有几个人知道这件事，那天夜里他们没听见杏哭。

2007年3月5日 北京寓所

（原载《北京文学》2007年第7期）

电梯里的风景

看电梯的姑娘是三月里来的。没有人知道她来自哪里,问她:你是河南的?安徽的?还是山东的?她都一笑:你猜?她胸卡上姓名是王小翠,平时大家都叫她小翠。

这座商住两用的大厦原本没有电梯管理员这个岗位。但是这年春节前后连续发生了几起盗窃案,管理部门就慌了神,于是不久,小翠就出现了。这栋楼高36层,装有4部电梯,一部电梯配有2名管理员,两班倒。奇怪的是,一段时间过去,大家好像只记得这么一个王小翠。因为小翠是个姑娘,而且长相不错,人也热情,遇见琐碎的事,比如帮着业主拿些从超市带回的大包小包,上上下下推推轮椅,把小狗拉在电梯里的粪便及时清理掉。总之,大家印象中的小翠是一个好看热情又勤快的姑娘,这样的姑娘来看电梯委实有点可惜了。

姑娘,来我公司吧,我们缺个前台。

小翠，愿意来我酒店当收银员吗？

类似这样的邀请经常有。小翠就笑嘻嘻地问：工资多少呀？

对方说这个好说。

好说是多少呀？翻一倍我就去。

对方也就嘻嘻一笑，不再接话。

翻一倍的工作机会确实也有。28层有家影视公司，一个混剧组的副导演对她说：小翠，看电梯多没劲呀！给我当助理得了，我每月给你工资翻倍。

助理是做什么的呀？

助理嘛，就是给我洗洗衣服，在片场给我端个茶递个烟跑个腿，时不时给我做做按摩。

这我不干。我男朋友不会同意的。

小翠有男朋友，好像大家都知道，但是谁也没见过。

看电梯的姑娘王小翠，年龄应该在22岁上下。目测身高有162公分，体重不会超过50公斤。她的眼睛不大，但很明净，笑起来弯弯的，是那种"桃花眼"。皮肤虽然黝黑，但细腻，看上去光润而健康。小翠很适合穿制服，手边的东西也还讲究，手表是浪琴的，手机是苹果的，挎包是库奇的，围巾是博柏利的。一般人见到，会以为她是哪家公司的白领。一些公司上班的姑娘就常和小翠打趣：哟，小翠，你这围巾很潮呀！

小翠就说：这是冒牌山寨的，便宜。

大家自然就相信了。一个看电梯的姑娘嘛。

但是有一天，一个戴眼镜、喜欢穿格子衬衫的男人看了一眼小翠的围巾，便问：这在哪买的？博柏利新款呀。

小翠说：网上淘的。

我可以摸一下吗？

小翠就把围巾摘下来，递给他。男人摸了摸，立刻就说：你这不是在网上淘的，是实体店买的，至少两千多。

小翠就愣了一下，感觉那个瞬间耳朵好烫。她瞄了一眼男人的胸卡，上面写着：四海广告，总经理兼首席策划，李一山。

她一下就记住了这个好记的名字。

四海广告是一家不大的公司，位于最高的36层西北角。自打认识了李一山，小翠有时会在电梯到达顶层时暂停两分钟，走下来，去趟洗手间，再绕到四海广告，进去往杯子里续点热水。她喜欢李一山穿的格子衬衫，喜欢他走路晃晃悠悠的样子，觉得这个人很神，话虽不多，但眼睛很贼。不过今天李一山不在，公司里就一个叫张鹏的胖子，胸卡上写着的职务是"设计总监"。小翠知道，这个男人去年离了婚，经常把七岁的儿子带到公司来写作业。见小翠来了，张鹏就显得好殷勤，执意给她换了一杯菊花茶。

小翠看看四周，说：今天就你呀？

张鹏说：他们都出去干活了，我留下来做设计方案。

小翠说：那我不打扰了，你忙。

张鹏问：你几点下班呀？

小翠看看表：快了，还有半小时。

张鹏说：那咱们一起吃顿饭，顺便看场电影？

小翠说：我晚上一般不出门的。

张鹏还是坚持：就算是给我一个面子吧。

小翠说：你把儿子一个人留在家吗？

张鹏说：我妈来了，我可以放松几天。

小翠就笑了笑，算是回答了。

电影估计是没有看成。因为这次之后，张鹏就不再主动跟小翠搭讪了。有时候他们在电梯里碰上，也就是客气地笑笑。四海公司不大，却终年忙碌，经常加班。李一山有时候会在晚上十点以后才走进电梯，见到小翠就问：还没下班呢？

我替刘姐替一个班，她孩子病了。

辛苦。

你也一样。原来以为出来打工都辛苦，没想到你这当老板的也这样。

我算什么老板。

电梯里就他俩，从36层下到B1层，这段时间里李一山只是在看手机微信，不再跟她说话。小翠感觉时间过得特别长。好在这时李一山的手机响了，对方是个女声：在哪呢？

李一山说：我在电梯里，信号不好。

等到了B1，李一山走下电梯去开车，就把电话回拨过去：什么事，说吧？

但是小翠已经听不见他们在说什么了。不过她认为，手机那头的女人，一定是李一山的女朋友。小翠知道李一山是单身，也是外地人，赤手空拳打出了这么一个公司。小翠很佩服这种能折腾的男人，于是就有点羡慕电话那头的女人了,在想那个女人应该长成什么样子,才会和这个叫李一山的男人在一起。李一山是不是已经给那个女人也买了一条博柏利新款围巾呢?

这么想下来,小翠就有了一些伤感,她不知道为什么会这样。

几天后的一个晚上,小翠当值,还是李一山最后一个离开这栋楼。这回,李一山有些突兀地问:小翠,你男朋友是做什么的?

小王有些意外:问这干什么?

随便问问。

他是……开出租的。

挺好,待会他正好来接你。

我们不住在一起的。

李一山就哦了一声。这时候他的手机又响了,但是他没接。等到他走下 B1,他又说了句:不住一起挺好。

男人头也没回。

小翠倚在电梯口看着这个高挑瘦弱的男子晃晃悠悠地走向一辆小汽车,直至车子开出她的视野。为什么他说不住一起挺好呢?男人和女人,好上了,不就是想住在一起吗?

这年刚进五月,天气就转热了。大厦管理人员提前换成了夏装。于是大家就发现,小翠的胸部很丰满,腿也直,亭亭玉立。新换的制服领口有些深,小翠就自己订了个纽扣。除此之外,她脖子上多了一条铂金项链,头发也散出淡淡的香水气味。又是那个李一山说:是 CK 的吧?这东西网上可没有。

小翠就笑笑：一瓶香水我还是买得起的。

李一山说：春天到了，姑娘就该花一样鲜亮。

这话小翠爱听。

大厦22层住了个80岁的单身老头，据说此人是个有名的作家，儿女都在国外。老头腿脚不便，离不开轮椅，因此脾气很躁，一年要换两三个保姆。他经常被接出去参加社会活动，回来的时候便把人家送他的鲜花转送给小翠，然后就拉着姑娘的手不放，感叹道：花样年华啊！

小翠有些不好意思，就说：人都有年轻的时候，大爷，您家里就从来不摆鲜花吗？

老头说：这么漂亮的花儿，摆放在我这个糟老头子屋里，是莫大的讽刺啊！

小翠就咯咯地笑了。

老头说：姑娘，不能老待在这电梯里呀，这是画地为牢！赶紧出去找事，莫负春光啊。

小翠怎么就不肯离开这部电梯呢？以小翠的条件，找个比电梯管理员好得多的工作太容易了。但是她就是没离开。

是因为那个李一山吗？不会。小翠知道，自己和李一山是两种人，差距很明显。虽然几乎每天在电梯里遇见李一山让她满心欢喜，但也不会想得太多。这一点，她是清楚的。她不会因为一个虚幻的男人离不开这部电梯。

这好像是个谜。

年轻好看热情的姑娘小翠，在电梯间免不了被骚扰。大凡上下班的时候，电梯人满得跟地铁一样，总会有人有意无意在小翠身上蹭蹭。这个她是明显感受到的。不过这事她也没怎么往心里去。她的处理方式是根据骚扰对象的不同，来及时调整自己身体的角度——可以给你背，给你肩，当然，也可能给你胸。如果是一个帅哥无意中碰了她，她甚至觉得很刺激，就别说是李一山了。男人想占她便宜，想吃她豆腐，说明她有几分姿色。是鲜花才会招蜂惹蝶。对那种德性不好的男人，小翠也是不惧的。光天化日之下，他敢怎么的？

16楼一家贸易公司老板姓于，外号叫于大头。初次见到小翠就喜形于色，正好当时电梯里没人，就把手搭在小翠的肩膀上：想不想跟我去夏威夷度假？

小翠不知道夏威夷，却知道这男人的德性。她经常见到这人和一些不三不四的女人出出进进，一看就是那种关系。不过，她也不想把事情闹大，就指了指顶上的电子探头：于总，那上面有眼睛呢。

于大头就赶紧把手拿下来，低声说：别介意，人非草木嘛。

小翠说：没事。

于大头以为小翠好说话，就进了一步：翠儿，我是真心喜欢你的，跟着我，你不会吃亏。

小翠说：我不会当小三。

说着，就先走出了电梯，去洗手间了。

无事的时候，小翠也喜欢看手机，看网上那些明星的八卦。她觉得娱乐圈挺好玩，昨天他是你男朋友，今天就成了别人老公；今天她还是你老婆，明天就成了人家女朋友，男男女女搞来搞去，差不多都成亲戚了。不过，她又觉得，网上好多八卦都是造出来的。比如说你和谁睡了，你不说，外人怎会知道？她不信要想人不知，除非己莫为。她认为，人做事如果想不让外人知道，外人是永远不会知道的。所以，小翠不大看得起那些明星。

一次，一个自以为是明星的女人来28层那家影视公司谈事。在电梯里遇见小翠，就指着她的挎包说：现在山寨的水平真是高呀，你看这库奇的包，一点不比真的差。

小翠这次却说：谁说我这是山寨的？

那女人就鼻子抽了抽：哟，那得花你半年的工资吧？

小翠说：我愿意。

声音不高，但掷地有声。如果不是那位熟悉的副导演在场，小翠真想发飙吼起来：我王小翠身上从里到外就没有一点是假的！不像你们，眼睛、鼻子、嘴巴、皮肤、奶子，甚至屁股，哪里没动过刀子？你们敢不化妆跟我一起上街走走吗？

等这帮人走下电梯，小翠的眼泪突然就涌出来了。她不是因为委屈，而是想到了另外的意思。她想，这世道好下作，女人花钱买这个买那个打扮自己，为的就是吸引男人。可是男人一心想要的却是女人一丝不挂。于是她就想起了李一山以前说过的那句话：不在一起挺好。

小翠这才想起，已经有些日子没有见过李一山了。

再次见到李一山是在六月快结束的一个晚上，又是十点之后。

小翠这一次显得很亲切，见面就问：李总你出差了呀？

没有，病了一场。

哟，没事吧？

没事，做了一个小手术。

做手术还叫没事啊？

李一山笑笑——这是小翠第一次看见他笑，有些腼腆，像个姑娘家。

我做了胆囊切除，李一山说，现在是无胆英雄了。

这么严重啊，小翠说，连胆都没了！你瘦了好多……

身上少了一样东西，反倒轻松了。

小翠没有被男人的幽默感逗笑，鼻子竟有些发酸。她还是头回这么盯着一个男人看，没觉得不自在。可是，电梯很快就到了B1，太快了。李一山正准备走下来，却又站住，问：你几点下班呀？

快了，还有五分钟。

一起吃夜宵？

我，我不饿的。

吃饭也不完全是因为饿了，喝茶也不见得就是渴了。

你好会说话啊。

李一山又说：对了，你男朋友没意见吧？

小翠迟疑了一下，说：不就是吃个夜宵嘛。

吃夜宵的地点就在大厦的一层东侧，有一家"永和豆浆"，人不多。李一山点了豆浆、油条和小笼包。

李一山问：想喝点吗？

小翠说：这不有豆浆吗？我不会喝酒，你想喝就喝——对了，你胆没了，可以喝酒吗？

李一山说：喝点啤酒没事，我今儿想喝点。

就要了瓶冰镇的啤酒。两个人就这样边吃边聊。当然主要是李一山在说。小翠很愿意听这个男人说话，可是他的话历来不多。李一山说公司眼下业务不好，实体经济下滑，广告业最受影响，原来一些老客户现在都不接他电话了。业务不好，人心就难聚齐，连当初一起创业的张鹏都想离开了。他有些沮丧，喝了一大口啤酒。

那你下一步打算呢？

还没想好呢。或许就把公司关了……

关了？那你咋办？

再去为人家打工呗。

你女朋友同意吗？

这跟她没关系。我们最近也不大联系了。

你做手术她也没在你身边？

她，她出国了。不说我了，说说你吧。

我有什么好说的？我就是一个看电梯的。

李一山就问：你来这个城市多长时间了？

小翠说：三年了。

李一山接着问：以前是做过什么工作？

小翠说：也是看电梯。

李一山放下筷子：这我就不大明白了。你怎么喜欢看电梯这份工作呢？我知道这座楼上很多人想聘你，任何工作都好过看电梯。你为什么不肯呢？

小翠说：我没啥文化，公司单位里那些事做不了的。

李一山说：有些事你还是可以胜任的。

小翠的眼光就有些直了。过了会，她才叹了口气，说：我不想多接触人。

李一山的眼光也直了：电梯恰恰就是最能接触人的场所啊。

那不一样。小翠说，电梯里的人都是打眼前路过的，跟我没关系。我愿意和谁说话，不愿意和谁说话，那是我自己的事。我可以跟人走得近，也可以装作不认识，咋都行。我要是去了哪个公司，或者某个人家，那每天是要看人脸色的。我不想过这种日子。

李一山一时无言以对，觉得这姑娘的逻辑好奇怪，却也不乏道理。

小翠有些茫然地看着窗外，接着说：电梯就那么大，两三个平米，每天身边经过的大都是熟人，再说还有监控探头。我坐在里面上上下下，很踏实。要是走到街上，那么多的街，那么多的车，那么多的人，我会紧张害怕的。我上街总是办完事就回来，我不喜欢逛街，一点也不喜欢。

李一山盯着小翠，问：既然这样，你干吗还要出来打工呢？待在家乡不是更踏实吗？

小翠沉默了片刻，说：家乡太穷，连把像样的牙刷都买不到。我现在用惯了城里的东西，回不去了。

突然，小翠又问了句：我那条围巾的事，你没对别人说吧？

李一山差不多已经把这件事忘记了。他说：我说这干吗？也就是随便说说。

小翠说：我以为你会送你女朋友一条。

李一山说：我是问过她，可人家不喜欢。

小翠说：萝卜白菜，各有所爱，也正常。你说是不是？

李一山没接话。其实那一刻男人在想，这么一个看电梯的姑娘，月工资不足三千，哪来这些钱买奢侈品？这样一琢磨，他就觉得，眼前这个王小翠很不简单，和人交往不是一件简单的事，这个姑娘却拿捏得很自如。接着，他又想到了自己的同事张鹏。

李一山说：你知道吗，张鹏很喜欢你的。

小翠笑笑：怎么会呢？他是暂时空下了，想让我填一下。

李一山说：那也未必，人家对你或许是真心的。

小翠说：我不信。

李一山说：后来他大概知道你有男朋友了，所以就……

小翠说：其实我没有男朋友。

李一山很意外：分手了？

小翠说：本来就没有呀。我不这么说，就时常会有人来约我。张鹏那一次约我看电影，缠了好久，我说你别跟我兜圈子，你要是答应跟我正儿八经地谈恋爱，跟我结婚，随你去哪都行。你敢吗？

李一山笑了：你真这么说的？

小翠说：我就是这么说的呀。

李一山就想，这话是说给任何男人听的，包括他。

小翠也笑了，喝了口豆浆：你们男人是不是都只想和姑娘亲热，不愿意成家过日子?

　　李一山想了想,说:也不完全是这样。不完全是。

　　小翠听了,感到心里好暖。

　　这一夜,小翠没有睡好。今晚的事让她很意外,李一山怎么会想起来请她这样一个看电梯的姑娘吃宵夜呢?他就那么不在意被人看见、被人说吗?李一山说现在跟女朋友没啥联系了,是不是想找个姑娘听他说话,解解闷?小翠搞不清李一山这么做的目的,但她不希望李一山的公司倒闭,不愿意看见这个男人重新去替人打工。人都想自己说了算,人都不愿意被人管。然后她就想到了自己,看电梯这份工作肯定是暂时的,电梯每天送人上送人下,但不是自己的路。她的路在哪?这个她不清楚,但她相信天底下一定会有一条属于她的路。当然,如果命中能遇见像李一山这样的男人陪着走,就更好了。

　　几天后的一个晚上,发生了一件事。

　　大约是在九点光景,大楼安静了,小翠在擦电梯。背着身就闻到了一股酒气,扭过脸,就看见于大头跟跟跄跄地进来了。这个男人今夜喝高了,于是就趁着酒兴撒野,进来就从脖子上撕下一张风湿膏,把电子眼贴上了。

　　一见这阵势,小翠就紧张了:于总,你想干吗?

　　于大头转身就从背后搂住了小翠。

　　于总你放开!小翠一边挣扎一边说:这样不好!

　　于大头根本不听:答应我,我亏不了你的!

我说过我不会当你小三的!

但是于大头停不下来,继续说着一些让人起鸡皮疙瘩的话,手是越发地不安分。奇怪的是,突然间小翠没有怎么挣扎了,似乎有点半推半就的意思。等到了16层,于大头抱起小翠想进自己的办公室,小翠这才奋力挣脱,瞪着眼睛说了句:这事是你惹的,没完!

于大头没往心里去,用领带擦了擦汗:真不愿意,我也不难为你了。

这时候,男人的手机响了,对方肯定是他老婆。他说:我在谈事呢,一会就回去……十点前到家,放心,我喝酒不开车的,坐地铁……

小翠走回电梯,低声骂道:猪!

第二天小翠休假。但是黄昏的时候,她的身影还是出现在大厦的B1层车库。她站在一个偏僻的角落里,盯着电梯。不一会,电梯门开了,于大头走出来,一边打着手机:喂喂,你告诉秘书长,我这几天业务实在很忙,政协的会得请假……

等于大头挂了手机,小翠就从一根柱子后面闪了出来,笑眯眯地迎过去:于总,能搭您的车吗?

于大头很意外:可以呀,当然可以!

上了车,于大头就把手很自然地搭在了小翠的肩上,说:你早就该经常搭我的车了。再过几年,你还可以搭我的私人飞机。我告诉你,夏威夷真是个好地方……

小翠没有把这只手拿下,而是说:于总,我想找你借点钱。

于大头这才意识到问题严重,把手拿下来,问:借钱?借多少?

小翠说：三万。

于大头说：你有病呀？

小翠说：我说过，这事没完。

于大头有些生气：昨天晚上，我，我也就是酒后失态，大不了给你赔个不是，你居然敢讹我？

小翠说：这事可没这么简单呢。

于大头火了：你给我下去！

小翠没下车，还是笑眯眯地说：您是一个有身份的人，还是政协委员，您就不怕我把这事捅出去？要不就去跟你老婆说？我知道你家住哪。

于大头说：你还敢威胁我？证据呢？你有证据吗？要不要陪老子玩一把车震，好给你提供点证据？

看见于大头一副满不在乎的样子，小翠就把自己的手机录音打开了，于大头的声音顿时就回响在车里——谁都明白当时发生了什么事。

于大头这下就愣住了。

小翠说：不好意思，就算我是个小人，就算是收了您一份保护费。回头我把卡号发给您，三天之内，如果不到账，我就主动上门要。我说话算数的。

说完，小翠就下车了。

小翠走向自己熟悉的电梯，等了好久，电梯才到了B1。下来几个人，其中就有李一山。

你今天不是休假吗？

小翠突然想哭……

李一山把小翠拉到一边，低声问：出啥事了？

小翠摇摇头：没事的……

李一山追问：谁欺负你了？

小翠抬起头：谁敢欺负我？

李一山还想问什么，但是小翠已经走上电梯了。下班的高峰已经过了，电梯管理员也去食堂吃饭了，此刻电梯里就剩下了小翠。她从 B1 一直坐到 36 层。等走上顶层露台，城市已经是华灯初上。起风了，今夜没有月亮，小翠对着黑暗的天空长长呼出一口气。小翠俯视着这巨大的城市，那么多的街，那么多的车，那么多的人——看得她眼泪汪汪，但不再紧张。她知道这不是她的城市，但是她更清楚，自己必须在这座城市活下来，她要把这一生过好，过得好好的，不比这个城市任何女人差。

2017 年 10 月 15 日 安庆

（原载《安徽文学》2018 年第 1 期）

泊心堂之约

一

周末牌局是早就约定了的。应局者三男一女，男人们年届六十，女人大约四十五。女人叫林晓雪，是当地有名的京剧演员，工程派青衣。这些年京剧团不景气，除了偶尔被借出去唱两折，这个风韵犹存的女人就像一幅画那样挂在家里——这是老季的话。他是一个画家，专事版画，凡事爱跟画扯到一起。老季叫季春风，年轻时还追过一阵林晓雪，但春风不得意。老季得过不少小奖，却没有挣到大钱。版画这东西好比公章印戳，你要我就盖，没有唯一性，所以只能在拍卖市场外面溜达——文化局长出身的老任开起玩笑也是高屋建瓴。老任叫任大华，至今还残存几分帅气，从前大家爱叫他任达华。老冯说，如今的老任是披挂一身闲职，实则退居二线。老冯叫冯悦，写过几十本书，后来做导演拍电视剧，集编导于一身，颇有些名气。客居京城多年的老冯，今年春天突然间连人带车回到了故乡。老冯这次回来不住酒店了,而是直接搬进了江边的一幢三层的别墅。老冯却说:现在只能算是本宅了。这话初听奇怪,再一琢磨就觉得意思明显——作家这次回来,就没打算走了。沈从文说过,一个战士不是战死沙场,就是回到故乡。老冯不是战士,北京也不是沙场,但这座古城肯定是他的故乡,生于斯长于斯。他还曾经在这个城市工作过,同学同事一堆。老冯把三楼的露台做成了阳光房,于是老季很快就送来了一台麻将机。

这是天然的棋牌室嘛,老季说,你看这景色,这光影,现成的一幅丝网套色水印!

老冯当初一眼看中这处房子,就因为面前一条长江。画家这么一夸,作家就不无感慨:凭栏眺望,大江一横,水天一色,江南峰峦一带,江面帆樯几点……

刚进来的老任马上就接道:这不是张陶庵的《湖心亭看雪》吗?

老冯笑道:算是剽窃了。

两个人谈兴大发,一旁的老季就不言语了。老任有学问底子,老任也爱讲点学问,而他,只是一个搞版画的,不说也罢。

林晓雪最后一个到。她是那种一眼看上去就是演员的女人,穿着打扮讲究而得体。她一来,屋子里就有了人气,似乎顿时亮堂了许多。林晓雪把房子上上下下看了个遍,结论是:房子不错,装修不行。

林晓雪说话还带着京剧念白的腔调,很悦耳:瞧您这么好的房子,装修这么不讲究,荒腔走板,没个碰头彩,太素了呀。

老季听成了"太俗",就有点不屑,叼着小烟撇撇嘴,眼镜后面的小眼睛贼亮，意思是你懂什么？这叫格调。

女人是敏感的，就碎步冲到老季面前，竖起兰花指：季春风，我说的素，是朴素的素，不是庸俗的俗，别拿这双贼眼睛瞧我！

老季赶紧拱手作揖：是我庸俗，我庸俗。二十年前你就这么告诫过我……

林晓雪说知道就好，幸亏当初没上你的贼船——听起来像贼床。

老冯正忙着为朋友沏茶，听那二人打情骂俏，便放下手里的紫砂壶，像想起什么重要的事情似的，先把眉头紧了，然后又一笑：我们这四个人，名字各取一字，正好是风、花、雪、月。这风、雪，是现成的……

老任反应快：花华通假，月悦同音，还真是！

林晓雪不明白：花华能一样吗？怎么通啊？

老任就解释说：古字里，这花和华是可以通用的。比如春华秋实，意思就是春天的花，秋天的果实。

林晓雪说：原来是这么个理（儿）！

老季暗自想着，男人有点学问如同女人有点姿色，到哪都管用。

林晓雪拿老任开玩笑：任局长，以后我就叫你任大花得了！

大家哈哈大笑，于是，一场风花雪月的麻将就此开始。

二

麻将的规则自然是大家一起议定的。输赢怎么算，诈和赔多少，手机要静音，饭局要抽头，如此等等。用老季的话说，这是一场没有硝烟只有香烟的战斗，诸位既是指挥员，又是战斗员。怎么打，完全自己说了算，无须看人脸色。老季凑近老任，给后者点烟：这比你在局里讨论一件事麻利多了吧？我那个画展，从你上任谈到你退休，也没见到一个结果。

老任说：那是文联的事，我们只是协助，你别怨我。我现在跟你一样，平头老百姓一个呢。

林晓雪说：老季，这事真的不能怪任局长，市里画家那么多，给你办了，其他人怎么办？摆不平的。

老季打着阴腔：我看你倒是可以接老任的班，这么有政策水平。

见二人抬杠，老任便及时扭转话锋：老冯啊，你这场子打牌实在太好了，安静，优雅，晒着太阳，看着风景。在这样的环境里打牌，用徐志摩的话说，是手挥五弦，目送飞鸿。老冯，你这次回来是不是有大部头要写呀？

对老冯突然回到故里定居，老任至今不甚明白。是嫌北京空气不好，人多车多不方便，还是人近六十思想叶落归根？

老冯说：我已经十多年不写了。

老季说：那是你改行做导演挣大钱去了。

老冯说：我也不想再拍了。

林晓雪就噘起嘴：别介，冯老师呀，我在您戏里还没露过一回脸呢，您突然就宣布不拍了，岂不白认识一场？

老冯一边给大家倒茶一边说：一介书生，年近花甲，如今无非就是找个清静的地方读读书而已。当然，还有麻将，以牌会友。梁任公说过，只有读书可以忘记麻将，也只有麻将可以忘记读书。

老季就问：梁任公？谁呀？

林晓雪说：梁启超。

老任对老季挤了一下眼，意思是：你看，连人家林晓雪都知道，还自居艺术家呢。

老季不接老任的眼光，而是转过脸看着林晓雪：原来你也这么有学问啊？难怪当初追不上你。

林晓雪说：我演过他老婆。那台《戊戌风云》好几年前就排好了，可就是不让上演。任局长你知道是什么原因吗？

老任说：那台戏是省厅抓的，具体原因我也不是很清楚，估计应该还是本子问题吧。对了晓雪，今后别叫我任局长了，我已经退了，叫老任。

林晓雪也一笑：那我就像以前那样，喊你任达华吧。不对，叫任大花！

大家又笑起来。老任却叹息道：我这辈子最遗憾的事就是没花过。现在想花也没有资格了，老了。

老季不以为然：你呀，也别把自己洗刷得太干净，六十岁还有回头臊呢。

老任说：狗嘴就是吐不出象牙！

老季扶扶眼镜：我懒得跟你较真。我们这一代——晓雪不算，挺不容易的啊！长身体的时候没得吃，五岁那年吃树皮的味道到现在都记得。想念书的时候要下乡。好不容易恢复了高考，成绩又不行，大学考不上，只能上中专……

林晓雪说：那人家冯老师和任局长是怎么考上大学的？

老季说：我哪能跟他们比。他们是凤毛麟角，我是牛毛牛角。

林晓雪说：还不是，别啥事都怨时代，就像打牌，手气背也不能怪社会。自古寒门出高士，古戏文里这样的例子多了去了。你呀，就是成天吃吃喝喝，不干正事（儿）。

老季说：让你说对了。我年轻的时候成天就是想着吃，第一个月工资到手，想到的不是买书，买绘画材料，而是下馆子，一个人点了四菜一汤。

林晓雪扑哧一笑：真是个吃货！

老季接着说：后来钱多了点，就想着喝上几口——酒嘛；搞艺术的好酒是正常的，不喝没有灵感。老冯，是不是这样？

老冯说：我不善饮。

林晓雪说：你看，人家冯老师这么大的名人也没借酒摆谱。

老季说：我这哪里是摆谱啊！1959年傅抱石被请去为人民大会堂作画，顿顿茅台，周总理特批。那是什么年月？人家老先生那才叫摆谱！

说着眼睛就放光了，羡慕之情溢于言表。

林晓雪逗趣说：老季你谈吃说喝，接下来是不是就该讲嫖了？

老季一本正经：我季某人从来不搞这些名堂。

林晓雪说：刚刚还说人家任局长呢，现在又慌着替自己洗刷……

老任走过来插话：我说句公道话，老季这方面还是靠得住的。他不会去干那种下三烂的事，也舍不得花那种冤枉钱，对吧？

老季点点头：还是老局长了解我。

别忙着夸我，我话还没说完呢。老任喝了口茶，接着说：老季是艺术家，和异性交往的手法自然也是相当艺术。比如说，去年还向我们尊敬的冯老师要了一套文集,再一本本地送给一个姑娘……

林晓雪睁大了圆眼睛:那套文集有十卷,一本本送,来来去去,可就是十回呀!现在是什么节奏,谁经得起十回呀?高手啊,季春风!

老季不好抵赖,就嗤嗤笑着,用手指着老任:你这家伙太不厚道了!

老任说:这是不是事实,冯老师可以作证的。

老冯说:书是要了一套,还让我签了名,本本都签。那姑娘叫什么来着?想不起来了。不过今天我们聚在一起,主题是一个赌字,小赌怡情。麻将这东西就是很奇怪,一玩就容易上瘾,一上瘾还戒不掉。

林晓雪说:冯老师,你在剧组闲下来的时候也玩牌吗?

老冯摇摇头:从来不玩。剧组太忙了。

林小雪说:你是导演呀,手底下那么多人,怎么可能会这么忙呢?

老冯说:片场上,导演也就是个民工头而已,风光的是明星。当然,不玩是因为没有对手。

林晓雪问:人家打不过你,怕你呢。

老冯又摇头:不是不是,麻将主要是靠手气,所谓的牌技是起不了多大作用的,更与身份无涉,不会因为你是导演你就能赢,他是场记就老输。

老季接话:对嘛,这就叫公平,运气是老天爷给的。

老任喝了口茶说:我明白老冯的意思。其实赌这个字,按六书,属于会意，左为贝，就是说你得出点血，少了不行，多了也不行……

老季问：那你说多少才行呢？

老任回答得掷地有声：把你打痛。不痛你不负责，太痛你受不了。

林晓雪说：那右半边的"者"做何解释呢？

老任把身子往后一靠：者，就是参与者嘛，就是老冯所言的对手。打麻将是要看人的，不对脾气的人一起玩，岂不是受罪？老冯你是这个意思吧？

老冯点点头：我们今天就来个约定，今后在这个城市里，不与外人玩牌，如何？

一致表决同意。

说着，老冯就拿出了一条本省产的最高级的香烟，千元一条，拆开来，给老任和老季各递了一包。

老季说：这又是哪个演员送的吧？

老冯说：是小区物业主任送的。昨天去交物业费，他要和我照相，说他看过我拍的几部谍战剧。

老季就说：你看，还是你混得好，到哪都有粉丝送烟。

老冯就自嘲一笑：我写了三十几年，书出了六十几本，从来没有人拉我照相，更谈不上送烟送酒。几部破电视剧，却让我十几年不买一包烟。你们说，我是该高兴呢，还是不高兴呢？

林晓雪说：您呀，也别瞧不起电视剧。没有电视剧，您一个写书的能买得起这么好的房、这么好的车？真是站着说话不腰疼！

老冯似乎有些无奈，两手一摊：是啊，这就是我的无耻了。明知不可为而为之。

老任说：无耻也要生活嘛。

说着就把手里的东、南、西、北扣下一摆：摸风吧！

三

这城市近几年没见到多大发展，麻将却是与时俱进。传统的那种清一色、一条龙早就取消了，改得越发简单，除了保留十三不靠，基本上就是推倒和、点炮买单、自摸翻倍。不过，越是简单的事情越复杂，这种牌其实并不好打。老冯一开始还不太适应，上手连点三炮。

老冯紧紧手说：好家伙，下马威呢。

林晓雪说：没事，麻将服新手，最后的赢家还是您呢。

打牌的过程中，老冯一直暗里观察着林晓雪的手——她抓牌的手势也是兰花指，很优雅，很迷人。多年前冯悦写过一部叫作《梦中的手势》的长篇小说，为此，他还专门赶回来拍了一组女演员的手。那时候林晓雪还不满三十，模样正好。林晓雪就有些好奇，说人家都爱拍脸，你却只拍手，我的手好看吗？冯悦就说好看，非常好看，像罗丹的雕塑。林晓雪嘻嘻一笑说：那回头我请人用石膏打一只手模送给你。那是他们最近距离的一次接触，却没有跟进。这些年，冯悦有时会想起这情形，甚至会自问：为什么当初没有和这个林晓雪谈一场恋爱呢？当时他已经离婚了，林晓雪也还是单身，为什么不呢？是因为面前这个任大华吗？其时他是文化局的艺术科长，经常跑剧团，这个已婚的男人曾经对他说过，和林晓雪很谈得来……

冯老师，该您出牌了。林晓雪说，想什么心事呢？

老冯笑笑：好久不玩，手生了，七筒。

林晓雪说：吃。边七筒不能不吃。东风——

碰！老季碰了牌，得意地说：我的天，你这只东风捏得也太紧了，我是碰了东风就听牌。

林晓雪鼻子一皱：告诉你老季，我是不听牌不打东风！

老任看看二位，说：这么快就听牌了？

林晓雪说：那是。

老任就淡笑道：听牌早未必好，接下来，没准就等着点炮了。

林晓雪说：瞧你这话说的！

老任说：我没说错啊。你听了牌，就得摸什么打什么，你知道哪张牌不会点炮呢？除非你弃和，跟着打。

老季说：狗屁逻辑，难道因为怕点炮就不听牌？

老任不禁一声长叹：人生从来就是机会跟风险结伴而行，这麻将就是人生啊。所以奉劝二位，千万别高兴得太早。

老季摸了几圈，还是没有摸到，迟疑地打出一张三万。

老任对老季嘿嘿一笑，把牌推倒：门清边三万。

老季摇摇头：真是会咬人的狗不叫啊，起早的遇到了不睡觉的！

老任说：这叫螳螂捕蝉，黄雀在后。

这场面让老冯有了莫名的激动。这样轻快而又紧张的气氛实在是久违了。这就是麻将的魅力。在作家看来，麻将之所以好玩，就在于这种轻快与紧张。一方要三方成全，又要与三方为敌。你既要蒙骗上家，又要压制下家。你要的牌，人家不打，你不能吃碰，就难以听牌。但是你又不希望打出别人需要的牌,让人占了先机。一张好牌,先打出去,担心下家会吃;可要是打迟了,就可能点炮。正是这种焦灼与矛盾让人精力充沛,乐此不疲。这些年走南闯北,老冯熟知各地的麻将,比较起来,还是觉得故乡的牌好玩。其中这上下手的关系,就很特别。倘若下家吃你三口,你们都必须自摸。下家和了,你就得加倍给钱。反过来如果是你摸了,下家就得再翻倍,带有惩罚性。故乡的麻将再改,这一规则是不变的。一圈打完要重新摸风,上下手的位置得变化。第一圈老季和老冯输了,现在风向变了,换了位置,老任坐到了老季上手。牌刚起,才一轮打过,老季就拿出红中补牌,但是杠上没开花。

老任就问:老季听牌了?

老季一副严肃的样子:实话告诉你,差一点门清天和一杠!

下家的林晓雪就说:得,这回跟着你打了。

老冯说:消极,岂能坐以待毙?进攻是最好的防守,晓雪,你得让我多吃两口。

林晓雪说:摸到是他的运气,我一弃和,您再吃我三口,这赔本赚吆喝的事(儿)我可不干。

老任环视一周,说:看来,还是我点了算了。老季面前花也不多,几个小钱而已。老季,你想要什么?

老季点了根烟,说:你在我上手,你就是点了,我也不会和的。这回我肯定要自摸!

老季这回和的是二五八条,牌又听得早,自然是信誓旦旦。

果然,老任就把八条打出来了。

老季正迟疑，下家的林晓雪就说：碰！

老季立即就把牌推倒，嘻嘻一笑：她碰我就要和了。

林晓雪不屑地说：瞧你这点出息！刚刚还说要自摸呢！

老任摇摇头：他这人，一点信誉都没有，禀性难移啊！当初帮他张罗画展，他说有家做酱的企业赞助十万，说得有鼻子有眼，结果一毛钱也没见到，弄得我到处给他擦屁股。

老季说：这事不能怪我，人家企业变卦了，我能怎么样？其实，市里就算是资助我季春风十万块也不算过分吧？我参加过四次全国美展，市里有第二个人吗？

老任说：那你怎么不直接给市长写信呢？哦，又没这胆子了。

林晓雪说：又来了，专心打牌好不好？

正说着，女人的手机震颤起来，她看了一下来电显示，就说：不好意思，我得出去接个电话。

就跑了出去，跑下了楼，去了外面。

老季吐出一口烟，嘀咕一句：什么电话，还得跑出去接？

老任说：这也正常嘛，谁能没有点隐私呢？

老季说：那我也去打个电话吧。我不下楼，就隔壁。

四

一下走了两个人，屋子就显得静了。老冯起身给老任续了点茶，问：晓雪还是和那个男人在一起吗？

老任反问：你说的是哪个？

老冯说：不就是深圳做生意的那个吗？曾经投过她一台戏的。

老任说：哦，那个早散了。

老冯说：后来的事我就不知道了。你们走得近。

老任说：哪里呀，虽说在一个城市，现在联系也少了。上次见她还是在政协团拜会上。如果不是你回来，我们是很难聚到一起的。

老冯把椅子拉近，问：我一直觉得，她看不上老季，对你还是一往情深的。其实你也一样，你刚才在牌桌上说的，我能听出弦外之音，什么机会与风险结伴而行……

老任的脸色就变得凝重，叹息道：都过去了，过去了。如果这辈子我没走上这条官道，或许还有那种可能。她年轻的时候可以说是光彩照人，哪个男人见到都会动心。我也会，可是不敢啊！我们确实谈得来……有一次评职称，她想不开，和我在江边上走了一晚上，说了很多心里话，可是又能怎么样呢？

老冯一笑：她给你机会，你却担心风险。

老任也敷衍着笑了笑：城市就这么大，稍有不慎，就会满城风雨。再一想，就是和她这样的女人走到了一起，又能怎么样呢？

老冯点点头：倒也是。

老任叹息道：这辈子就这样了，得过且过，不能过也得过。你呢？这回真是决定落叶归根了？

老冯说：也不算。

老任问：电影不拍了？

老冯说：一直想拍呀，前几年你不还陪着我去皖南看过外景吗？

老任就好纳闷：怎么就拍不成呢？本子我看了，很有深度啊，也不犯忌，拍出来肯定有阿巴斯的味道。

老冯显得很无奈：这部电影，从剧本到筹备，前后整十年了。可是今天这样的片子，有脸面，但不会有票房。没有票房，就不会吸引投资商。这要脸的事也和风险结伴而行。

老任说不拍也罢，毕竟这个年纪了，做导演是份体力活。

老冯又说：原想等女儿留学回来，一起在北京住着。去年她在洛杉矶成家了，也拿了绿卡，我就没有理由剩在北京了。京城虽大，却找不到几个可以说话的人。

老任问：没想过再找一个伴？

老冯摇摇头，笑笑：一个人过了二十几年，过独了，也过惯了。和一个人朝夕相处，不是件简单的事，有可能是件恐怖的事。

老任说：你这种生活，我是虽不能至，心向往之。

老冯就感叹道：有时候想，这男人和女人的关系，无非就是个精神和肉体。孰轻孰重？是分不大清楚的。我曾经和一个电视主持人好过，死去活来，前后也就是两年光景，结局还是不欢而散。既然如此，何必当初？与其这样，还不如不在一起……

老任说：现在和谁都可以在一起了，无非就是打一场风花雪月的麻将嘛。

两个人呵呵一笑。

笑过，老冯有些茫然地看着不远处的长江，接着说：你今天来的时候说起张岱的《湖心亭看雪》，巧的是，我这次回来，随身就带着一册《陶庵梦忆》。我开了十几个小时的车，一路上都在想，人这辈子，说长不长，说短不短，应该和有趣的人在一起。喜欢张岱，不是喜欢他多么雅致，而是喜欢他骨子里那份情趣——无论是夫妻、情侣、朋友，都得有趣。到了我们这个年纪，一不能再做无趣的事，二不能再交无趣的人。

老任首肯：说得太对了！

这时候林晓雪回来了。女人的表情看上去没有多大的变化，但肯定是去洗手间补了一下妆。女人像没事似的说：接着来呀，老季呢？

话刚落音，隔壁书房里就传出了老季的大嗓门：这个月的钱我已经打过去了，物业费水电费我也代缴了，你还要我怎么样？

林晓雪不禁叹了声：这个老季，跟老婆闹了一辈子，何必呢？不如离了，像冯老师这样多好。

老冯说：我又能好到哪里去呢？像苍蝇那样飞了一圈，最后不还是飞回来了？

老任说：那不一样。就是苍蝇，那也是一份自由。晓雪你有吗？

林晓雪停顿了一下，说：以前没有，现在有了。不过，我不做苍蝇，我是蝴蝶——从前男人是蝴蝶，围着我转悠，现在也该轮到我做一回蝴蝶了。我林晓雪不会让任何男人养我，他们也养不起我。再说了，有些东西不是钱可以买得到的。

女人说得很冲动，在老冯看来，等于是把刚才电话里的意思透漏了。电话那边的男人听了会是什么滋味呢？这么想着，心下便对这位青衣生出了一份敬意，站起身给女人续了杯热茶，双手递过去，越发觉得那双手好看。

老任看在眼里，就说：晓雪，冯老师这是给你敬茶呢。

林晓雪便使了舞台上身段：不敢当啊，奴家这厢有礼了！

老季也气冲冲地回来了，嘴里还在嘟囔着"简直不可理喻"。老任就说算了，谁家都是一笔糊涂账，你带着这个情绪打牌，肯定要点炮的。

老季说：我这辈子扫兴的事情见得多了，来吧，谁的庄？

老任说：你自己的呀，没有信誉的家伙。

于是接着打，几轮一过，老季就吃了老任两口。

老任看看老季：什么意思呀，想搞三口啊？告诉你老季，我这回可是起手听牌！

老季冷冷一笑：我又不是吓大的。

说话间林晓雪打出一张东风，老季立即叫道：碰！

林晓雪说：你又碰了我的东风啊？

老季说：这叫小楼昨夜又东风！

林晓雪说：行啊，季春风，又听牌了不是？

老季说：没有，我还得吃老任一口，天和！

老任就很不屑地一笑：你这人呀，就是心太大，当初画展要是在市里!办，不就办了？非要拿到省里去……

老季说：莫啰唆，出牌！

老任就凑近看看老季面上的牌，心下做了分析，这才小心打出一张二筒。不料老季毫不迟疑：吃！卡二筒，三口！

老任说：看不出啊老季，打五筒吊二筒，你这是给谁挖坑呢？

老季毫不含糊：你不是说，机会和风险同行吗？

227

说着，就打出一张三条。如此一来，他手里就剩一张牌了，大吊车。

老任看看老季：你是吊二条还是四条呀？实话告诉你，我手里可都是成对的。

老季说：成牌只要一张。

林晓雪说：你们二位都得自摸了，不如打给我和冯老师和了算了。

老冯说：我还没听牌呢。

老季活动了一下身体，说：人哪，有时候就要逼自己一把，背水一战，绝处逢生。就像我们的冯老师，当初如果不是只身闯京城，能有今天吗？

老冯忙说：别拿我说事好不好？那时候我可是一只丧家之犬，没有一个单位肯要我的……

老任说：老季也就是在牌桌上猖狂，有本事回家试试。你刚才隔壁喊那几句，我都怀疑是已经把电话挂断了，嚷给我们听的。借你一副胆，你也不敢跟老婆叫板。

林晓雪说：哟，闹了半天是在演戏呀？

老季说：我是画画的，你才是演戏的。

林晓雪听出老季话里有话，脸上顿时就有些不悦：是啊，我是演戏的，可我这辈子只向观众演戏，不会对朋友演戏，更不会对自己演戏。

老季一见对面的女人生气了，就赶紧布上笑容：晓雪，你别多心，我可没别的意思……

老冯也忙着调和：不说了，我们今天聚到一块，是有趣的人做有趣的事——四万。

碰！老任说着，就把手里两个四万摆出来。

老季说：你这家伙，才听牌呢！

老任笑着说：牌桌上没有真话，三条。

老季看着老任：任先生莫非是成一四七条？

老任笑而不答。

老季摘下眼镜擦了擦，又搓搓手，故意把这个时间拉长。

林晓雪嚷起来：哎，打不打呀？

老季说：莫急，好饭不怕晚。机会来了——

说着就撸起袖子，慢慢伸到牌前，再用香烟熏黄的中指一搓，脸上顿时就变了颜色：上碰下摸，单吊四条——天和！

大家都看傻了。

林晓雪说：季春风，你今天交了狗屎运呢！

老季无比得意：这叫有志者事竟成。

老任沮丧地把自己的牌推倒，说：你们看看，我就是成一四七条，竟被这家伙单吊了四条，有什么理可讲啊？

老冯说：这就是麻将。

五

很多天后，老冯回忆起这个周末的牌局，就觉得，自己的手气其实不差，但是很多牌打错了。明明是一手好牌，却弄巧成拙，反倒给别人点炮，画虎不成反类犬。明明是可以做成的大牌，却因求胜心切，把格局做小了。明明是可以自摸的，却失去了应有的自信和勇气，急功近利地把牌推倒了。如果不是最后一把的绝地反击，这场牌局会让老冯输得狼狈不堪。

最后一把，老冯拿到的是一手烂牌——没有一铺牌，连个像样的牌架也没有，不是边张就是卡张。打十三不靠，又只有两个风头。但是，老冯发现，面上打出来的风头不多，其他三家拿出来补牌的中、发、白也很少。于是他就想往十三不靠发展了。说起十三不靠，本地的麻将术语叫"打三不打四"，意思是，你要是三张废牌，可以打；四张就很难。现在老冯需要打出五张才能听牌，难度可想而知。并且，按规则必须自摸。

这十三不靠，如果东、南、西、北、中、发、白齐全，叫"七星归位"，算天和。眼下老冯只有东风和北风。好的是，老冯第一张就抓起了一张南风，等他打出一张七万，上家的老季一碰，他又得到了一张红中。

红中本属于下家老任的，他的手指都已经触到牌了。见老冯没有把红中摆出来补牌，就说：老冯你这是在打十三不靠啊！

老冯承认：华山一条路，别无选择。

精明的老任看看桌面，说：出来的风头不多，中、发、白也不多，你这回打成了，我们都没听牌呢。

他的潜台词是：我不能让你打成。

林晓雪说：我是一上一听，任局长你手别太紧，我在你下家，吃不到也碰不到。

老任说：那我就放生张了。九万！

碰！林晓雪眼睛一亮：奴家听牌，就等亲爱的冯老师点炮了。

老冯说：不要的牌我都打，我是不会半途而废的。

老任说：牌桌上，该放弃的还是要放弃。

老季说：这话我不同意，该冒险就要冒险。晓雪面前就三个花，小牌。点了又怎样？

林晓雪说：怎么着季春风，你面前倒是开着一排的花呀，可和了才算数，你听牌了吗？

老季笑笑：早着呢。

老任就说：冲着老季这句话，他肯定是听牌了。

林晓雪说：没错，这人年轻时张嘴就是瞎话。

老季说：你干吗老挤兑我呢？任局长不是说了，牌桌上没有真话嘛。

林晓雪仍是不依不饶：你是牌桌下也没有。

几轮下来，老冯松了一口气，终于是听牌了。他肯定是最后一个听牌的，但是只能成六筒和白板。六筒面上已经打出了两张，白板也出现了三张，所以，能和的概率极小。不过，倘若摸到那最后一张白板，他就做成了天和。

又一轮下来，老冯摸到了一张一筒，这就意味着，如果把手中的三筒打出去，他可以和四筒、五筒和六筒，再加白板，和牌的概率增加了几倍。可是，面上虽有六筒，但没三筒，一张也没有。而一筒是有的，这张三筒打出去极有可能点炮，岂不前功尽弃？

想了想，老冯还是把一筒打了出去。

老任看了看老冯：十三不靠一筒可是好张，怎舍得打出来呀？

老冯一笑：有舍才有得嘛。

老任说：看样子你是打听了。

老冯一笑，不再接话，感到心跳加快了。

老任又打出一张生牌，六条。对面的老季就大喝一声：杠！

四张六条摆放得整整齐齐，结果没杠到。

老任放出生张的动意，是希望自己点炮了事，免得被老冯自摸。可是上家这么一杠，就让下家的老冯捷足先登了。老冯喝了口茶，抓牌，就觉得手指下面一滑——他摸到了最后一张白板，七星归位，天和。

老冯把牌推倒，得意一笑：不好意思。

老任就无奈地摇着头，说：你这手牌，全靠老季帮忙啊！

林晓雪对老季瞪眼：成事不足败事有余！

老季干笑着，一语不发。

老冯看看三家的牌，不禁倒吸了一口凉气——老任听的是边三筒，老季听的是三六筒，林晓雪听的是三筒五万对倒。如果他那张三筒打出来，那就是一炮三响，可谓杀机四伏！不能说不险，不能说不侥幸，也不能说不精彩。

作家在当天的日记里只写了这么一句话：麻将是好玩的。

2017 年 10 月 18 日　安庆

（原载《人民文学》2018 年第 1 期）

断　桥

1

我姓许，认识我的人一般客气地称我许先生。当然，他们根本无法知道，我与传说中从前那个在钱塘开生药铺的许仙是同一个人。民间需要传说，可是，如果说眼下的某个人生活在传说中，或者从传说中走出来，就没有谁肯相信了。这样的时候，时间便显得异常重要。传说中的时间从来都是暧昧的，实际上今天的一些对时间表达的词语，比如过去，比如从前，也一样暧昧。认识了这一点，我在今天里的故事才有了依据。

此刻，我就站在西湖的断桥边。唐代的白居易卸任杭州刺史离开之际，曾丢下一首伤感的七律，其中"未能抛得杭州去，一半勾留是此湖"，指的就是眼前这面水泊。这水其实也普通，是传说赋予了它显赫的大名。很多年前，正是在此地，我与来自峨眉山的白素贞邂逅，我们的情感生活由此萌生，成就了一曲千古绝唱。在我的记忆里，那一天是春分——这与某些文献记载有所不同。那是一个罕见的明媚的上午，湖光山色，碧波塔影，让人流连忘返。谁能料到，这么好的天气转眼间风雨就不期而至呢？好在我是一个谨慎的男人，出远门总是随身带着伞的。那是一把八十四骨、紫竹柄、暗红色的油纸伞。那个时候，我不知道这场突如其来的大雨源自一个女人的指下乾坤。但送伞过去，则完全发自我的一片真心。天底下没有一个男人对美女是不动心的。如果有，就只会是两种人——变态狂和阳痿患者。而我绝不属于这两类，我自觉仪表堂堂，心态平和，身体健康。我匆忙走上前，礼貌地把油纸伞送到那位立于桥头的一袭白裙的女人手上，就知道，我们是互相看上了。一见钟情这种事，自古有之，只是时间越久越不可捉摸。后来的事，大家基本上都知晓。戏台上的《白蛇传》，几乎各个剧种都有，至今还在上演着。最著名的还是京剧，数梅先生那一派最受欢迎吧。有一年我在京城还看过一回木偶戏的《白蛇传》，看着那一对玩偶被幕后的手操纵着相拥而泣，我居然也不禁落泪。为自己的传说所感动，多少有失体面，边上的观众都觉得匪夷所思。他们不知道，作为这个动人传说的一部分，作为当事的主角之一，多年来我一直深受困扰。所以，我不想过多饶舌，重复大家耳熟能详的传说。我要讲的，是今天的故事。

　　我在断桥上徘徊。这桥，据说是唐之前就已经有了的，虽然几经修葺。历史上这桥并不曾断过。后来的解释，说是"段家桥"的谐音，又说是在某一场雪后，桥面上向阳一侧融去了，背阴的一面还残存着，远远望去，视觉上有一种似断非断的效果。我不喜欢这样的解释。田汉的剧本中那句"看断桥，桥未断，却寸断了肝肠"，倒还准确；后经杜近芳的演唱，就更显得感人了。一曲《白蛇传》，最好看的就是"断桥"一折,所谓戏胆。我不希望这座桥在未来的某一天里果真断裂,但我又特别喜欢"断桥"这一称谓,让后代人联想起我们这个忧伤而美丽的传说。不过眼下的断桥只是我约会的地点。

约会与邂逅是大不相同的。实际上我也不喜欢约会,这种有备而来的两性相见,感觉是在谈一笔生意,同时也剔除了运气的成分。虽然我是一个笨拙而木讷的男人,但内心充满着无边的浪漫,否则,我也不配走进这部不朽的传说。我只是暗自庆幸,毕竟,我与她未曾谋面。

我是在网上认识她的。与神话传说相比,今天的网络更为奇妙,偌大的世界,却能把两个毫不相干的人勾连起来,天涯若比邻。这是从前无法想象的。这勾连始于今年的端午之夜。多少年来,每逢时间转到这一天,我的心情都会变得黯淡而阴郁。我仍然会为自己曾经的莽撞懊恼羞愧。那时我好幼稚啊,我总这么感叹着,身为人类却不知道人世间许多事情隔着一层纸,需要遮挡与掩饰,万万不可点破的。可我还是点破了,让素贞喝下了雄黄酒,显现出了真身。一个人难道不能和异类相爱吗?这是我很多年之后的感慨。

那个晚上,我自然无法睡眠了。大概是在午夜时分,百无聊赖的我坐到了电脑面前。我平时是不喜欢上网聊天的,但今晚是个例外。经过烦琐的注册,我进入了一个"超时空接触"的聊天室。大概因为我是新客,所以刚一露头,就有一个人点击了我,问我,你是男人吗?

我说是,我当然是男人。

问我的人说，你也可以是女人。

我说，我明白网络是虚拟的空间，但我本来就是男人呀。

问我的人又发来一句：你是四十岁以上的男人吗？

我迟疑了，因为我不知道自己的年纪，但肯定不是四十岁。见我没有回话，对方便发来了一连串的"？"，我赶紧就回了一句：就算是吧。

于是就沉默了一阵，我想对方肯定也纳闷了。

过了会，对方又发问了：贵姓？

免贵姓许，我敲着键盘，你可以叫我许先——我手笨拙，打字很慢，"生"还没有打出来，发问的人就说了，是仙吧？你是想说自己是从前那个许仙对吗？我很惊讶，没想到自己在民间居然享有如此的知名度。

我有些心虚地回了句：是的，在下就是许仙。

借助传说在民间隐藏了多少年，我已经记不得了。但被人识破——尽管是无意间的识破，却是瞬间的事。我并不紧张。我可以平静地告诉她，我与传说中的许仙许官人同名同姓，这一点也不触犯今天的法律，何况天底下叫许仙的人多如牛毛。我甚至可以编造出，生我的父母是《白蛇传》这出戏的粉丝，所以才给我取了这么一个以示纪念的名字……

如果你是许仙，那么我就应该是白娘子了。

这句戏言让我怦然心动，我忽然感觉到，某种久违的气息在这个瞬间仿佛把我们接通了。但是很遗憾，对方已经退出了。那个晚上，沮丧的我百感交集。

2

多少年来,我一直在茫茫人海里苦苦寻找着素贞的踪迹。我知道这也许是无望的,但是没有办法,寻找白素贞已经成为我人生的信念。我们的传说至今广为传颂,方兴未艾,经久不息,不断被制作成各种形式的艺术品向世人轮番展示,同时也让那些利用我们的投资者赚得盆满钵满。这无疑给了我勇气,我从传说中走出来,只为这件事。端午之夜的网上邂逅,让我窃喜。那一刻,直觉清晰地告诉我,这可能是我最后的机会。我承认这有点心存侥幸——既然我能从传说中走出来,她为什么不能呢?西湖边上的雷峰塔于公元1924年就倒塌了,她早已脱离了苦海。我想,或许这多年来,她一直在某个难以察觉的位置,比如窗外一片云彩的后面,比如某个寓所一台电脑的前面,冷静地看着我,只是我看不见。

人是有贱性的。她越是给我脸子,我就越想自讨没趣。我认定网上邂逅的那位是个女人,而且想象中和我们家素贞相貌相当,只是性子稍躁一些。翌日上午,我去附近的超市扛回了一箱方便面,一连几日,二十四小时在电脑前值守,等待着这位意中人随时光临——功夫不负有心人,上个周末的晚上,她终于再次出现了。这回是我主动找了她,我有些唐突地问道:酒醒了?

过了一会,她才回答:还是那个许仙?

我说:你可以叫我许先生。

她说:不,我就叫你许仙。你最好现在就把名字改了。

我采纳了她的建议,把网名直接标为"许仙"。既然有人已经识破了我的身份,继续隐藏是不道德的,也是可笑的。她呢,更名为"白姑娘"——这也是我对素贞最初的称谓。这种改变，表示今后我们的聊天应该是专一的，容不得他人插手。

那个晚上我们只做了这项改变。正想着从哪儿说起，她发来一个无奈的表情，说不好意思，刚接到一个电话，临时有一个应酬，只能下线了。如此惊鸿一瞥令我有些失落。我看了一下表，时间已临近午夜，她竟还有应酬。电话(尤其是手机)是招致烦恼的最大发明。我或许是有了一丝醋意，不过很快就过去了。

这以后，我们网上的会谈成为常态。一般情况下，总是我先到，这种情形与现实生活中男女恋爱是一致的。在等候的那段时间里，经常会有访客主动点击我，我一概不去理会，顶多只是礼貌地告诉他或她，不好意思，我在等人。有时候，个别访客会很不高兴，甚至不耐烦地说句粗话：你是许仙？那可是男人堆里最大的×啊！我一点也不动气，毕竟网络是虚幻的，再说我也一样虚幻。我只有在与她的交谈中才慢慢变得真实起来。

我说过，从端午之夜的相遇，我就明显感受到一种气息存在于我们之间。这气息如同耳鬓厮磨后的私语低吟，让你神往而慵懒。我寻找这气息已经好久了。她很坦率，说她上网聊天不仅是因为无聊，也因为寂寞。我对她说，我也是，我觉得孤独。她说这难道不是一回事么？我说好像不是。她说，我懂了，寂寞指的是身体的感受，孤独大概是指心灵的滋味吧？我没有解释，因为她已经解释得很好。

可是我没想到她会说：你是一个虚伪的男人。仅此一点，你就没有从前那个许仙可爱。许仙在断桥遇见白娘子，是主动勾引的，一把伞就成就了一桩好姻缘。

这话让我耳热。是啊,当大雨淋头之际,我本可以借着伞的遮掩低头而过的,可是我没有,而是把伞送过去了,还直勾勾地看了面前那天人一眼。这算是勾引吗?

即便是勾引,也不能算作罪过吧?我这样说。

她笑了。笑得恰到好处。

我时常听人说,网络上的话是不可相信的。但我的感受不是这样。最初几次,我们交谈都是礼貌有加,我称她白姑娘,她称我许先生。直到有一回她称我"小乙",才让我很不舒服。这称呼源自明代冯梦龙那篇《白娘子永镇雷峰塔》,在那位冯先生笔下,我的名字叫许宣,又作许小乙,字面上看似乖巧,但形象委实令人生厌。

我说:别叫我小乙。我一点也不喜欢这个名字。

她说:你是在乎自己的形象吧?

我承认。继之我指出,冯先生的诸多设计,是错误的。把"清波门"写成"涌金门"倒也罢了,但不能把"春分"改作"清明"——清明时节雨纷纷,出门的人几乎随身都带着雨具,那我腋下这把伞还能送得出去吗?

她说:你别绕了,你在意的不是地理与节气,而是不能接受冯梦龙把白素贞写成了一个哭坟归来的新寡。

我说:是!这实在太离谱了!

难道写成处女你就满意了?她一点也不客气,说:你这人,跟别的男人其实没两样。我现在告诉你,我就是一个寡妇,你还愿意和我接着往下聊吗?

我迟疑地打出几个字:这,是不对的。

她纠正说：不是不对，是你觉得不妥。

就算是吧，我有些激动地说，为什么后来无论是戏台上、银幕上以及电视上，全都改变了呢？

她说：那是他们不敢面对真相。

他们？

他们是一个特别爱面子的庞大群体，他们嘴上说的从来都很漂亮。

我可能犯了一个错误，我的狭隘与冲动无意间触及了一个敏感的话题——真相。我缺乏底气就这个话题继续谈下去，只能选择回避。于是，我收敛话锋，放缓语气，对她说：你大概不会否认断桥上那场突如其来的大雨与白素贞有关吧？

她说：不否认。

我说：那么，你觉得一个翻手为云覆手为雨的仙人，会趁着夜黑风高盗取官银来置办嫁妆吗？

她说：谁又能保证你的白素贞不是兴风作浪的妖怪呢？否则岂能有"水漫金山"？那一场水患殃及多少无辜，你知道吗？

我回答不了。素贞和法海斗法那当儿，我正在金山寺的大殿里敲打着木鱼，不知道外面发生了什么。事后我也只知道一个大概，但是那些悲惨的痕迹早已被人清除得干干净净。

她接着说：许仙，我告诉你，这世上，人妖之间，或许从来是没有界限的，你未必都分得清。你见的神未必是神，仙也未必是仙，即便是神是仙，一旦落到人间，就得食人间烟火，就会染上人的毛病，不是吗？

我不想再说什么了，最后嘟囔一句：如果我许仙是冯梦龙笔下那种猥琐的男人，还会用毕生的时间去怀念一个女人吗？

她停顿了一下，说：有时候，即使怀念，也未必是你的权利。

那个晚上，我们就此沉默了。

3

几天前的一夜，白姑娘突然改口叫我"官人"，我便本能地喊她"娘子"。这种语言上的暧昧意味着我们关系本质上的提升，让我恍然若梦，仿佛回到了从前。我清楚地记得，素贞最后一次喊我"先生"，是上清波门还伞的那一天。

那天晚上她们姐妹就在我这里住下了。但情形远没有戏台上那么热闹和张扬。一切都来得突然，没有任何暗示和铺垫。当时素贞就简单地在我耳边说了一句：今夜我想住下，可以吗？

面对不期而至的幸福，我不知所措，激动得连话也说不出。素贞说，毕竟是喜事，有劳先生去街上买一对红烛吧。其他的，我都备着呢。我连连点头，兴冲冲地去了街上。我和素贞住在楼上，青儿临时在楼下支了个铺。等我从街面上买了一对大红的蜡烛回来，素贞已经把床收拾利索了——崭新的被子、床单、枕头，但不是大红色的，而是那种桃红色。见我吃惊，素贞便有些羞涩地说：我们姐妹四海为家，所以随身得带上一些干净的衣物。我竟也信了。

那一晚的鱼水之欢我不想在此过多描述，也不想给监管部门带来麻烦。我只说一点特别：她的肌肤光润而凉爽，像一块玉。翌日一早，素贞就起来收拾家了，等我起床之后，她便端上一杯莲子羹，低叫了一声"官人"。我猛然意识到，自己成了一个已婚男人。

你还记得你最后一次喊我"先生"在什么时候吗？我这样问白姑娘，显然带有试探的意思。

清波门还伞那天嘛。白姑娘说，过了那个晚上，我就改口了。

我好激动，一种失而复得的喜悦油然而生。我对白姑娘说：那天，你实际上是以还伞为理由来进行实地考察的。但我看得出来，你一点也不在乎我的家贫。

错。我主要是想看看你这里有没有其他女人留下的痕迹。

原来是这样啊。

你这人看上去年纪也不小了，说是单身，起初我并不相信，所以要亲自上门看看。我有洁癖，同时也不想破坏别人的家庭。

仔细回想起来，还真是这么回事。那天素贞带着青儿上门还伞，刚落座，青儿就说，适才经过林子下面，身上溅了鸟粪，便主动打开了我的衣柜，想找件女人的衣服替换，结果没找到。接着青儿又说头发乱了，还痒得不行，想找一把女人用的篦子，我这里还是没有。哦，原来这些都是事先安排的试探？

那个晚上我们后来再次谈起了雄黄酒。这样，就不可避免地涉及法海。她显得很大度，替我开脱，说喝酒这事怪不得我，责任全在那个秃驴。她这么一说，我就有些不安了，在我印象里，只有青儿才会以"秃驴"称呼法海，娘子历来都是尊称法师的。即使后来完全闹翻脸了，她依然会这么喊。于是我就小心地问了句：你果真是白素贞？

她说：你觉得呢？

我直截了当：你不会是青儿冒名的吧？

她反问道：这重要吗？

非常重要。我语气坚定地回答，我爱的人只有白素贞。

她说：问题在于，爱白素贞的未必只有你一个啊。

这意思已经很明显了，此刻和我聊天的这位，莫非真是青儿？民间至今还残留着青儿原是男身的版本。当初，因为斗法败给了素贞，青儿才答应变作女身，随她姐姐下了杭州。青儿以这种方式与自己心仪的女人相依为命，形影不离。我知道这个底细已经很晚了，那是在我逃离金山寺之后，于断桥边再度与素贞姐妹相遇。青儿一见，便要杀我。在她拔出青锋剑的那个瞬间，我从她眉宇之间看到了一股只有男人才有的杀气。难道现在……

她说：当然，爱你的人也未必只有白素贞。

这又是什么意思呢？

然后她就谈起了那部叫作《青蛇》的电影，问我是否看我？

我当然看过，与这一传说所有相关的典籍、文学创作和艺术作品我都门儿清。这部根据李碧华小说改编的《青蛇》，是徐克最好的电影作品，张曼玉那种卖弄风情的表演，我也可以接受。我不能接受的是王祖贤饰演的白素贞，一副懒散的忸怩作态，整个气质都不对。我当然也不喜欢银幕上那个许仙。我说：这部电影，多年前就看过。

她说：既然看过，你难道就没看出一点青儿的心思吗？

这意思我懂。青儿是这部电影的主角，表现她对我的意思不是一点，而是很多。我记得当时坐在观众席里，手心都急出了汗。作为姐夫，我确实经不起小姨子那样的挑逗，奇怪的是，作为姐姐的白素贞对此也是视而不见。幸好，创作者最后安排许仙死于青儿的剑下，才得到解脱。我不觉得遗憾，因为青儿在刺穿许仙的心脏之前，说了一句动人的台词：你最好和姐姐在一起。这足以说明了一切。我们仨在清波门外共处的那段岁月里，青儿和我是清白的，于是我说：天地良心，我和小姨子无染。

她说：我怎么突然觉得，跟你这种人聊天特没劲呢？

本想是谈谈法海的，没想到话题跑偏了，转向了青儿，以至于险些不欢而散。我喝了口茶，有些沉重地说：端午那天，我们第一次接触，刚说上话，你就下线了。我好失望，通宵未眠……

她回答说：不是刚喝下雄黄酒吗？我醉了，也不想再次让你受到惊吓，如果你再死上一回，我可没有盗仙草救你一命的能耐。

我说：毕竟时代变了，你可以打120。

她发来一个笑脸，气氛得以缓和。然后她说：其实，我第二天有演出，不想熬夜闲聊。

这显然是有意向我暴露她的职业身份。对演员这个行当，我历来是有好感的。我喜欢角，但讨厌明星。于是我问：你是梨园行的？

她说：嗯。演出的剧目是《白蛇传》，我演的是白素贞，你信吗？

我说：你怎么说都可以。如果你告诉我在哪里演出，我可能第二天就会出现在观众席里，为你鼓掌。

她说：这我不会告诉你，你也不用套我的话。不过，我演白素贞是事实，以后我会发一段唱腔给你听，比如"亲儿的脸"。

我说：如此看来，你属于赵燕侠那一路了。杜近芳的门下是没有唱这 段的。梨园行从来都是各唱各的，互不买账。

她迟疑了片刻，发来一句：没想到你还是一个戏迷。

田汉根据《金钵记》改编的《白蛇传》，某种意义上，也可以说是为杜近芳量身定制，那是1954年的事。到了1963年，北京京剧团排演这出戏，扮演白素贞的就成了赵燕侠，她觉得"合钵"一场，白素贞的唱词过于简单，不能表现生离死别的感情，便要求编剧加上一段，她想多唱几句。田汉熬了一夜，把原来的"四问"扩充为二十七行，这便是"亲儿的脸"的由来。赵燕侠那段大唱不能说不好。问题是，我和白素贞从来就没有孩子啊，民间关于这方面的传说纯粹就是扯淡。

4

重提法海，是在昨天晚上。话题还是由雄黄酒而起。这次她采取了单刀直入的方式：这杯酒，究竟是法海送上门的，还是你主动去庙里讨要的？

我有些犹豫，说这件事实在说不清楚。

怎么可能呢？她显然认为我想蒙混过关，语气严厉地说：就是你主动去向法海讨要的。这一点，我想冯梦龙没有说错。

承认这一点，对我而言是艰难的。往事历历，那年端午前一天的早晨，我从白沙堤买莲蓬回来，在断桥边遇见了法海。他是一个看上去特别正经的男子，年纪大约与我相仿，相貌也还端庄，跟戏台上完全是两副扮相。他好像就是为了在桥头等我，以至于我从他身边经过时，下意识地站住了脚。我有些好奇地看着他，问道：法师，你有话对我说？

法海微笑着点点头，说：蜜月已经过了，可许先生却还沉浸其中。

我愣了一下，我们的婚事，除了街坊邻居，外人是不知道的。

眼前这个和尚却了如指掌,这不能不让我感到惊讶。

法海接着说:天上从来不会掉下馅饼,人间也从来没有免费的午餐。

我不想再搭理这个神神道道的和尚,径自走了。法海在我身后抬高嗓门喊了句:明日午饭前我还在这里。

那注定是一个不眠之夜。法海的话让我心迷意乱,对枕边的女人无动于衷。我仔细回想了我与素贞相遇的种种细节,虽然看不出什么多大的破绽,但也不能说毫无疑点。比如,她怎么突然间就布置好了新房呢?差我出去买蜡烛,应该是一个借口……

次日一早,我便偷偷又去了断桥。远远就看见,法海还是坐在昨天的石墩上,看着一册手抄的《金刚经》。他明知我近了跟前,却也不抬眼看我,只道:福兮祸兮,就看这杯酒了。

我问什么酒?

法海道:端阳佳节唯人类能饮之酒。

我便明白是雄黄酒。雄黄这味药,我铺子里是有的。往年的端午,我会以雄黄泡酒,送给街坊邻居。也会用雄黄熬成药膏,给附近的孩子们点抹额头,为了驱防蚊虫。我还见过屠户张老伯将整坛的雄黄酒倒进钱塘江,这老人说,天底下所有的江河都是相通的,这坛子雄黄酒,就是要把汨罗江中的老龙王醉晕,才能保护屈原。那么,眼下法海的这杯雄黄酒,用意何在呢?他强调"唯人类",也就暗示着素贞不属于人类,而是异类……

我不能不感到害怕。可是,我又很好奇。心想这一关总归是要过的,于是就将一包雄黄放进了黄酒坛子……

我的手已经有些发颤了,打出一行字:事情……大致……就是这样。

原以为她会发过来一连串的谴责，但是，她发来了一个调皮的笑脸。

她说：你承认这算一场合谋，但这不是全案的经过。

全案？我很纳闷：这件事怎么会扯到案子上呢？

她说：险些闹出人命，你能说不是案子？我只想告诉你，事情远不是你想的那么简单。

此话怎讲？

她便说开了：既然你认定白素贞是仙人，她怎会不知那是一杯雄黄酒？别以为你玩的那点偷梁换柱的小把戏她看不出来，只是不点破而已，为什么？身为异类，岂能不知雄黄的禁忌？知其不能为而为之，为什么？明知饮下的是雄黄酒，自然更知将会导致怎样的后果，却丝毫不做防范，置爱人的生命于险境，这又是为什么？

我无言以对。没有比偶像的动摇、信念的幻灭更令人伤心的事了，此刻我已濒临崩溃的边缘。素贞这么做目的何在？是考验还是胁迫？我不敢想下去。难道，今夜我将失去我心中的女神？我无法接受这个事实，但我需要面对，躲是躲不过的。这时，手机突然响了，更奇怪的是，面前的电脑也在这一瞬出现了黑屏，死机了。手机的铃声在这个深夜显得格外空洞和阴森。我很不情愿地拿起手机，却听不见对方的声音。我便问：喂，哪位？

对方还是没有回答，但我能听得出呼吸声，很遥远，像钱塘江的潮汐。然后，对方就将电话挂断了。这种事倒是时有发生，以前我并不在意，可是这个晚上却让我感到莫名的恐惧！显然这不是一个打错了的电话,也不是骚扰电话。这些年来,除了几个社区的熟人牌友,我不会轻易向人泄露通信方式。我在想,电话的另一端是谁?会是白素贞吗?不会,我坚信不会是她,尽管白姑娘一连串的"为什么",我依然不会相信白素贞会加害于我。

那么,打电话的人,难道是法海?

我之所以不喜欢冯梦龙,是他笔下的法海从来都是正义的化身。对这位禅师的认识,我经历了漫长的过程。我记得,在金山寺修行的那段时间里,每天深夜,后院里都会传出奇怪的声响。我捅破窗户纸,月光下,魁梧的禅师正赤裸着身体在刻苦手淫。我这才知道,禅师本是个借一袭袈裟掩藏着强盛性欲和叵测之心的男人,所以他无法不去憎恨被其他男人拥有的美女。在钱塘一带,素贞的美丽无疑首屈一指,这便招致了暗算。

电脑的屏幕居然又亮了起来,但白姑娘已经下线了。我只能给她留言:明晚务必一见,切切。

5

时间过了夜间十一点,她还是没有来。按理,今晚她的演出早该结束了。她还会有别的应酬吗?我担心她没有看见留言,更担心她以为我不敢面对真相,选择了逃避。昨晚的事让我心有余悸,我这么说实在有些荒唐,作为一个虚构的人物,竟然还如此在乎一具根本不存在的肉身。当然,与生俱来的好奇心也害我不浅,这样的教训实在是太多了。

谢天谢地,她还是来了。我能想象得出今晚她很疲惫。一聊,果真是这样。她说本来的安排,这出大戏中的武戏部分,比如"盗草"

和"水斗",是由另一位专工刀马旦的演员担任的,但这女孩今天突然宣布结婚,并宣布就此退出舞台。无奈之下,今晚的演出只能由她一力承担了。

演"水斗"一场,她说,我在想一个问题。就算身为异类的白素贞怀有一副菩萨心肠,可许仙这个男人——你别介意,毕竟还是背叛了她;可她呢,却照样为了这个男人去挑战法海,不惜水漫金山,这是爱吗?再说了,既然作为禅师的法海内心喜欢白素贞这个异类,又为何三番五次地同她过不去呢?他其实也是在争夺许仙——我好迷茫,我不知道如此斗来斗去究竟为了什么,看似都是理直气壮、正义感满满的,其实都不堪一击。

不想打断她,我愿意倾听。

她继续说:回来的路上,我好像是想明白了一点。这出大戏里,神怪从来都是主角,纯粹算作人类的,只有一个许仙,莫非,神怪是想争夺对人的控制权?只是手段不同罢了——白素贞以爱的名义,法海以感化的方式,但目的却是一致,就是对人的控制。我想,这或许就是为什么神话这种东西生生不息的根本所在。你同意吗?

我说:我脑子很乱,但是,恕我直言,我不希望这个故事——就算是神话吧,就此完结,我愿意这个传说千秋万代……

这样你就可以安然活在其中永垂不朽?

我沉默了。

但我不希望这样,真的不希望。她说,没有神话的人间便是最好的人间。

……

白姑娘就此消失了。第二天，我发现她给我留言：

官人，也许某个周末，我们会在断桥上相逢。保重。

这句简短的留言让我热泪盈眶。

那以后，每逢周末我都会去断桥走上一圈。无论阴晴，腋下都会夹着一把伞。我深知这是无望的奢求。其实，从第一天起，我就猜到这会是一个善意的骗局。即使这样，我也照样会去，尽管故地重游让我伤感。断桥边上，有一个化妆照相留影的摊位，有人穿着《白蛇传》的戏装，正在吆喝着"十年修得同船渡，百年修得共枕眠"，不过没有人搭理。或许，传说正以一种难以觉察的方式在民间悄然消失，如同气温升高之于冰山消融。可我还是不想离开这个传说，人们似乎也习惯与传说为伴，如同睡惯了自己熟悉的枕头。但是，这一切都会改变，这一切正在改变，不以人的意志转移。

夕阳西下，所谓的"雷峰夕照"早已名存实亡，重建的那座唤作雷峰的塔，是带着自动扶梯的，怎么看，都像是一个商场。

公元1924年，雷峰塔倒塌的那个上午，我闻讯赶到了现场。那座破烂不堪的砖塔，委实坍塌于我的眼前，但是，却寻不得素贞丝毫的踪迹。我跟随那些政府专家进入塔下的地宫，除了找到几卷破烂的经文和几颗黯淡无光的舍利，就没有任何发现。法海禅师的那只金钵哪里去了？我这才真正地相信，法海当初说的"雷峰塔倒，白蛇出世"只是用来诓我的。我就这样被神话一般的传说欺骗了这么多年，最终让自己成为传说中卑贱的陪衬。

至于法海禅师，在吴越的乡间，老人们至今都认为他是逃到坚硬的蟹壳里避祸去了。于是每逢中秋，我都会亲自煮上一篓子螃蟹，用小火慢慢煮成橘色，再一一剥开，倒是见到一个个袖珍的和尚模样，仿佛入定了。然而我分明错了,关于法海避祸的传闻不胫而走,然而并不可信,这位非凡的禅师依然混迹人间,他是不会轻易放过我的。好几次,我走在纷杂的人群中,某个瞬间,会猛然觉得背脊上停留着两道寒光,我这才清醒过来——有人从来就没有放弃对我的跟踪,还是以某种崇高的名义。

2018年7月25日,于泊心堂

(原载《山花》2018年第10期)

十一点零八分的火车

一

闻先生时常怀念从前的火车，应与 2005 年的一次南下旅行有关。

闻先生是个写小说的男人，也写过话剧和电视剧。那年他四十三岁，但是离婚已有八年。离婚之后的闻先生基本上漂在北京，他以一部长篇电视剧的稿费在双井桥附近一个体面的小区，买下了一套四室两厅。那时候北京的房价不贵。对于那次旅行，闻先生现在只记得是 2005 年的春末，小区里的树都绿了，花也开得茂盛，却忘记了具体的日期。但是他又准确地记得，那是从北京开出的十一点零八分的一趟车，Z 字头的，那种白蓝相间的列车。这个时刻出发我很从容，闻先生说，既避开了北京交通的高峰，又解决了吃饭问题。

闻先生历来不喜欢坐飞机，对于他这样一个仿佛永远在路上的男人,飞行无疑等于恐惧。人悬在万米高空,最大的渴望就是脚踏实地——多年前他曾在一篇小说里这样写道。所以,闻先生毅然选择了火车,订的是软卧,还是下铺。不过,熟悉他的人都心下明白,戴着近视眼镜的闻先生其实是个胆小而又妄为的男人,看似斯文,骨子里却不安分。闻先生喜欢坐火车,与其幻想中的一次或者又一次的旅行艳遇期待有关。事实上他的两任女友也都是在火车包厢里聊上的。

这趟车的终点站是深圳,闻先生的目的地是广州,去参加一个笔会。从北京到广州,行程二十一个小时。对于一场可能发生的不期而至的艳遇,时间显得富裕。闻先生是自信的。出发之前的一周,闻先生理了发,养过几天后的发型看上去非常自然。他又换了一副无边框的眼镜,配上暗蓝色的皮夹克、米色的风衣和棕色的条绒裤,对这种不经意的搭配装束,闻先生感到满意。那个上午出门,他还特意借电梯里镜面不锈钢审视了一眼。

气质。闻先生觉得自己还算一个有气质的男人。

那趟车不拥挤,大概与行程太长有关,不能朝发夕至。很多人不喜欢在火车上过夜,这与闻先生相反。以往的经验证明,夜行火车其实意味深长。有一年去拉斯维加斯,闻先生还去看了一处专供偷情的场所,每个房间都布置得像摄影棚的场景,有树林,有马棚,有游泳池,当然还有软卧车厢。现在闻先生已经走到了软卧车厢,八号,只看见一名乘务员在换垃圾袋,显得很安静。闻先生找到自己的包厢,拉开门,便吓了一跳——一个穿红羊绒衫、牛仔裤、梳一根短辫、身材高挑的女人正在床铺上收拾化妆袋,却把一只长腿倒架在对面的上铺。

这形象是绝美的，一种无法想象的美。时隔十多年，闻先生还这样对人说。她肯定是位舞蹈演员，应该是跳芭蕾的。这种造型在舞台上腾空而起就是"倒踢紫金冠"，这个画面至今还浮现在我的眼前，仿佛伸手可触。

闻先生足足欣赏了一会，才轻轻咳了一声。

女人这才意识到有人来了，便轻松自如地把腿收回来。

不好意思，她说，我有练功的习惯……

说话间女人的脸颊泛红了，略显拘谨。

没事的，闻先生微笑着说，你接着练，我正好出去抽支烟。

闻先生把随身的行李箱推到一边，就离开了。他走到车厢连接处，点上香烟，"倒踢紫金冠"的形象再次清晰地浮现而出。好看，闻先生用劲吸了口烟，太好看了！然后再回头仔细去想那女人的容貌与其他。虽是惊鸿一瞥，闻先生也大致看清楚了。女人同样是好看的，眼睛很亮，一副好身材，那根独辫也显得精神，看上去应该有三十出头吧？这么想着，闻先生就觉得很享受。在未来即将开始的漫长的二十一个小时里，他会认真咀嚼这一过程。他不能不感到享受。

一支烟抽完，列车移动起来。闻先生抬腕看了一下表，十一点零八分，列车正点发车。这是春天里北京十一点零八分的火车，闻先生记下了这个时刻，却依旧站在原地，有些茫然地看着眼前不断掠过的景色。明媚的阳光映照在玻璃上，跳动着，给人一种温馨活泼的感觉，更像是舞台。在这样的布景和灯光映衬下，一个美丽女人以"倒踢紫金冠"的姿态悬浮在空中,一路陪伴着我们的闻先生……

很多年前,一位前辈诗人,站在这块新生的土地上,对着苍茫的天空喊了一句——"时间开始了!"

闻先生的时间似乎也开始了。

二

闻先生回到包厢,女人已经收拾停当了,正沏上一杯枸杞红枣茶。闻先生注意到,女人的手指也很长。这就是一个为艺术而生的女人。此刻包厢里就他们两个,暂时不会有人打扰他们。这是个好的开始,闻先生想着,和这样一位好看的女人一路聊到广州,实在是上帝的垂爱。

您到哪?女人客气地问道,我是终点站深圳。

我到广州,闻先生说,比你早一站。

我去看朋友。

哦,我去开会。

您怎么称呼?

姓闻,新闻的闻。

闻一多的闻?

对。

我姓柳,柳树的柳。

闻先生本想说"柳如是的柳",觉得有卖弄之嫌,就改口说,这个姓很配你的职业——你应该是从事舞蹈的吧?

以前在部队文工团跳芭蕾,现在转业了,在北京一家国企打杂。您是做什么的?

我嘛,是从事文字工作的。

记者?还是编辑?

差不多,无非就是写写字。

写字挺好的,干净。

写字干净?以前交往的女人基本上都说写字好辛苦。或者问,写字挣钱好难吧?眼下的这个女人却说干净,新鲜。闻先生正想着,女人的手机响了,她看了一眼号码便出去接听了,以此结束了这场不咸不淡的谈话。后来闻先生不止一次地问自己,为什么当时不对她说出自己的真实身份呢?这个时代作家早就不是什么可以值得炫耀的头衔,不过一份职业而已。他也没有多大的名气。如果说带"家"的称谓有自我抬高之嫌,他也可以换一种说法,比如"写小说的"或者"编剧"。但是他却选择了最乏味的一种表达——从事文字工作,俨然一副公务员的腔调。闻先生这辈子最瞧不上的恰恰就是公务员。他曾经在机关混迹八年,回想起来完全是在浪费生命。其实那个瞬间,闻先生头脑里转悠的,是一片风景,是他自认为既能够凸显才华,又可以引起女人赞叹的一个联想。"闻"和"柳"——两个姓氏让他想到了西湖八景之一的"柳浪闻莺",他正打算怎样才能得体地把话题引到这片风景上,女人的手机便冲撞进来,于是这联想中的景致顷刻间就破败了。

女人的这个电话有点长。闻先生靠在被子上,再用车厢里的过期报纸垫脚,把腿放平,看似安静地翻着一本随身带来的书——瑞典导演英格玛·伯格曼的自传《魔灯》。他喜欢这个瑞典人的作品，实际上他一直在想那个女人的电话，揣度电话另一端是谁。或许就是她那位深圳的朋友吧，应该是个男人，做生意的还是当官的？闻先生忽然觉得自己这么想有点无聊，这种俗气的念头几乎湮灭了脑海里的那幅"倒踢紫金冠"。他禁不住低声骂了句粗话。

列车广播通知，午餐的时间到了，餐车在九号车厢。

餐车就在隔壁，闻先生却不觉得饿，毫无食欲，却起了睡意。他勉强看了几行书，就觉得头晕得厉害，索性把书搁到茶几上，侧身睡去。眼睛一闭，"倒踢紫金冠"便回来了，但是和前面相比，只有轮廓，没有了形象。

列车行驶的声音逐渐弱了下去。

闻先生居然睡了一觉，还做了一个完整的梦。那是遥远的乡村夏夜，少年的他挤在稻场上看露天电影——舞剧《红色娘子军》。这是他平生第一次看芭蕾舞，觉得好奇怪，为什么银幕上的女人要用脚尖走路呢？那不吃力吗？实际上这是一次回忆，梦中所见都是纪实，只有一个画面属于梦境。那就是，电影里的吴清华突然一个"倒踢紫金冠"，直接冲出了银幕，向他逼来，尖尖的舞鞋差点刺到了他的眼睛……

闻先生？闻先生？

哦，我睡着了吗？还真是……

闻先生睁开眼，感觉阳光已经明显西斜了。他看了一下表，老天，时间已经是下午三点多了！他戴上眼镜，看见对面的女人正看着他，手里拿着他的那本《魔灯》。

257

您刚才叫了一声,是不是哪儿不舒服?女人说。

闻先生坐起来,有些尴尬地笑了笑,说:昨晚赶稿子,睡晚了。

你们做文字工作的,是不是经常熬夜?那可对身体不好啊。

确实不好……

说着,闻先生就出去了,进了盥洗室。镜面磨损得厉害。镜子里的那张脸怎么看都不精神,显得疲惫,而且,鬓角的白发显得明显。闻先生不禁叹了口气,然后便自责不该睡得这么沉。三个小时。三个小时就这么白白浪费了。

等他回到包厢,女人已经把《魔灯》放回了原来的位置。女人说,不好意思,没经过您的同意。

没事,你接着看。

我未必看得懂。但我知道伯格曼,也看过他的几部片子,像《野草莓》《第七封印》什么的。

喜欢吗?

谈不上喜欢还是不喜欢,不太懂的,但是能感觉到他跟别的导演不一样。

这些电影都是在部队看的?

是在朋友家里看的。

就是深圳的那位?

不是,是我……以前的搭档。他虽然是跳舞的,但兴趣很广泛,知识面算宽的,父母也是文化人。

看来你对这位朋友印象很好,恕我直言,我感觉你们不是一般的朋友。你说是搭档,我也觉得不是一般的搭档。我这么说,你不介意吧？

您为什么这么认为呢？

你刚才说话，出现了一点停顿，我注意到了。

你这人很敏锐呢，女人随意地把辫子由胸前送到身后，说：是的，我们以前是朋友，也是搭档。后来作了夫妻……两年前又散了伙——不复杂吧？

说着，女人哈哈笑了起来。

如果你觉得方便，可以对我说说吗？

可以呀，女人毫不迟疑地回答，但是，你得答应我，不能往报纸上写。

我答应。

三

我以前是不在意我丈夫的，不对，现在得说是前夫了。真的不在意。他很优秀，是舞蹈队的副队长。演员嘛，帅气很正常。他这人有点高傲，平时喜欢读书、看碟，除了工作关系，我们私下里连顿饭也没吃过。我其实也不在乎他，你家境好条件好关我什么事？我无非就是练功、演出，再练功、再演出。可是没想到，一次演出——很重要的演出，拉近了我们的关系。

您这个年纪应该看过芭蕾舞剧《红色娘子军》吧？我们团当时演出的都是折子，舞蹈队人少，阵容不齐，演不了整场的大戏，只能演折子。第一场"常青指路"，我演吴清华，他是洪常青。那天晚上的演出，是欢迎军区首长视察。打头炮的就是"常青指路"。

其实我们并不紧张，这戏都演过很多遍了呀。可是谁能想到，偏偏就出了差错！还记得有段双人舞吗？有转圈，有托举，不知咋的，他一不留神就把手伸进了我的袖口——那袖子可宽大呢，伸进去应该很容易抽出来的，可他用力太猛，伸进去的手居然就被我的文胸缠住了，一时就没抽出来，天哪，台下可就一片哄笑，我隐约看见第五排中间的人站起来了，然后，几个人一起走了……

第二天就当笑话传开了，说洪常青把手伸进了吴清华的袖子里，还不想抽出来。这么一闹开，就成了政治问题。他先是停职反省，后来连演出都不让他参加了，就在团里当勤杂。等那年我们下基层巡演回来，他已经转业了。部队嘛，历来是很严肃的。

连顿送行的饭都没吃，我突然就觉得好难过。再说了，这事也不能完全推到他一个人身上，我也有责任的，毕竟是两个人的舞蹈嘛，是有配合的，即使出了舞台事故，也得互相弥补、解决。可我当时确实是慌乱了，眼巴巴地看着他怎么把手从我袖子里抽出来。那天晚上——我指的是我们巡演回来的那天晚上，我哭了，为他感到委屈。半夜起来，打着电筒在被窝里给他写信，向他道歉，安慰他，鼓励他到地方之后不要背思想包袱……不久，我就收到了他的回信。

就这样一来二往，我们通信越来越频繁。那个时期大家已经不怎么写信了，用手机的人开始多了。所以直到今天，我都保留着我们当初的通信。他是石家庄人，离北京很近。等我们开始有点恋爱的苗头时，我就去石家庄找他了。伯格曼的电影就是这个时候在他那里看到的。每看一部片子，他都跟我解释，虽然还是不太明白，但特别喜欢听他解释，他自说自话，我却听得津津有味。他越解释，我就越崇拜他。两年后，我也转业了。什么都不说，水到渠成，结婚吧。我们结婚在战友中间到现在还是一个佳话，说当初洪常青不想把手从吴清华袖子里抽出来，原来都是铺垫什么的。总之，那几年我们过得好开心。

我转业在一家国企，我一个跳舞的什么都不会，只能在办公室打杂。还好，我负责打字文印，不难，还是单独的一间屋。所以我经常没事的时候，就像您刚才看见那样，把一条腿搁到文件柜上，就这样在电脑上打字，感觉筋骨特别的舒展。有一回让我们老板看见了，同样也是吓了一跳，说小柳你没啥毛病吧？我立正报告，老板，我不练功，天阴下雨腰腿会痛的。老板倒很开明，后来还让主任给我调了间大点的屋子，说好让小柳活动身子骨。

我那位这时候也在做生意，承揽工程什么的。他家有些人脉，很快就挣到了第一桶金。然后就给我买了车和手机。有了手机，自然就不再写信了。其实自打我们结婚之后我们就没写过信，人结婚了难道就不写信吗？我喜欢看他写字的样子，他的字我觉得也蛮好看。原来我们计划是在北京安家，他也想把公司迁过来，要么重新注册一个，毕竟是首都嘛。可后来他改了主意，说石家庄那头活还挺多，反倒是北京竞争太强，不好弄。我信了。我说要不我去石家庄得了，一家人别老这么分着。我这么一说，他又改口了，说闷头再干上一年，干脆在北京买个别墅，一步到位。我还是信了。结果……

女人说到这里，包厢的门被人从外面移开了。乘务员带着一个看上去很魁梧的中年男人站在外面。乘务员指了指闻先生的上铺，对那人说，那是你的铺。这人是临时补办软卧手续的，所以他的介入，便让包厢里的两个人都有些不知所措，几乎同时把身体往里端挪了挪。魁梧的男人也并不和他们打招呼，把自己的行李箱举过头顶，"咣"的一下扔到了行李架上，手腕上的金表特别醒目，然后把皮鞋一脱，从闻先生面前直接爬到了上铺。一股脚臭气顿时就弥漫开来。

好在列车广播通知，晚餐的时间到了。

男人说：今儿我得请你，谢谢你给我讲了这么动听的故事。

女人说：那我就不客气了。正好，我带着一瓶普罗旺斯的红酒呢。

说着，女人在红毛衣外面随意搭了件蓝色的大格子披肩，再从行李袋里拿出一瓶红酒，就与男人一起往餐车去了。女人走在前面，这么好看而优雅的女人，手里却拿着一瓶红酒，这让她的背影透出了一股江湖气。这也挺好。关于江湖，闻先生曾在一部书中这样写道：江湖是一个世界。一个夹在现实世界和理想世界之间的那个世界，那该是怎样的一个世界呢？那部书没有描述。

外面的天色转暗了，西边的晚霞还在车窗玻璃上流淌。这趟车的餐车布置得很雅致，旅客不多，两人相对而坐，男人把菜谱推到女人面前，说：你点，但愿能配得起你这瓶法国红酒。

喝酒就是一个气氛嘛。

你看上去可不像个能喝酒的。

以前不行，现在可以。服务生——

服务生很快就到了跟前。女人说，麻烦你帮我们开一下酒，再拿两只高脚酒杯，谢谢。

这时候餐车的背景乐曲换上了肖斯塔科维奇的《第二圆舞曲》，仿佛就是为了配合这场属于两个人的晚餐。这也是男人喜欢的曲目，他只听古典音乐。第一次听这曲子，是在美国电影《战争与和平》中，美丽绝伦的奥黛丽·赫本踏着这典型的华尔兹节奏翩翩起舞的画面让他无法释怀。而现在，对面的女人又让他有了另样的感慨，他看着女人，本想说点什么，却不知从哪说起。男人说：这是我喜欢的曲子。

女人有了短暂的沉默，然后轻叹道：我们以前经常跳这段曲子。

说话间女人的眼睛湿了，她看着窗外，似乎是在掩饰着内心的不平静。暮色让她的面容看上去有了些倦意。这一刻男人好想握住女人的手，但是没有。

服务生替他们把酒斟好，一看就很地道。女人和男人同时举起酒杯，女人说：为了相遇，干杯!

男人便重复了女人的话，一字不差。

四

在男人看来，刚才他不是在与一个女人喝酒，而是随着肖斯塔科维奇的旋律，跳了一段双人舞。他们跳得很随意，纯属即兴发挥，当然也不可能发生男人的手伸到女人袖子里的事故。一种久违的幸福感像风衣一样披在身上，让他感到舒心和惬意。时间已经有些晚了，他们是最后离开餐车的旅客。但他们暂时还不想回到包厢，就坐在走廊折叠座上。

不速之客。男人看了一眼包厢说,隔着门我都能闻到那股味。

好在我带了口罩。

戴口罩能睡觉吗?

可以啊!我们以前下基层,经常这么做。

不影响呼吸吗?

凡事习惯了就没啥。你要吗?我这有富余的。

我肯定不习惯……接着说你的故事吧。

女人却显得有些犹豫了。或许因为这是在外面,时而有人经过,不适合说私密的事。少了一道门,就仿佛隔墙有耳。男人这么想着,便说:不好意思,我好像难为你了。

那倒不是,女人理了一下头发说,突然觉得没啥好说的了。这种故事其实都很俗套,无非就是外面有小三、小四,结局大同小异。做生意的人嘛,我现在好像也不怎么怪他。只是有时候很怀念……我特别怀念他给我讲解伯格曼的日子……那时候我们很穷啊,但是过得很开心。我纳闷的是,怎么人一有了钱,身上的气味就变了呢?

气味?

就是气味不对了。出事之后,他对我下跪求饶过,说了一大堆理由,还说我们马上要个孩子,但是……

你不想给他机会?

怎么说呢?我这人其实还算大度,这种破事也能带得过的,老了就成了笑话嘛。可是我不待见的是他的气味,感觉和原来那个人完全不一样了，连说话的手势都让我陌生，甚至讨厌。这个我忍受不了。

这时候一位乘务员走过来，提醒他们该休息了。男人看了看表，已经是接近十二点了。

他们回到了包厢，那位魁梧的旅客正在起劲打着呼噜，像潮汐一般，一波接着一波。女人低声说，完了，不仅要戴口罩，还得加上耳塞。

他们都躺下了。男人忽然想到了一个问题：如果今天换上另一个男人，她还会接受邀请一起共进晚餐并品尝法国红酒吗？这是他关心的问题，却始终开不了口。意外的是，这时候女人欠起身，拿起茶几上的报纸，卷成一只长筒，从茶几下面伸到男人那端。女人对着"话筒"说：知道我今晚为什么要请你喝酒吗？

女人的话因为"话筒"的效果，显得清晰而亲切。

男人对着"话筒"说：这正是我想知道的……

是因为一件道具。

道具？

就是那本《魔灯》——我喜欢和读书人聊天。

谢谢……但《魔灯》可不是道具啊。

我可没有一点贬义啊，千万别介意。

怎么会呢？

晚安……

晚安……

有些激动的闻先生一时无法入睡，从内心里感谢这盏"魔灯"，让这个夜晚变得如此明媚。他手里还拿着那卷报纸。女人的这一举动，让他觉得好可爱。卧榻之侧，躺着一位美丽而可爱的女人，怎么能入睡呢？而且在他看来，这个举动多少还带有一点暧昧。他有点后悔了，刚才在餐车里为什么没有握住她的手呢？不敢？还是不肯？很长时间过去后，回想起这次不寻常的旅行，男人还是不无感慨：正如遇见一件珍爱的礼物，你是不会轻易上手的。有一种女人，会让男人感到自卑而怯懦，或者，让男人保持住男人的样子。闻先生不知道自己属于哪一种。

五

列车抵达广州的时间是翌日上午八点多。是一个阴雨的天气，因此看起来像是清晨。闻先生在列车的广播声中醒来，一眼就发现对面的床铺空了，被子叠得很整齐。他戴上眼镜，女人随身的行李箱还在原来的位置，只是茶几上的化妆袋不见了。他想她应该是去了盥洗室。上铺的那个魁梧的男人也不见了，大概是中途在韶关什么地方下了车吧。看来美好的形象还是压制住了肮脏的空气，闻先生昨晚还是睡了一会。这一觉照样睡得很沉，但这次没有梦，一点梦的痕迹都没有，仿佛生命裁掉了一截。列车刚停稳，闻先生的手机便响了，然后就听到了接站的朋友的声音，问在哪个车厢。闻先生说在八号，对方说知道了，他们的车就停在站台上，马上就到。闻先生想，这哥们的路子可真大，能直接把车开进站台接客，一般人可做不到。不一会，包厢的门就打开了，接站的朋友和一位穿着铁路制服的男人出现在门外，朋友上来就是握手，递烟，再夸大其词地把闻先生介绍一番,穿制服的便满脸欢笑地为闻先生拿起了行李箱。这时刻上下车的人很多,车厢里显得异常嘈杂。闻先生被两个男人夹在中间,看上去像是一次匆忙的绑架。下了车,果然站台上停着一辆奥迪A6,很气派,感觉是在冒充要人。年轻的司机替闻先生打开后面的车门,等闻先生和朋友自两边上车,立即就发动起来。几经周折,车自后门出了广州站,闻先生一抬头,就看见了那趟自北京发出的十一点零八分的列车,正呼啸而去。他突然说了句:不好。

朋友就问,是不是什么重要的东西落在火车上?

闻先生憋了一会才说:《魔灯》……

魔灯?什么魔灯?

伯格曼的自传……

一本书嘛!看你都急出了汗!

闻先生本想立即驱车赶赴深圳火车站。但是,汽车是跑不过火车的,即便他赶到了,女人也早已被那位深圳的朋友接走了。他只能打消这个念头,内心却更加不安。不可能再次遇见了,再也不可能了。他沮丧地想着。闻先生从后视镜里看见了自己的面容,有些扭曲,怎么看都觉得不像是自己的脸,不禁一声叹息,闭上了眼睛。他希望再次清晰地看见"倒踢紫金冠",但是,这回只有形象,却没有轮廓……

女人的形象就悬浮在男人的眼前,飘忽不定。闻先生不相信女人刚才是在刻意回避,没有这种可能。他认为事实应该是这样——女人知道到广州了,便及时去了盥洗室,好干干净净地与邂逅的这

267

位喜欢伯格曼的男人道别,然后,他们互留联络方式,以便今后在北京接着聊,接着喝。会是这样吗?会的!但是,女人回来后,发现包厢已经空了,那个从事文字工作的男人竟是不辞而别,留下的只有那本《魔灯》——是无意中落下的还是故意的安排?这种明显的缺乏教养会让一个优雅的女人难受吗?还是气愤?或者不屑?……

最糟糕的一幕是,女人从盥洗室出来,远远地就看见了他被人裹挟着离开,她却没有叫住他。或者,欲言又止……

外面的雨下大了。

很多次,闻先生想把这次旅行经历写出来,登到《北京晚报》上,最好是一个月的连载。他想,或许柳女士能在这一个月期间,偶尔遇见这张北京城家喻户晓的报纸,读到他的文章,与他重新联系上。这是极有可能的。但最终还是没有这么做。他答应过她,不会把这些写到报纸上。

2019年1月4日,于泊心堂